KB050569

# 각성! 북경각

각성 5
# 북경각

**초판 1쇄 인쇄일** 2015년 8월 25일 | **초판 1쇄 발행일** 2015년 8월 26일

**지은이** 전남규 | **펴낸이** 곽중열 | **담당편집 팀장** 이범수
**편집부** 신연제 이윤아 김호성 김은경

**펴낸곳** (주) 조은세상 | **출판등록** 제 2002-23호
**주소** 경기도 연천군 미산면 청정로 1355
TEL 편집부 02)587-2966 | FAX 02)587-2922
e-mail bukdu@comics21c.co.kr

©전남규 2015
ISBN 979-11-5832-244-1 | ISBN 979-11-5832-089-8(set) | 값 8,000원

MODERN FANTASY STORY

전남규 현대판타지 장편소설

5

# 각성!
# 북경각

북두
(5)좋은세상

# CONTENTS

MODERN FANTASY STORY

23. 결성, 드림팀! (2)

MODERN FANTASY STORY

각성! 북경각

정혁은 경묵이 건네준 조리복으로 재빠르게 환복을 마친 후에, 경묵의 팬과 국자를 들었다.

그 순간, 정혁은 무언가 말로 설명할 수 없는 기운을 느낄 수 있었다.

"어라? 이게 무슨……."

마치 뇌에 파도가 몰아치는 듯 머리에 가벼운 자극이 오고 있었고, 여러 가지 음식들의 조리 과정이 자꾸만 단면적으로 떠오르는 듯 했다.

그 중 정혁이 알고 있던 것들도 분명히 있었다만, 그 조리법들이 어째서 틀린 것인지도 알 수 있을 것 같은 느낌.

이윽고 점점 주변의 소리가 멎어들기 시작하더니 결국엔 아무런 소리도 들리지 않기 시작했다.

누가 시키거나 한 것은 아니라지만, 마치 그래야만 할 것 같았다고 해야할까?

정혁은 저도모르게 눈을 감은 채 솟구치는 기운을 만끽하기 시작했다.

알 수 없는 느낌에 도취해있기도 잠시, 경묵의 물음에 정신을 차렸다.

"왜 그래요?"

쨍–

경묵의 소리가 정혁의 귓가에 닿은 그 순간, 마치 무언가가 깨지는 것 같은 소리가 한 차례 울려퍼지고, 고요하기 짝이 없던 세상의 정적이 끝나고 다시금 주변의 소음이 들려오기 시작했다.

'방금 느꼈던 느낌, 대체 무엇인지…….'

경묵의 물음에 대답하지 못하던 정혁은 제자리에서서 의아하다는 듯 연신 눈을 끔뻑거려보였다.

그리고는 팬과 국자를 쥔 손에 힘을 더 꽉 쥐어보이고는 말했다.

"아니, 그냥 느낌이 조금 이상해서 그래."

이유를 알고 있는 경묵의 입장에서는 미소가 절로 지어졌다.

아마 갑작스레 급증한 조리 능력치 탓이겠지.

5년을 오롯이 투자해야 올릴 수 있는 만큼의 능력치를 한 순간에 얻었으니 갑작스레 어안이 벙벙해지는 것이 무리도 아니라고 생각하고 있었다.

경묵은 푸드 트럭 주방 칸 아래로 내려오며 나지막이 읊조렸다.

'고용 최정혁.'

띵-!

읊조리기가 무섭게 눈앞에 상태 창 하나가 나타났다.

――――――――――――――――――――――――――

최정혁 - 고용완료

직급 : 없음

신뢰도 : 100%

충성심 : 100%

스킬보유 갯수 : 0

조리 : 59 (+18)

현재 상태 : 활동 중, 분노

충성심 효과 : 언제든 지시를 내릴 수 있습니다.

신뢰도 효과 : 고용주의 결정을 절대적으로 따릅니다.

※ 고용주의 카리스마에 감탄한 상태입니다! 추가 옵션이 부여됩니다!

조리 + 2

뭐? 조리 능력치가 무려 59? 물론 경묵이 사용하는 물건들을 모두 나누어준 덕분이라지만 정말이지 놀라운 수치였다.

더군다나 고용주의 카리스마에 감탄했다니? 예상치도 못한 효과였다.

'이정도면 다른 요리사들은 우습게 압도하는 수준이 분명한네……'

헛웃음이 절로 나올 지경이었다.

여기에 자신이 보유하고 있는 스킬 중 한 두 가지만 제대로 전수를 해주더라도 맛에 있어서만큼은 확실히 입지를 굳힐 수 있을 것이 분명했다.

정혁이 재능과 노력으로 이미 갖추고 있던 기반, 거기에 새로이 얻게 된 고용능력의 사기적인 힘까지 부여가 되어버린 것이다.

그런데 마음에 걸리는 사실이 하나 있었다.

저 간사하기 짝이 없게 생겨먹은 조두현이란 작자가 어린이용 요리만화에 나오는 악역도 아니고 맛있는 짬뽕 한 그릇에 신음을 흘리며 다음에 다시 돌아오겠어! 하는 대사를 날리고 퇴장을 할 리가 만무했다.

'뭐, 그래도 어느 정도 충격은 줄 수 있겠지.'

어라? 잠깐? 충격?

물론 정정당당한 방법은 아니라지만, 보험을 들어서 나쁠 것은 없지.

이내 비릿한 미소를 한 번 흘려 보인 경묵이 좋은 방법이 떠오르기라도 한 것인지 다시금 몸을 돌려 푸드 트럭 주방 칸 위로 올랐다.

이윽고, 주방 칸 위에 다시 올라선 경묵이 정혁에게 물었다.

"형, 지금 쓸 야채 좀 줘보시겠어요?"

"응? 왜?"

"버프 좀 걸어주려고요."

"뭐? 버프? 저 자식이 뭐가 예쁘다고 버프를……."

이윽고 경묵이 입가에 조두현 못지않게 비릿한 미소를 한 번 지어보이고는 말했다.

"디 버프 (debuff)요."

"뭐?!"

정혁이 놀랄 새도 없이 경묵이 조리대로 비집고 들어와 정혁을 살짝 밀어내 보였다.

조리대 위에는 정갈하게 손질된 야채들이 소쿠리에 담겨있었다.

경묵은 약간은 광기어린 웃음을 지어보인 채로 짬뽕에 들어갈 야채들이 담긴 소쿠리를 자신의 앞으로 당겨보이고는 목을 가다듬어 보였다.

"큼큼, 흠……."

배운 지야 꽤 시간이 흘렀다지만, 아직 이렇다 할 사용처가 없어 사용하지 못했던 기술이 하나 있었다.

소쿠리에 담겨있던 야채들이 경묵의 결심을 파악하기라도 한 것일까?

갑작스레 불어온 옅은 바람에 신선함을 잔뜩 머금은 야채들이 겁에 질린 듯 파르르 떠는 것처럼 보였다.

모르긴 몰라도 충격을 주기에는 제법 괜찮은 기술일 것 같다 이거지. 자, 그럼 어디 한 번 위력을 시험해 보실까나?

경묵은 허리를 굽히고는 야채가 담긴 소쿠리 가까이에 입을 대고는 나지막이 읊조렸다.

'절망의 노래!'

경묵의 성대는 단 한 순간의 망설임조차도 없었다.

스킬을 사용하기가 무섭게 입 안에서는 전혀 알지 못하던 언어로 이루어진 노랫말이 천천히 흘러나오기 시작했다.

자신에게만 들릴 정도로, 최대한 작은 소리로 천천히 울려 퍼지는 노랫말과 함께 어디선가 마치 오케스트라가 연주하는 것 같은 반주가 들려오기 시작했다.

반주 소리 역시 마찬가지, 경묵의 입가에 바짝 붙어있는 야채들에게만 간신히 들릴 정도로 작은 소리로 울려 퍼지고 있었다.

경묵에게는 지금 귓가에 살짝 살짝 들려오는 웅장하고 어두컴컴한 반주가 어디서 들려오는 것인가 하는 의심을 품을 새도 없었다.

마치 노래에 사로잡힌 것인지 무아지경에 이르러 노래를 불러대기 시작했다.

마이너 키의 스트링 반주, 악마의 음정을 뜻하는 중4도로만 이루어진 멜로디.

듣기에 불편하여 보편적인 음악에서는 잘 사용되지 않는 모든 음들이 모여들어있었다.

이 모든 연주의 진실을 알고 있는 입장에서 부르는 것만으로도 철저한 무기력함을 느끼게 되는 마성의 노래.

그 무기력한 마력이 천천히 야채에 배어들고 있었고, 야채는 힘을 잃고 조금씩 움츠러들기 시작했다.

조금씩, 조금씩……

이윽고 정혁이 조리를 시작하자, 푸드 트럭 칸에서 내려온 경묵은 조두현이 앉은 자리를 향해 걸음을 옮겼다.

조두현 앞에 선 경묵이 밝은 미소를 한 번 지어보이고는 물었다.

"잠시 앞에 앉아도 되겠습니까?"

"아, 예 그러시죠. 한가하신가봅니다?"

"예, 영업이 거의 끝나갈 시간이라 서요."

조두현은 검지와 엄지로 자신의 턱에 듬성듬성 난 수염들을 쓸어 보이며 경묵을 위에서 아래로 한 번 훑어보았다.

"요리 경력이 4년 차라고 하시던데, 맞습니까?"

"아, 예. 그렇습니다."

"많이 배워야겠네. 세상 많이 좋아진 거예요. 나 4년 차 때는 팬 잡을 생각도 못했었으니까."

조두현은 산뜩 거드름을 피워보이고는 물 컵에 담긴 물을 벌컥벌컥 들이키기 시작했다.

물을 마시는 것조차 거만하기 짝이 없어보였다.

등받이에 등을 한껏 기댄 채 털어넣듯 물을 입 안에 부어댔는데, 경묵은 꿀렁대는 조두현의 목젖을 손 날로 한 대 쳐주고 싶은 것을 간신히 참아냈다.

경묵은 이성을 잃지 않고 그저 미소를 지어보일뿐, 조두현의 도발에는 일일이 응하지 않았다.

조두현은 손님들로 가득 찬 홀 테이블을 한 번 둘러보고는 말했다.

"뭐, 사장님 서비스 정신이 워낙 투철하셔서 음식 기다리는 시간이 심심할까봐 앞에 앉아있어 주시는 건가?"

"아니요, 다름 아니라 뭣 좀 여쭤보고자 해서요."

조두현은 눈썹을 한 번 꿈틀해 보이고는 물었다.

"뭐, 얼마든지."

경묵이 저 자세를 취하며 우호적인 태도를 보이고 있다고는 하지만, 조두현은 연신 틱틱거리는 투를 유지하고 있었다.

경묵은 아랑곳하지 않고 곧장 입을 뗐다.

"세계대회 참가 자격이나 접수 방법에 대해서 알고 싶어서요."

그 말을 들은 조두현의 얼굴에 천천히 웃음이 떠올랐다.

처음에는 입 꼬리가 이죽거리기 시작하더니, 마치 웃음을 참으려는 듯 입가에 잔뜩 힘을 준 것이 보였다.

물론 그 조차도 얼마 가지 않았고, 금세 웃음이 터져버렸다.

조두현은 배를 잡고 한참동안 웃어보이고는 간신히 말을 이어나가기 시작했다.

"아이고, 우리 사장님이 욕심이 조금 과하시네. 이름이 뭐라고 했더라? 임경묵씨?"

"예."

경묵이 대답을 하기가 무섭게 조두현이 싸늘한 표정을 지어보이며 말했다.

"이 봐, 임경묵씨. 세계 대회가 장난인 줄 알아요? 방송 몇 번 타더니 요리가 장난인 줄 아시는 것 같은데 유명세를 얻는 게 좋으면 주방이 아니라 방송국으로 가야지."

경묵은 웃음을 잃지 않은 채, 조두현을 뚫어져라 바라보고 있었고 이내 조두현 역시 고개를 한 번 저어보이고는 천천히 말을 이어나가기 시작했다.

"이번 '상해 중식 세계대회' 참가 자격이 뭔 줄 알아요? 참가권이 있어야 돼. 참가권이. 그 팀 셰프가 3년 내에 국제대회 수상 이력이 있거나, 수상 이력이 없어도 대회에서 받은 참가권이 있어야 한다고. 마음먹으면 개나 소나 다 나갈 수 있는 줄 알아?"

그 말을 들은 경묵의 표정이 굳었다. 조두현의 도발 때문이 아니라, 참가 자격 때문이었다.

자신을 포함해서 정혁과 전병우를 멤버로 생각하고 있었는데, 이 중에는 참가권은 물론이고 3년 내의 수상이력이 있을 리가 없었다.

그 말인 즉 수상이력이나 참가권이 있는 사람을 포섭해야 한다는 이야기인데, 사실상 현실적으로는 거의 불가능한 이야기나 다름이 없었다.

'역시 세계대회는 아직 이른 건가?'

경묵의 심각한 표정이 제법 재미있다고 느낀 것인지, 조두현은 조소 어린 웃음을 살짝 흘려 보인 후에 홀을 한 번 둘러보고는 서은과 우를 손가락으로 가리키며 말했다.

"더군다나 네 명이 한 팀을 이루어야 하는데 아는 요리사가 네 명은 되는지도 의문이네. 저 수염 씨랑 아가씨 껴서 나가려는 건가? 이 봐, 경묵씨. 요리 알기를 우습게 아는 것 같은데 당신이 내 주방 후배였으면 정말 따오기(중화 국자)로 종아리 맞았어. 알겠어? 각성자고 나발이고 말이야, 뭐 세계대회? 기가 차서 웃기지도 않네."

경묵이 애써 웃음을 잃지 않은 채로 고개를 한 번 끄덕여 보인 후 자리에서 일어서며 말했다.

"새겨듣겠습니다. 모처럼 방문 하신 거 맛있는 식사 하셨으면 좋겠군요."

경묵이 등을 돌리기가 무섭게 바닥에 퉤 하고 침을 뱉어 보인 조두현이 마치 들으라는 듯 큰 소리로 말하기 시작했다.

"에라, 진짜, 그 나물에 그 밥이지. 최정혁이 거둔 놈 아니랄까봐 하는 짓이 똑같네. 주제 모르지, 배알 없지. 난리 났어, 아주."

경묵이 고개를 돌려 조두현을 바라보려던 찰나, 멀찍이 떨어진 곳에서 풍채가 좋은 사내 한 명이 쩌렁쩌렁한 소리로 외쳤다.

"어이!"

경묵은 물론, 바삐 일하던 서은과 이우 조두현과 홀의 모든 손님들 심지어 주방 칸에서 조리에 한창 열중해있던 정혁까지 소리의 근원을 쫓아 고개를 돌렸다.

목소리의 주인공은 이번 연계 퀘스트의 최대 수혜자인 전병우였다.

전병우가 경묵을 향해 반갑게 손을 흔들어 보이며 다가서기 시작했다.

"아, 스승님. 오셨습니까?"

경묵이 밝게 웃어 보이고는 전병우를 향해 다가가기 시작하자, 조두현의 미간에 깊은 주름이 자리 잡았다.

"어……? 뭐야, 설마…… 선 선생님?"

조두현은 자신의 눈을 의심하듯 연신 눈을 비벼대고는 최대한 게슴츠레하게 뜬 눈으로 전병우를 바라보았다.

만약 자신이 아는 중화요리계의 대부 '전 선생님', 즉 '전병우'라면 지팡이를 짚고 다녀야할 꼬부랑 노인일 터인데 사내는 지팡이는커녕 자신보다 훨씬 건강해 보이는 풍채 좋은 몸을 하고 있었다.

그럴 리가 없다고 계속해서 자신을 타이르고 있었다지만, 꼬부랑 노인이여야 할 중화요리의 대부와 지금 자신이 앉은 자리를 향해 다가오고 있는 사내의 외모가 너무도 일치했다.

반신반의 하는 심정으로 자리에서 벌떡 일어난 조두현은 전병우에게 다가서는 한껏 공손한 태도로 물었다.

"저, 혹시…… 일전에 '화룡각'에 주방장으로 계시던

엄수환 주방장님을 아십니까?"

이내 전병우가 인상을 쓴 채 한참을 바라보고는, 그제
야 기억이 났다는 듯 '아!' 하는 짧은 탄식을 뱉어낸 후에
야 말을 이어가기 시작했다.

"뭐야? 너 '화룡각' 꼬맹이 아니냐? 이름이 뭐더라?"

전병우의 대답에 두현의 표정이 잔뜩 일그러지기 시작
했다.

뭐야, 설마 이 아저씨가 진짜 전병우라고……? 사라진
중화요리의 대부 전병우? 형대욱 셰프의 스승, 용수면의
유일한 전수자이던 전병우? 십 년 전보다 훨씬 더 젊어진
것 같은데……?

분명 그때도 지금보다 훨씬 더 노쇠한 몸을 하고 있었
다.

엄수환 주방장과 친한 탓에 몇 번 화룡각 주방에 찾아
온 적이 있었고, 그때마다 그를 실제로 볼 수 있다는 사실
에 감탄을 금치 못하곤 했었다.

그런데 자신과 많아봐야 띠 동갑 정도 차이밖에 나지
않아 보이는 아저씨가 전병우라는 확신이 들기 시작하자,
머릿속에 순식간에 열 개는 족히 넘을 것 같은 의문들이
떠올랐다.

떠오른 모든 의문들을 침과 함께 한 번에 삼켜 보인 조
두현이 다시금 침착하게 말을 이어나가기 시작했다.

"조두현입니다. 혹시 성함이 어떻게 되십니까?"

전병우는 가소롭다는 듯 피식하고 웃어 보인 후에 말했다.

"뭐? 이 자식, 이거 뭐하는 자식이야? 네 놈도 이제 대가리가 좀 컸나본데, 팬 잡는 놈이 설마 내 이름도 기억 못하는 거야?"

경묵에게는 한 번도 보인 적 없던 냉담한 반응이었다.

그 싸늘한 대답에 조두현이 허리를 구십 도로 숙여보이고는 한껏 기합이 들어간 목소리로 말했다.

"전병우 선생님! 몰라뵈서 정말 죄송합니다! 대 선배님께 인사 올립니다!"

한껏 쥐어짜낸 목소리가 장 내에 울려 퍼지자, 사람들의 시선이 집중되었다.

갑작스레 펼쳐진 상황에 경묵이 어이없다는 듯 웃음을 한 번 지어보이고는 어깨를 들썩여 보였다.

톡—

이윽고 고개를 한껏 숙인 채 부들부들 떨고 있는 조두현의 이마에 맺혀있던 구슬땀이 땅 바닥에 떨어졌다.

'시팔! 입이 방정이지, 진짜…… 이 영감한테 밑 보이면 끝나는 건 한 순간이다……'

형대욱의 스승이자, 경묵의 스승인 전병우.

말 한마디로 한 요리사의 요리 인생을 좌지우지 할 만큼 힘이 있는 인물이었다.

조두현은 고개를 들지 못한 채 부들부들 떨고 있었다.

입김 한 번이면 모든 요리사를 자신의 적으로 돌릴 수 있는 힘을 가진 중화요리계의 대부가 자신의 앞에 서 있었다.

마음먹고 압력을 넣는다면 이번 세계대회 참가까지 결렬될 수 있었다.

그러니까, 이번 세계대회 출전 멤버에서 제명이 되는 수가 있다는 말이었다.

사실상 정혁을 찾아온 것도 선배 요리사 '김도륜'이 정혁을 생각해서 멤버 중 하나로 넣자는 의견을 내놓은 탓에 어떻게든 막고자 직접 걸음한 것뿐이었지, 밑 작업 할 꼬맹이 하나가 없어서 그런 것은 아니었다.

정필상 정도의 인맥이라면 자신을 대체할 수 있는 요리사 하나쯤은 눈 감고도 색출해서 대타로 삼을 수 있었다.

그런 와중에 자신을 빼라는 압력을 받는다면 굳이 그렇게 하지 않을 이유도 없었다.

사실상 그렇게 친하다고 떠들어대고 다녔던 '정필상'과도 비즈니스적인 관계일 뿐이었지, 정작 엄청나게 친한 사이는 아니었다.

등을 타라 흐르는 땀이 명백하게 느껴졌다.

아니, 그런데 스승? 한량 같은 어린 새끼가, 마냥 근본도 없는 새끼인줄로만 알았더니 전 선생님, 아니 전병우가 스승이라고?

조두현이 열심히 머리를 굴리기도 잠시, 이윽고 전병우가 조두현의 어깨를 가볍게 두드리고는 지나쳐가며 나지막이 말했다.

"그러고 있으면, 남들 보기에 안 좋다. 일어서라."

"예!"

조두현이 말을 마침과 동시에 허리를 펴고 서자, 전병우는 본 체 한 번 해주지 않고 경묵의 곁에 다가서며 말했다.

"이 자식아, 네 놈 휴대전화는 공무원이냐? 저녁 6시만 지나면 전원이 꺼져있어."

어안이 벙벙해진 조두현은 제 자리에 망부석처럼 가만히 선 채, 경묵과 전병우가 나누는 대화를 지켜보고 있었다.

"아, 것 참. 스승님, 휴대폰 충전할 새가 없어서 그렇습니다. 안 그래도 영업 끝나고 어렵히 연락드리려고 했는데 무슨 급한 일이 있으셔서 번거롭게 걸음까지 하셨습니까?"

이내 전병우가 장난기 가득 섞인 미소를 지어보이며 경

묵의 옆구리를 주먹으로 가볍게 툭툭 치며 말했다.

"뭐? 이 놈 이거 말 싸가지 좀 봐라?"

"됐습니다. 식사는 하셨습니까?"

"안 했다. 중식 말고 먹을 만한 것 좀 내봐라."

"것 참, 까다로우시기는…… 중국집에 중식 말고 뭐가 있겠습니까? 금방 내드릴 테니 잠시 기다리십시오."

전병우는 이를 다 드러내는 웃음을 한 번 지어보이고는 조두현의 맞은 편 자리에 앉으며 말했다.

"야, 화룡각. 합석 좀 하자. 싫은 거 아니지?"

입을 쩍 벌린 채 두 사람의 대화를 연신 지켜보던 조두현이 황급히 고개를 끄덕여 보이며 답했다.

"아! 예! 그러십시오!"

싫어도 어찌 싫다고 말하겠는가? 정말이지 미치고 팔짝 뛸 노릇이었다.

땀이 폭포처럼 쏟아지고 있었고, 땅에 붙이고 있는 발바닥을 따라 온 다리가 부들부들 떨리고 있었다.

'뭐야, 전병우랑 저 개자식이 이렇게 친하다고? 이러다가 저 자식이 전병우한테 입김이라도 넣는 순간에는 모든 게 끝인데…….'

전병우가 지금은 이빨 빠진 호랑이일지는 모르더라도 현재 한국 중화요리계의 실세 중 한 명인 형대욱과 연관이 있는 인물이었다.

어떻게든 한 자라도 더 잘 보여야하는 마당에, 방금 전 전병우가 오기 전에 보인 행실에 대해 언급이라도 하는 순간에는 정말이지 모든 게 끝이었다.

손등으로 연신 이마를 따라 흐르는 땀을 훔쳐내던 조두현에게 물었다.

"날이 덥냐?"

"아…… 아닙니다."

"무슨 땀을 그렇게 흘려?"

피식하고 웃음을 지어보인 전병우가 고개를 돌려 경묵을 바라보고는 고래고래 소리쳤다.

"야! 이 자식아 너는 손님이 왔는데 물도 안 주냐?"

멀찍이 떨어진 경묵이 고개를 한 번 저어보이고는 물통 하나와 물 컵을 들고 다가왔다.

경묵이 물 컵과 물통을 테이블 위에 내려놓자, 전병우가 의외라는 듯 경묵을 위아래로 한 번 훑어보고는 물었다.

"네가 화룡각 꼬맹이랑도 아는 사이였어? 이 놈 이거 생각보다 발이 넓네? 내가 여기저기 데리고 다니면서 소개라도 시켜주어야 하나 했더니 말이야. 자고로 요리라는 것도 마당발일 때 생기는 이점이라는 게 한 두 개가 아니거든."

경묵은 고개를 저어보이고는 나지막이 대답했다.

"아닙니다. 정혁이형하고 아는 사이라더군요."

묵직한 목소리에 힘이 잔뜩 실려 있었고, 경묵은 전병우에게 말을 하는 와중에도 조두현을 빤히 쳐다보며 말을 이어나가고 있었다.

두 사람의 대화가 오가면 오갈수록 조두현의 심장박동이 빨라지고 있었다.

살면서 이렇게 따끔따끔한 가시 방석에 앉아본 적이 있던가하는 의문이 들 정도로 불편한 자리임이 분명했다.

"오, 정혁이? 네 스승 놈 말하는 거지?"

전병우의 물음에 경묵이 입가에 옅은 미소를 지어보이고는 익살스러운 투로 대답했다.

"네, 작은 스승님이요."

전병우는 고개를 한 번 끄덕여보이고는, 이내 조두현에게 물었다.

"그럼, 네 놈이 정혁이랑은 또 어떻게 아는 사이더냐?"

조두현은 밀려드는 회의감은 뒤로 한 채, 우선 본능에 따라 움직이기로 결심했다.

살아남아야 했다. 여기서 밉보이면 정말 끝도 없이 무너질 것이 분명했다.

"아, 저…… 그, 그게…… 제 오랜 친구입니다. 화룡각 주방 동기이기도 하고요."

차마 고개를 들 수가 없었던 것이, 임경묵이 자신을 어떤 눈으로 바라보고 있을지 상상하는 것만으로도 치가 떨리고 온 몸에 털이 곤두섰다. 망신도 정말이지 이런 망신이 없다지만, 어쩔 수 없는 노릇이었다.

조두현이 무어라 말을 덧붙이기도 전에 전병우가 말을 자르고는 놀랍다는 듯 말해보였다.

"오, 정혁이 저 놈이 화룡각 출신이었어? 어쩐지 뼈대가 있긴 하더라. 그럼 저 놈도 엄수환이 밑에 있던 건가?"

조두현은 어색한 미소를 한 번 지이고는 전병우의 물음에 대답했다.

"아, 아닙니다. 엄수환 선생님께서 주방을 떠나신 후에 왔으니 아예 일면식도 없는 사이일 겁니다."

"그래? 화룡각 다음 주방장이 누구였더라······?"

두 사람이 대화를 나누는 것을 묵묵히 지켜보던 경묵의 입가에 득의의 미소가 떠올랐다.

'오호라······ 이 자식 이거 재미있는 놈이네?'

경묵은 자신의 눈치를 살피며 간신히 묻는 말에만 대답을 해대는 조두현을 바라보고는 한 번 조소가 섞인 웃음을 지어보인 후에 또박또박 말했다.

"친구라는 게 무조건 좋은 친구만 있을 수 없긴 하지요."

경묵이 입을 열 때마다 심장 박동이 크게 증가하는 것이 느껴졌다. 이번만큼은 심장박동 수가 가히 최고에 이르렀다고 할 수 있을 지경이었다. 심지어는 귓가에 자신의 심장소리가 들려오는 듯 했다. 다소 힘이 실린 어투였기에 의문이 생긴 전병우가 의아하다는 듯 눈을 크게 뜨며 경묵에게 되물었다.

"그게 무슨 소리냐?"

"아, 다름이 아니라 두 분이 더할 나위 없이 절친한 친구 사이라고 하더라고요. 요즘 들어서는 좀처럼 찾아보기 힘든 우애가 두터운 사이 말입니다."

전병우는 입가에 미소를 한 번 지어보이고는 말했다.

"그래, 자고로 친구라는 건 가려서 사귀어야 하는 거야. 적보다 무서운 게 등을 돌릴 친구다 이 말이야. 화룡각 너도 잘 새겨들어."

"아, 예. 좋은 말씀 감사합니다. 새겨듣도록 하겠습니다."

'이 개자식이……'

임경묵, 저 약삭빠른 개자식이 의도적으로 자신의 피를 말리고 있음이 느껴졌다.

분통이 터져 당장에라도 쓰러질 것 같았지만, 이러지도 저러지도 못한 채 땀으로 흥건해진 손바닥을 바지춤에 비벼대는 것 말고는 할 수 있는 것이 없었다.

지금까지 쌓아올린 모든 것이 저 영감탱이 말 한 마디에 무너질 수 있는 상황이니까, 어떻게든 한 자라도 더 잘 보여야했다.

이런, 제기랄 어떻게 해야 하는 거야? 최정혁을 찾아가서 빌기라도 해야 하나? 잘못했다고, 말하지 말아달라고 빌기라도 해야 돼?

물론 동네 중국집에 숨어 살 생각이라면 이딴 영감탱이 신경도 안 써도 된다지만, 조두현의 야망은 동네 중국집에 있지 않았다.

중식 하나만 꿈꿔오고 살아왔으며 야망을 위해서라면 친구 하나 지르밟고 올라서는 것 정도는 아무렇지 않게 생각하고 있었다.

자존심 굽히고 빌지 못할 이유도 없었다.

이런 저런 생각들을 하며 내리깐 눈을 좌우로 열심히 굴려대던 조두현은 서은의 목소리를 듣고 나서야 정신을 차렸다.

"손님, 음식 나왔습니다."

그제야, 귀가 열린 듯 주변 잡음이 물 밀 듯 밀려오기 시작했다.

숨을 한 번 내쉰 조두현이 경묵을 바라보며 가식적인 웃음을 한 번 지어보이고는 말했다.

"이야, 이거 맛있겠네요. 잘 먹겠습니다."

"제가 뭘 했다고요. 감사하다는 말을 듣기에는 제 주제가 변변치 못해서……. 감사 인사는 정혁이형께 해야 하지 않을까요?"

그 말을 듣자마자 조두현은 아랫입술을 질근질근 씹어대기 시작했다.

'쪼잔한 자식, 그걸 또 다 기억하고 있어?'

그렇게 화를 삭이기도 잠시, 이성의 끈을 꽉 쥐어 잡으며 자리를 박차고 일어나서는 주방 칸을 바라보며 큰 소리로 외쳤다.

"정혁아! 고맙다! 잘 먹을게!"

정혁은 갑작스러운 조두현의 돌발행동에 어이없다는 미소를 한 번 지어보이고는 곧장 등을 돌리고 서 버렸다.

이내 경묵이 웃음이 터진 것인지 한 손으로 얼굴을 가린 채 실실 웃어대기 시작했다.

속이 뒤틀리고 울화통이 터져서 눈물이 날 지경이었다.

억지로 웃음을 지어보이며 테이블 위에 놓인 젓가락을 집어 들었다.

이내 곁눈질로 짬뽕을 한 번 바라본 전병우가 한 마디 거들었다.

"빛깔은 끝내주는 구나."

조두현은 크게 당황한 듯 허둥대며 짬뽕이 담긴 접시를 전병우에게로 내밀며 되물었다.

"스승님, 어떻게 먼저 좀 드시겠습니까?"

"아니다. 내가 지금까지 먹은 면발이 네가 살면서 싼 똥보다 더 많을 게야, 너 같으면 찾아서 먹고 싶겠냐? 난 중식은 돈 주고 안 사먹는다. 너나 많이 먹어."

조두현은 굴욕적인 웃음을 한 번 지어보이고는 짬뽕접시를 다시금 자신의 앞으로 끌어당겼다.

"그럼 염치불구하고 먼저 들겠습니다."

"이 자식, 서 숨도 허락 맡고 쉴 기세네? 밥은 편히 먹어."

"감사합니다."

갑작스런 조두현의 제안에 혹시 스승이 짬뽕을 받아드는 것은 아닌가싶어 짐짓 당황했지만, 이내 걱정을 덜어낸 듯 다시금 환하게 웃어보였다.

조두현이 한 젓가락 면발을 크게 집어 한 두 번 들었다 놓았다를 반복했다.

김이 올라오는 면발은 몇 번 호호 불어대던 조두현이 이내 한 입 크게 면발을 입 안에 넣었다.

'어…… 뭐야?'

사실상 어릴 적부터 봐왔던 정혁의 요리 실력에는 큰 기대를 걸고 있지 않았다.

아니 큰 기대는 고사하고, 작은 기대도 걸지 않고 있었다.

음식을 내주면 맛보는 시늉만 몇 번 한 다음에 어디 이런걸 먹으라고 내놓은 것이냐고 꾸짖을 계획이었다.

그런데 지금 한 젓가락 크게 집어든 짬뽕 면발은 정말이지 다소 충격적인 맛이었다.

쫄깃쫄깃한 면발의 표면에서 중반부 까지 그윽하게 스며들어있는 국물의 향과 맛은 물론이고 식재료 하나, 하나의 풍미를 제대로 살린 듯 보이는 심도 깊은 맛.

자신은 물론이고 화룡각 선배 김도륜 정도는 우습게 제칠 수 있을 것 같은 수준의 맛이었다.

열을 이기지 못하고 숨 죽어버린 야채를 뚫어져라 쳐다보며 원래 모양을 떠올려보았다.

대충 대충 썰어낸 투박한 모양이었을 것이 분명한데, 어째서 담겨있는 정성이 느껴지고 고급스럽다는 생각이 드는것인지 모를 노릇이었다.

'그래, 중화요리가 짬뽕만 있는 것도 아닌데 뭐. 동네 짱깨 집 직원답게 짬뽕만 팔았나보네.'

조두현은 피식 하고 웃음을 지어보인 후에 국물을 들이켜기 시작했다.

그리고 입 안 가득 담긴 국물을 삼켜내기도 전에 자신이 내렸던 결론이 오만이었음을 깨달을 수 있었다.

이건 진득하게 짬뽕 맛을 극도로 끌어올린 수준이 아니었다.

적당히 칼칼하고 점도야 낮다지만 끈기가 느껴지는 것 같은 응어리진 국물이며, 입 안 가득 은은하게 퍼져나가고 있는 불내까지.

'저 조무래기가 이만큼이나 일취월장했다고?'

입 안 가득 담겨있던 국물을 삼켜낸 순간, 의구심이 확신이 되었다.

나와 도륜 선배 정도는 우습게 제칠 수 있다. 굳이 경쟁 상대를 골라잡아서 붙여야 한다면 정필상 선배 정도의 실력은 되어야 호각을 다툴 수 있을 수준이었다.

조두현은 잡념을 떨쳐내려는 듯 세차게 고개를 저어 댔다.

말도 안 된다. 어떻게 동네 중국집에서 이런 수준까지 실력을 끌어올린 거지? 대체 어떻게?

맛의 근원을 쫓기 위해 열심히 젓가락을 움직이고, 면발을 입안에 쑤셔 넣어대며 맛을 음미하기 시작했다.

어떻게, 대체 어떻게 이런 맛을 낸 것인지 알아내야 했다.

이 짬뽕 한 그릇을 다 비워내기 전에 어떻게든⋯⋯.

아, 그런데 왜 이렇게 무기력해지지⋯⋯? 이 자식 짬뽕, 정말 맛있네⋯⋯. 그런데 요리가 내 길이 맞는 걸까? 그렇게 열심히 했는데⋯⋯. 나는 왜 이런 맛을 낼 수가 없는 거지⋯⋯. 대체 왜⋯⋯ 내 길이 아닌 건가⋯⋯? 요리,

그만 포기할까……?

이내 짬뽕그릇을 다 비워낸 조두현이 고개를 푹 숙여보이고는 수많은 감정이 담긴 탄식을 내뱉었다.

"아……."

깊은 절망에서 파생된 수없이 많은 감정이 눈물이 되어 그의 뺨을 타고 흘러내리고 있었다.

이내 고개를 푹 숙인 조두현이 어깨를 들썩이며 흐느끼기 시작하자, 맞은편에 앉은 전병우가 인상을 찡그리며 이죽거리는 투로 말했다.

"뭐야? 이 자식, 이거 왜이래?"

물론 먹지도 않고 갑자기 질질 짜더라도 이해하기는 힘든 노릇이겠지만 그릇까지 먹을 기세로 싹싹 비워내고는 갑작스레 눈물을 쏟아내니 이상하게 여기지 않을 리가 없었다.

의아해하는 전병우와는 달리, 경묵은 덤덤하게 그런 조두현을 바라보고 있었다.

'효과 한 번 끝내주네. 눈물까지 뽑아낸단 말이야?'

비록 짬뽕에 담긴 디버프 스킬 [절망의 노래]의 시전 자가 경묵이라고는 하지만, 경묵 역시 제대로 된 효과에 대해서는 알 도리가 없었다.

정혁의 짬뽕 맛에 어우러진 디버프 스킬은 효과적으로 조두현의 감정을 주물러댄 것이다.

스킬의 효과에 대해서 어느 정도 감안은 할 수 있었다 지만, 지금 조두현이 어떤 생각을 하고 어떤 감정을 느끼고 있는가에 대해서 까지는 도저히 알 길이 없었다.

이내 닭똥 같은 눈물을 한 번 훔쳐내 보인 조두현이 천천히 입을 뗐다.

"경묵씨, 아까는 죄송합니다. 정말 맛있게 먹었습니다. 정혁이에게 저 대신 잘 먹었다고 전해주실 수 있으시겠습니까?"

"아, 아닙니다. 그런 말이라면 직접 하시는 게 더 낫지 않을까 싶습니다."

진심이 느껴지는 사과였음에도 불구하고, 경묵의 태도에는 딱딱함이 잔뜩 깃들어있었다.

두 사람간의 대화를 지켜보던 전병우가 이내 아랫입술을 살짝 내밀어보였다. 모르긴 모르더라도 무슨 일이 있었던 것 같다는 사실을 으레 짐작해낸 것이다.

조두현은 고개를 설레설레 저어보이고는 천천히 입을 뗐다.

"차마 염치가 없어서 직접 말을 전하기는 조금 힘들 것 같습니다. 험한 꼴 보여서 죄송합니다. 이만 들어가 보겠습니다."

경묵이 보기에 지금 조두현은 단순히 의식하고 태도를 고친 것이 아니라, 완전히 풍기던 분위기가 달라진 듯 보였다. 간단히 충격을 주려던 것뿐이었는데, 너무 극약처방을 내린 것인가 싶은 생각이 들어 괜스레 마음이 무거워졌다. 사실 경묵의 짐작이 정확히 맞아떨어지는 상황이었다. 충격이라면 경묵이 사용하던 조리 도구의 힘을 빌린 정혁의 조리 능력만으로도 충분히 줄 수 있었다.

그런데 충격을 주는 것쯤이야 눈감고도 행할 만큼 뛰어난 맛을 지닌 짬뽕에 [절망의 노래]의 힘까지 깃들었으니, 그 뛰어난 요리를 맛보며 주방을 떠나고 싶다는 생각을 하는 게 절대 이상한 상황이 아니었다.

이내 조두현은 전병우에게 고개를 살짝 숙여보이고는 등을 돌려 걸음을 옮기기 시작했다.

어쩔 수 없이 걸음을 옮기는 듯 보이는 그의 뒷모습에 무기력함이 적나라하게 묻어있었다.

이내 경묵은 한숨을 한 번 내쉬고는 조두현을 불러 세웠다.

"저, 조두현씨."

이내 걸음을 멈춘 조두현이 다시금 뒤를 돌아 자신을 불러 세운 경묵을 바라보았다. 모든 동작들이 명확하게 구분된 구분동작이었다.

뒤 돌아선 조두현의 얼굴은 가히 죽을상이라 해도 과언이 아니었다. 언제 마포대교에서 아래로 뛰어내려도 이상하지 않을 만큼 모든 것을 잃은 것 같아 보이는 표정.

'에휴, 그러게 적당히 하셨어야지. 내가 잘못한 거 아니야, 솔직히 당신이 너무 했었다고. 나도 물러터진 성격 좀 고쳐야 하는데……'

경묵은 속으로 혀를 몇 번 차고는, 천천히 걸음을 옮겨 조두현의 앞에 섰다. 그리고는 지독한 절망에 빠진 듯 보이는 조두현을 다독이기라도 하는 듯 어깨를 몇 번 가볍게 두드려주고는 한 번 웃음을 지어보였다.

지금 경묵이 지어보인 웃음은, 어떠한 악의도 일체 느껴지지 않는 선한 웃음이었다. 조롱의 의미도 아니었고, 비웃음도 아니었다. 보는 것만으로도 보는 이의 마음이 치유되는 말 그대로 순수한 웃음이었다.

경묵의 이러한 호의적인 태도에 조두현이 어깨를 한 번 들썩여 보였다. 몸짓은 물론이고, 표정에도 힘이 잔뜩 빠져있었다.

이윽고 경묵은 마치 노래라도 부르려는 듯 가볍게 목을 가다듬기 시작했다.

"큼, 흠……"

이번 노랫말은 [절망의 노래]의 효과를 야채에 담아낼 때처럼, 누가 들을세라 작게 부르지 않을 생각이었다. 아니, 오히려 누구라도 들을 수 있도록 크게 불러볼 생각이었다.

배운 이래로 아직 제대로 한 번도 사용해보지 못했던

스킬이 하나 있었다.

바로 [희망의 노래].

경묵은 각성 이후로 단 하루도, 아니 단 일 초도 빠짐없이 자신의 몸속을 떠돌기 시작한 신비한 기운, 즉 마나의 힘을 빌려가면서 까지 큰 소리를 내기 위해 애썼다.

배와 목 주변에 몸을 떠돌던 마나 에너지를 잔뜩 집중시키고는, 나지막이 속삭였다.

'희망의 노래.'

[희망의 노래]는 시전에 있어서만큼은 [절망의 노래]와 별반 큰 차이가 없었다. 하지만, 음에 있어서만큼은 명백한 차이를 지니고 있었는데, 놀랍게도 철저히 반대의 음을 가지고 있었다.

스킬을 사용함과 동시에 갑작스레 머릿속을 떠돌기 시작한 이상한 언어로 이루어진 노랫말을 입 안에 그대로 담아내기 시작했다.

자의적으로 노래를 하겠다고 마음먹은 것이 아니라, 그 단어를 연상하고 입에 담아내려 조금 노력하는 것만으로도 웅장한 노래가 되어 흘러나오기 시작했다.

마나로 이루어진 노랫소리가 크게 울려 퍼지기 시작하자, 푸드 트럭에서 식사를 하고 있던 모든 사람들의 시선이 경묵에게 집중되었다.

손님들은 물론이고, 전병우, 이우와 서은 그리고 주방

칸 위에 있던 정혁에 주변을 거닐던 행인들까지 모두 걸음은 물론 하던 모든 행동을 멈춘 채로 경묵의 노랫소리에 귀를 기울이기 시작했다.

마치 모두가 약속이라도 한 듯 근처에 있던 수 십 명의 사람들이 동시에 눈을 감고 경묵의 노랫말에 집중했다.

의미는 알 수 없지만 가슴이 따뜻해지는 것만 같은 멜로디가 귓가에 스며들자, 마치 어디선가 잔잔한 오케스트라 반주가 들려오는 듯 했다.

그 반주 소리는 실제로는 들리지 않는 소리이면서도, 실제로 들리는 소리였다.

노랫말에 집중을 해야만 들려오는 반주였는데, 응축된 마나가 고막에 닿기 직전 흩어지며 반주의 형태를 내보이고 있는 원리를 지니고 있었다.

모두들 인생에서 가장 행복했던 순간을 떠올리기라도 하는 것인지, 눈을 감은 채 노래를 경청하고 있는 모든 이들의 입가에 천천히 짙은 미소가 떠오르기 시작했다.

물론, 조두현도 예외는 아니었다. 어찌나 행복한 시절을 떠올리고 있는 것인지 눈물까지 고여 있었다.

이윽고 노래가 멈추었음에도 불구하고, 눈을 뜨는 이가 하나도 없었다. 심지어는 노래를 부르던 경묵 역시 노래가 끝난 후에도 눈을 감은 채 제 자리에 서있었다.

그리고 경묵 역시 노래를 부르는 내내 행복한 기억을

떠올리고 있었다.

그런데 놀랍게도 경묵이 떠올린 행복한 기억은 과거가
아니었다.

현재였다.

물론 과거도 섞여있기야 했다지만, 과거라는 칭호가 무
색할 만큼 가까운 시일 내의 기억들이 전부였다.

'아, 지금 정말 행복하구나.'

각성이 시작이었던 걸까? 정혁과 서은과 만나게 된 것
도 감사했고, 할머니의 건강을 되찾은 것도, 또한 원하는
만큼 효도를 할 수 있게 된 것도 너무나 행복했다.

햇빛보육원에서 만난 아이들이 자신이 조리한 음식을
먹을 때 지어보이는 표정, 되살린 민경분식이며, 아직은
활동이 미미하여 유령회사 급이라지만 이제는 어엿한
CEO이기도 했다.

조금씩 자신의 요리 실력을 대중들은 물론, 세계적인
셰프들에게 인정받기 시작한 것도 말로 할 수 없는 행복
이었고, 하루하루 영업 역시 행복이었다.

좋은 사람들과 더할 나위 없이 행복한 시간들을 보내고
있다는 사실을 새삼 깨닫고 나니 정말이지 진심어린 웃음
이 절로 지어졌다.

이 사람들과 함께라면 무엇이든 해낼 수 있을 것 같았
다.

이윽고 한껏 기분이 고조된 경묵이 가볍게 눈을 떴을 때였다.

눈앞에서 전혀 예상치 못한 일이 벌어지기 시작했다.

짝짝짝짝짝-!

"와아아아!"

식사를 하던 손님들이 모두 기립해서는 박수를 치기 시작했다. 박수갈채와 함께 들려오는 크나큰 환호성.

말 그대로 톱 가수의 콘서트 장을 방불케 하는 장면이 장내에 펼쳐지고 있었다.

전병우는 재미있다는 듯 고개를 끄덕이며 함께 박수를 치고 있었고, 정혁은 경묵과 눈이 마주치자 엄지손가락을 들어 보였다.

서은 역시 해맑은 미소를 지어보이고 있었고, 식사를 하고 있던 모든 손님들 역시 마찬가지였다.

이내 조두현이 경묵의 곁에 다가서며 조심스레 입을 뗐다.

"경묵씨…… 정말 감사합니다."

"아닙니다."

조두현은 쉽사리 말을 잇지 못하고 경묵의 두 눈을 바라보고 서 있었다.

사람을 잡아당기는 힘이 있었다. 어째서 한국 중화요리의 전설인 전병우가 경묵의 곁에 있는지를 알 수 있을 것 같기도 했다.

마냥 애송이라고 여겼던 한낱 푸드 트럭의 사장 임경묵은 정말이지 엄청난 포용력이 있는 사내였다.

뛰어난 인품에, 무시할 수 없는 실력과 더불어 오너로서의 기질까지 고루 갖추고 있었다.

오죽했으면 이 짧은 만남만으로 밑에서 일하고 싶다는 충성심을 불러일으킬 정도였다.

각성 덕분에 계 탄 놈일 뿐이라고 대수롭지 않게 여기고 있었던 자신의 모습이 부끄럽게만 느껴져 도저히 입을 뗄 수가 없었다.

마치 그런 그의 생각을 읽기라도 한 것인지 경묵이 먼저 말을 이어나가기 시작했다.

"다음번에 뵙게 되면 반갑게 인사드려도 되겠습니까?"

"물론입니다, 저야 감사하지요. 그리고…… 조언 아닌 조언을 드리자면……."

조두현은 멋쩍은 듯 미소를 한 번 지어보이고는 말을 이어가기 시작했다.

"전 선생님께 자문을 구한다면, 무리 없이 세계대회 참가가 가능할 지도 모르겠습니다. 그 정도 힘을 지니신 분이니까 말입니다. 아까는 정말 죄송했습니다. 정말, 정말 죄송했습니다."

조두현이 연신 고개를 조아려 보이며 말을 잇자 경묵이 손사래를 쳐 보이며 말했다.

"아아, 저는 정말 괜찮습니다. 기회가 닿는다면 정혁이 형께 한 번 정식으로 사과하시는 것이 어떨까 싶습니다."

칭호를 통해 얻게 된 리더십의 효과인 것일까? 평소같 았다면 한 번 터트렸어도 이상할 것이 없었던 조두현의 과한 도발에도 넘어가지 않을 수 있었다.

또한 어떻게 처신해야 할지 누군가가 알려주기라도 하 는 듯 머릿속에서 정연히 정리된 말들이 입을 거쳐 나오 고 있었다.

조두현은 주방 칸을 넌지시 바라보다가 나지막이 말을 이어나가기 시작했다.

"조금이라도 떳떳할 수 있게 된다면, 언제든 다시 걸음 하도록 하겠습니다."

이내 말을 마친 조두현은 정혁과 눈이 마주치자 한 번 고개를 깊게 숙여 보인 후에 다시 등을 돌려 걷기 시작했 다.

식사를 마친 전병우가 입가에 묻은 고추기름을 닦아내 며 말했다.

"야, 김치볶음밥이 뭐냐? 김치볶음밥이. 손님 대접하고 는."

"것 참, 이건 또 무슨 때 아닌 반찬투정이십니까?"

맞은편에 앉은 경묵이 되물어보이자 전병우가 익살스럽게 웃어보이며 화제를 돌렸다.

"그런데 겨우 그런 걸로 고민하고 있던 거야? 세계 대회 참가권?"

"겨우 그런 거라니요. 당장에 타개할 방법이 없으니 참담할 수밖에 없지 않겠습니까? 무슨 뾰족한 수라도 있으십니까?"

"네 명이라며, 누구누구 생각해 뒀는데?"

경묵이 멋쩍은 듯, 한 번 웃어보이고는 조심스레 입을 뗐다.

"우선 저하고, 정혁이형, 그리고 스승님까지 생각해뒀습니다."

"뭐? 나?"

전병우는 고개를 뒤로 한껏 젖히고는 껄껄 웃어 보인 후에 다시금 말을 이어나갔다.

"이 자식이, 당사자 의견은 묻지도 않고 말이야."

"이제 정정하신 것 같은데, 다시금 왕관을 되찾으셔야지요."

경묵의 장난기 가득 섞인 대답에 전병우 역시 장난기 어린 어투로 받아쳤다.

"예끼! 왕관을 되찾기는 무슨! 벗어서 내려놓은 적도 없고, 누가 집어간 적도 없다, 이 놈아!"

말을 마친 전병우가 잠시 고민하듯 허공을 응시하다가 곧장 말을 이어나가기 시작했다.

"음……. 그런데 내가 아는 놈 중에 한 놈이 있긴 하지."

"네?"

"있다니까? 마지막 멤버로서 같이 세계대회를 출전해 줄 놈."

"그런데, 중요한 게 우선 참가권이 없으니……."

이내 전병우가 안 주머니에서 담배 한 까치를 꺼내들어 입에 물고는 피식하고 웃음을 지어보인 후에 말을 이었다.

"있어, 참가권도 있고 3년 내에 국제대회 수상 이력도 있는 놈."

"예? 누굽니까? 그런 분이 저희랑 한 팀으로 대회를 나가주신 답니까?"

탁-

라이터를 켜서 담배에 불을 붙여 보인 전병우가 담배 연기를 한 번 깊게 빨아들인 후에 곧장 뱉어냈다.

입 안에서 나온 몽글몽글한 담배 연기가 불어오는 바람에 순식간에 분해되었고, 경묵은 숨도 쉬지 않으며 그런 전병우를 연신 지켜보고 있었다.

이내 전병우가 밝은 목소리로 말을 이었다.

"네 사형 있잖아."

"사형이요?"

고개를 끄덕여 보인 전병우가 다시금 담배를 입가로 가져다대며 넌지시 답해보였다.

"대욱이 놈 말이다, 그 놈이 있는데, 무슨 걱정이냐?"

경묵은 마치 망치로 뒤통수를 한 대 세게 때려 맞은 것 같은 기분이었다.

'에? 형대욱 셰프님……?'

3년 내에 국제대회 수상이력이라면 셀 수 없이 가지고 있고, 참가권을 따냈어도 몇 개를 따냈을 요리사. 그리고 엄연히 따지고 본다면 경묵의 사형 뻘 되는 세계적인 셰프 형대욱.

전병우가 죽으라고 한다면 죽는 시늉이라도 할 만한 든든한 지원군이었다.

경묵과 정혁, 중화요리계의 대부 전병우와, 현재 국내 중화요리의 왕좌를 다투는 형대욱까지.

비록 구두계약일 뿐이었지만, 드림팀이 결성된 순간이었다.

24. 각성자 잡는 요리사

MODERN FANTASY STORY

각성!
북경각

# 북경각

MODERN FANTASY STORY

띠익… 띠익… 띠익… 띠익…

전병우가 어색한 손길로 현관 도어락을 해제하고 있었다.

전병우는 후덥지근한 날씨 탓에 열이 바짝 오른 것인지 숨겨져 있던 이마의 모든 주름들을 이용해 인상을 쓰고 있었고, 덕분에 맺혀있던 구슬땀들이 곡선을 그려대며 흘러내리고 있었다.

"것 참, 대체 뭐 그리 훔쳐갈 게 많다고 이렇게까지 문을 걸어 잠가 놓는 거야?"

띠리링– 띠익!

이윽고 현관 도어락 잠금이 해제되는 소리가 한 차례

울리고 나서 문을 열어 재낀 전병우가 신발을 대충 벗어 던지고는 안으로 들어서며 짜증 섞인 목소리로 말했다.

"야, 저거 없애자. 내가 저것 때문에 제명에 못 살겠 다."

쇼파에 앉아 신문을 읽고 있던 형대욱이 집 안으로 들 어서는 전병우를 바라보며 되물었다.

"제명에 못살기는 무슨, 욕먹으면 오래 산다는 말 아시 죠? 여태껏 먹은 욕만 하더라도 스승님은 이미 불사신입 니다, 불사신. 다짜고짜 뭘 또 없애자는 겁니까? 오자마 자."

제자리에 멈춰 선 전병우는 두툼한 손으로 연신 자신의 얼굴을 향해 부채질을 해보이며 신경질적인 목소리로 말 했다.

"뭐긴 뭐야, 현관에 저거 '띠로릭– 띠익' 없애자고. 이 렇게 흉흉해서야 쓰나, 무슨 문을 이렇게 철통같이 잠가 놔? 여기가 은행이야, 아니면 나라님 집이야? 나 어릴 적 에는 문도 열어놓고 나다니고 그랬어. 에라, 됐어, 됐어! 에어컨 켜봐, 에어컨."

형대욱은 피식하고 웃음을 지어보인 후에 리모콘을 들 어 에어컨을 켜 보이며 말했다.

"것 참, 시원한 바람 쐬시면서 정신 좀 차리십시오. 예 전이랑 지금이 같으신 줄 아십니까?"

"됐고, 너 상해에서 대회 하나 크게 열리는 거 알고 있지?"

갑작스러운 질문에 형대욱의 표정이 미묘하게 변했다.

"어? 스승님께서 어찌 알고 계십니까?"

"뭘 어찌 알아? 내가 관 짝에 누워있길 해, 아니면 땅에 묻혀있어?"

"허허, 것 참……. 아니, 그런 뜻이 아니잖습니까? 날 덥다고 자나 깨나 스승님 걱정밖에 안하는 제자한테 짜증을 내시면 씁니까?"

형대욱의 능청스러운 어투에 피식하고 웃음을 터트린 전병우가 쇼파에 털썩 주저앉으며 나지막이 중얼거렸다.

"걱정은 무슨, 옘병 하네. 네 놈 장가갈 걱정이나 해라."

냉장고 앞에 선 형대욱이 전병우를 바라보며 웃음기 어린 말투로 되물었다.

"백 리 밖에서도 홀아비냄새 풀풀 풍기는 스승님이 그리 말씀하시면 하나도 안 와 닿는 거 아시죠? 뭣 좀 마시겠습니까?"

"따박따박 말대답은…… 냉수나 한 잔 줘봐라."

이내 컵에 시원한 물을 따라내던 형대욱이 전병우를 바라보며 장난스러운 어투로 물었다.

"그런데 상해 세계대회는 갑자기 어쩐 일로 물으시는 겁니까? 나가시기라도 하시려고요?"

세상만사 귀찮다고 동네 중국집으로 한 번, 그리고 나서도 성에 차지 않았던 것인지 산속으로 또 한 번 숨어들었던 전병우였다.

무려 두 번이나 사람들 눈총 피해 숨어들었던 노인네가 상해까지 가서 팬을 잡을 리가 만무하다고 생각했다. 당연히 나갈 리가 없다고 여겼기에, 우스갯소리로 던진 질문이었다.

"응, 나랑 같이 거기 좀 가서 판 한 번 벌려야 쓰겠다."

"예?"

쥐고 있던 물통만 보더라도 어찌나 당황한 것인지 티가 날 지경이었다.

손이 크게 흔들린 탓에 물이 컵 밖으로 조금 넘쳐흘렀다.

"갑자기 그게 무슨 말씀이십니까?"

"네 놈 하고 좀 같이 나가야겠다고. 내가."

"아니, 갑자기 무슨 상해 대회입니까? 이미 잡혀있는 제 일정들은 어쩌고요. 거기다가 스승님이 상해까지 가시겠다고요? 동네 슈퍼도 안 가는 노인네가?"

전병우가 경묵의 강화 덕분에 얼굴과 몸은 잔뜩 젊어졌다지만, 하는 행동이나 어투는 여전히 영락없는 노인처럼만 보였다. 전병우는 아랫입술을 삐죽 내밀고는 이죽거리는 투로 말을 이어나나기 시작했다.

"네가 잡은 일정이지 내가 잡은 일정이냐? 거기다가, 뭐? 노인네? 오라, 배울 거 다 배웠으니까 이제 골방노인 취급하겠다, 이거구만? 그런 게냐?"

잔뜩 토라진 듯 보이는 전병우의 대답을 들은 형대욱이 어이가 없다는 듯 양손을 들어 보이며 되물었다.

"아니 갑자기 무슨 바람이 들어서 이제 직접 상해까지 걸음하시겠다는 겁니까? 거기다가 출전? 것 참, 내일 해가 서쪽에서 뜨겠습니다."

전병우는 손사래를 쳐 보이며 혀를 차대고는 말을 이어나가기 시작했다.

"에라, 쯧쯧쯧……. 너처럼 살다가 한 방에 훅 간다. 남의 등에 칼 꽂으면 근 십년 동안 두 다리 뻗고 잠 못 드는 게야……. 몇 년 만 더 살면 불혹인 놈이 그것도 몰라서 이렇게 굴어?"

"아니, 아니. 일단 말씀이나 한 번 들어봅시다. 갑자기 무슨 영문으로 그러신 답니까?"

이내 전병우가 입가에 짙은 미소를 한 번 지어보이고는 말했다.

"경묵이 놈도 수상 이력 하나쯤은 있어야 되지 않겠냐? 거 TV 나와서 장난질 하는 거 말고, 이력서에 적을 거창한 이력 하나 있어야 되지 않겠냐 이거야."

'경묵이 녀석의 수상이력을 만들기 위해서라······.'

어쩐지, 아무런 이유도 없이 갑작스레 상해까지 걸음할 노인이 아니었다. 목에 칼이 들어와도 몇 걸음 걷는 시늉만 할 뺀질뺀질한 노인네가, 경묵이 정말 마음에 든 듯 싶어 웃음이 새어나왔다.

곰곰이 생각을 정리해보던 형대욱은 금세 조금 마음에 걸리는 부분을 떠올려낸 탓에, 의아하다는 듯 어깨를 들썩여보이고는 되물었다.

"그런데 스승님께서 출전하시는 건 명백한 반칙 아니겠습니까? 물론, 마음대로 되는 일은 아니라지만 심사위원으로 가시는 게 차라리 더 맞는 이야기일 것 같은데······."

"야, 이 놈아. 내가 소싯적에 대회 한 번이라도 나간 적이 있냐? 그 때는 대회 그런 게 그렇게 잘 되어있지도 않았어. 실력도 좋고 운도 좋은 놈들만 좋은 데서 대접받으면서 요리하는 거였지."

대욱은 이내 고개를 끄덕여보이고는 말했다.

"그때야 그랬지요."

"그래, 이 놈아. 나야 어차피 수상기록도 하나도 없겠다, 내 몸 하나 힘겹게 가누는 수준도 아니고 이렇게 정정한데 대회 한 번 나가본다는 데 누가 나한테 돌을 던져? 그리고 당시에 요리좀 한다하는 것들이나 나를 좀 알아줬지, 누가 또 나를 알아줬어? 너나 걱정해라, 너나."

형대욱은 고개를 한 번 저어보이고는 답했다.

"저도 문제될 거 없습니다. 단체전 참가 이력은 여태껏 단 한 번도 없었거든요. 그럼 저랑 스승님에 경묵이 녀석 낀다 치고 마지막 한 명은 누구입니까?"

전병우는 곧장 너털웃음을 한 번 지어보이고는 말했다.

"있어, 짬뽕깡패."

전병우의 입에서 나온 말의 어감이 다소 우습게 여겨졌던 탓에 형대욱 역시 저도 모르게 웃음을 지어보였다.

"크흡, 네? 짬뽕깡패는 또 뭡니까?"

"짬뽕으로 사람 울리는 놈이 한 명 있다니까?"

스승이 실언을 하지는 않는 사람인 것이야 잘 알고 있는지라 나름 관심을 가진 채로 질문을 던졌다.

사소한 자리도 아니고 상해 세계대회에 함께 출전을 도모할 정도라면 제법 쟁쟁한 실력을 지닌 실력자일 것이 분명하다고 여긴 것이다.

"짬뽕으로 사람을 울려요? 누군데요, 그게?"

"최정혁이 알지? 임경묵한테 요리 처음에 알려줬다던 놈."

형대욱이 짧게 탄식을 한 번 뱉어내고는 곧장 말을 이어나가기 시작했다.

"아, 예. 이름은 몰라도 누군지야 알지요. 전에 촬영장에서 얼굴도 한 번 본적이 있었고요."

"그래, 그 놈이야. 그 놈도 유심히 지켜봤는데 기초가 탄탄하다 싶더니 아니나 다를까 화룡각 출신이더라고."

형대욱은 고개를 한 번 끄덕여보이고는 되물었다.

"그럼 엄수환 선생님 밑에 계셨던 건가? 그 사람 실력이 그렇게 쓸 만 합니까?"

"아니야, 아니야. 엄수환이 밑에 있던 건 또 아니라더라. 실력은 쓸 만 한 것 같더라고."

"에? 하기야 화룡각이 주방 식구들한테 깐깐하기로는 유명했으니 엄수환 선생님 아니더라도 깐깐하게 배웠겠지요."

이내 전병우가 이를 다 드러내는 얄궂은 웃음을 한 번 지어보이고는 조심스레 입을 뗐다.

"사실 그 놈이 한 요리를 먹어보지는 않았어."

"예?"

"먹어볼 예정이긴 해."

이윽고 형대욱이 깊은 한숨을 한 번 뱉어내고는 말을 이어나가기 시작했다.

"아니, 그럼 대체 기본이 탄탄한지 아닌지 어찌 아십니까? 세계무대가 애들 장난도 아니고……."

"요리하는 모습을 한 번 봤고, 것 참 생각을 해봐라. 경묵이 놈 기초를 잡아준 녀석인데 저도 제대로 못하는 놈이었으면 남을 어찌 가르쳤겠어?"

전병우가 말을 자르듯 치고 들어왔다.

조금, 아니 많이 탐탁지 않기야 했다지만, 스승의 안목이 빗나간 적은 단 한 번도 없었다.

몇 번 정도 장난스럽게 '그놈 있지…….' 하고 말을 꺼내고는 중화 팬 잡고 있는 요리사들 미래를 점치곤 했었는데, 그럴 때면 소름이 돋을 정도로 딱 딱 맞아떨어지곤 했었다. 더군다나 다시 한 번 곰곰이 생각해보니 엇나간 적이 단 한번도 없었다.

"것 참, 혹시나 감 다 죽으셔서 헛다리짚으신 건 아닐지 모르겠습니다."

"야 이 놈아 이제 나가면 내가 네 형이라고 해도 믿을게다. 감이 죽긴 왜 죽어? 죽었던 감도 되살아났을 것 같은데."

전병우는 만족스럽다는 표정으로 자신의 팔뚝에 힘을 꽉 쥐어보이고는 살피기 시작했다.

우락부락한 팔뚝은 정말이지 젊을 때 모습 그대로였다.

이내 형대욱이 고개를 내저어보이자, 전병우가 쇼파 앞 협탁에 놓인 재떨이를 집어 들고는 마치 던지기라도 할 듯 위협해보이며 물었다.

"너 이 자식, 속으로 내 욕했지?"

이윽고 형대욱이 배를 잡고 호탕하게 웃어재껴 보인 후에, 조곤조곤한 목소리로 답했다.

"다행히 감은 아직 안 죽으셨네요, 알겠으니까, 이력사항하고 인적사항만 받아서 가져다주시면 직접 신청 넣을게요."

전병우는 그제야 한 번 씨익 웃어보이고는 나지막이 말을 이었다.

"진작 그렇게 나왔어야지."

세계대회 참가권?

경묵에게는 난관이었다지만, 전병우에게는 정말 아무 것도 아닌 문제였다.

전병우는 입가에 웃음을 잔뜩 머금은 채로 양 팔을 넓게 벌려 쇼파에 걸쳐둔 채 한껏 편한 자세로 에어컨 바람을 만끽하기 시작했다.

"아따, 시원하다."

형대욱은 그런 전병우의 모습을 바라보며 한 번 웃음을 지어보였다.

접수기간이 끝나기 전에 오너셰프 코리아의 촬영이 종료될 예정이니, 촬영 종료일 이후로 접수를 할 생각이었다. 혹여라도 괜한 부정심사 의혹을 사고 싶지는 않았기 때문이었다.

오디션 프로그램 특성상 참가자가 마음에 들면 촬영 종료 후 심사위원들과 콜라보를 하는 게 이례적인 일은 아니다보니, 촬영 이후라면 한 팀을 이루어도 문제 될 것이 단 하나도 없었다.

뭐 보통 요리 오디션 프로그램의 경우는 대회 출전보다는, 자신의 식당에 고용을 하는 경우가 더 다분하다지만 어쨌든 문제 될 것은 없는 노릇이었다.

형대욱이 바라보기에 경묵은 마법 같은 힘을 지닌 신비한 아이였다.

마정석의 약효도 듣지 않고, 천천히 생기를 잃어가던 스승을 정정한 사십대로 되돌려 놓았으니, 그 사실 하나만 놓고 보더라도 정말이지 귀신이 곡할 노릇이었다.

막연하게 스승의 건강을 되찾아주었다는 사실 덕에 느끼고 있는 고마운 감정을 벗어던지더라도, 출중한 요리 실력이 정말 마음에 들었다.

아직 완벽하지는 않다지만 조금만 다져낸다면 얼마든지 더 성장할 수 있는 아이. 말 그대로 뛰어난 잠재성을 지니고 있었다.

'뭐, 재미있을 것 같기는 하네.'

경묵도 경묵이라지만, 스승 전병우와 한 팀을 이루어 대회에 나간다? 그것도 세계 대회. 단 한 번 상상조차 하지 못했던 일이라 괜스레 가슴이 두근거렸다.

갑작스레 다복정 주방 옆에 딸린 다락방에서 잠을 청하던 어린 날의 자신의 모습을 떠올렸다.

어디 지금 자신의 위치를 상상이나 한 번 해본적이 있던가?

대욱은 입가에 웃음을 잔뜩 머금은 채로 자신이 받아낸 트로피들이 잔뜩 진열되어있는 진열장으로 천천히 시선을 돌렸다.

트로피가 가득 진열되어있는 진열장 안에는 마침 딱 한 개가 들어설만한 자리가 남아있었다.

그 자리에 이번 상해 대회의 트로피가 들어있는 모습을 상상하자, 웃음이 절로 지어졌다.

"그래, 뭐 좋은 게 좋은 거지……."

한 편, 전병우는 경묵을 비상시켜 줄 생각에 벌써부터 잔뜩 들떠 있었다.

'자, 수염도 달아주고 비늘도 광내주고 날아다닐 판까지 짜 주었으니, 신명나게 노는 것은 이제 네 놈 몫이다.'

이윽고 전병우는 껄껄거리며 걸쭉한 웃음을 지어보였다.

전원이 꺼진 큼지막한 TV에 비친 자신의 모습 역시 정말 너무나 마음에 들었다.

⚽

F&F KOREA의 사옥, 촬영장 안에서 다시 한 번 경연 주제의 발표가 이루어지고 있었다.

저번과 다름없이 경연 주제 발표는 짤막한 토크쇼 형식

으로 진행될 예정이었다.

저번 경연에서 경묵과 맞붙었던 참가자, 도광룡이 최하점을 받게 되었고 탈락을 면치 못해 현재 남은 참가자의 수는 총 네 명.

이번 경연에서도 두 명의 탈락자가 발생할 예정이니, 어찌 보면 준결승전인 셈이었다.

중앙에 선 진행자 박성주를 제외하고 좌측에 놓인 의자들에는 심사위원들이, 우측에 놓인 의자에는 참가자들이 나란히 앉아있었다.

"자, 이번 경연 주제는 이만 원짜리 코스 요리입니다."

진행자 박성주의 밝은 목소리가 스튜디오 안에 울려 퍼지자, 참가자들의 표정이 사뭇 심각해졌다.

아마 예상치 못한 주제는 아니었겠지만, 이로서 10억이라는 상금을 받을 확률이 4분의 1로 줄어들었으니 다들 전보다 비약적으로나마 진중한 자세로 경연에 임하려는 듯 보였다.

경연 주제에 대해서 듣게 된 경묵은 무언가 결심이라도 한 듯 고개를 몇 번 끄덕여 보였다.

이미 남광민은 물론이고, 전병우와도 사전에 다음 경연 주제에 대해서 몇 번 의논을 했던 바 있었고 거론되었던 주제였기에 이미 구상해둔 코스 메뉴들도 몇 가지 있었다.

진행자 박성주는 가장 이슈가 되고 있는 인물이 경묵인 만큼 예의주시하고 있었던 터였고, 고개를 살짝 끄덕여보이던 경묵의 모습을 놓치지 않고 가장 먼저 질문을 건넸다.

"오, 임경묵 참가자는 벌써 구상이라도 끝낸 듯 고개를 끄덕이는 몸짓을 한 번 취해보이셨어요. 혹시 구상해둔 메뉴라도 있으십니까?"

말을 마치기가 무섭게 방청객들의 영혼 없는 아우성이 장내에 울려 퍼졌다.

"오오오오~"

경묵은 한 번 환히 웃어보이고는 천천히 입을 뗐다.

"아, 사실 구상해둔 메뉴가 있긴 한데 밝히기에는 아직 이른 것 같습니다."

"오, 그럼 이 정도 가격대로 미리 책정을 마치셨다는 건가요?"

"사실, 가격대는 살짝 조율을 해야 할 것 같습니다."

박성주는 동조하는 듯 고개를 몇 번 끄덕여보이고는 말을 이어나가기 시작했다.

"그렇지요, 이만 원이라는 가격적인 제한 안에서 맛과 더불어 코스요리의 형식을 갖추어야 한다면 정말 여간 어려운 일이 아니겠습니다."

경묵은 눈웃음을 한 번 지어보이고는 손사래를 쳐 보이며 말을 이었다.

"아닙니다, 실은 가격을 너무 낮게 잡고 있었던 터라 살짝 올려야 할 것 같다는 말씀을 드린 것입니다."

다시금 방청객에서 들려오는 영혼 없는 환호성, 불쌍한 막내 작가가 죽어라 팔을 돌리며 수신호를 보내고 있었다.

심사위원들은 그런 경묵의 발언이 재미있다는 듯 웃음을 지어보였고, 다른 참가자들은 인상을 살짝 찡그린 채 시샘이 가득 담긴 눈길로 경묵을 쏘아보았다.

'말로는 누가 못해.'

'저 자식, 진짜 보면 볼수록 밉상이네.'

오직 연래춘의 주방장 정필상만이 입가에 미소를 머금은 채 경묵을 바라보고 있을 뿐이었다.

몇 번 더 형식적인 질문이 이어지고, 영업을 하며 겪었던 해프닝에 대해서 언질을 하는 시간이 있었다.

요리도 마찬가지였지만, 경묵은 방송에도 천부적인 재능을 보이고 있었다.

경묵은 자신의 차례가 돌아오자 실제로 있었던 일을 아주 조금 더 우스꽝스럽게 포장해서 말하기 시작했고, 단연 주목을 받을 수밖에 없었다.

"전에 한 번 이런 적이 있었습니다. 아트리온 길드의 간부급 직원들이 식사를 하고 있었는데, 동네 불량배들이 가게에 찾아온 거예요."

진행자가 과장된 표정을 지어보이며 표정보다 더욱 과장된 안타까움이 묻어나는 목소리로 되물어보였다.

"아, 그것 참 안타깝네요. 어찌 되었습니까?"

"어디 푸드 트럭 앞에 펼쳐진 노점에서 식사를 하고 있는 아저씨가 아트리온 길드의 간부라고 생각이나 했겠습니까? 결국 험상궂게 생긴 어깨형님께서 그 테이블을 발로 걷어차서 딱 엎어버렸는데……."

스튜디오 외곽, 카메라에는 잡히지 않는 촬영진들 틈속에서 녹화장면을 지켜보던 유승우는 만족스럽다는 듯웃음을 지어보이고 있었다.

심지어 웬만한 이야기에는 도가 터버린 자신마저 매료되어서 이야기를 듣고 있는데, 시청자들은 어떻겠는가?

경묵은 매 녹화마다 방송분량을 톡톡히 마련해주고 있었다.

상황이 이렇다보니 경연 장면이 아니더라도 경묵 위주로 방송분을 편집할 수밖에 없는 노릇이었다. 경묵은 제대로 밀지도 못한 잔 수염을 달고 제 자리를 지키고 있는 다른 평범한 참가자들과 달라도 한참 달랐다.

경묵의 출연을 반대하던 돼지를 떠올리고는 이내 고개를 설레설레 저었다.

이미 유승우의 고속승진은 확정되어 있었다.

'개자식이 지 돈도 아니면서 나한테 그 따위로 생색을 내?'

얼마 지나지 않아 이번에는 방청석에서 웃음소리가 터져 나왔다.

"하하하하하하하!"

막내 작가가 힘써서 팔을 빙빙 돌릴 필요도 없이 터져 나온 웃음이었고, 몇몇 방청객들은 웃느라 고여 버린 눈물을 손수건 혹은 손으로 짓뭉개고 있었다.

경묵은 능동적으로 녹화를 주도해나가고 있었고, 의욕만 앞서는 초보 방송인들과는 남다르게 끼어들고 빠지는 타이밍은 물론, 자연스러운 시선처리에 넘치는 자신감까지.

경묵은 자신보다 훨씬 방송 경험이 많은 몇몇 심사위원들보다도 몇 곱절은 더 나은 모습을 보이고 있었다.

이내 유승우가 앉아있던 간이 의자를 박차고 일어서자, 촬영감독이 기어들어가는 목소리로 유승우에게 되물었다.

"승우씨, 더 안보고 가?"

"네. 안 봐도 대박인데요, 뭐."

"하긴 뭐, 안 봐도 그만이긴 하겠다."

유승우는 고개를 끄덕여보이고는 촬영감독에게 물었다.

"임경묵 저거 완전 물건 아니에요?"

"그러게, 완전 물건이네."

촬영감독도 밝게 웃으며 고개를 끄덕여보였다. 상황은 유승우의 말 그대로였다. 스튜디오 안 촬영진들이 보기에 경묵은 명백히 '난 놈'이었다.

연예인이나 모델 아이돌 가수들과 견주어도 손색없는 외모와 큰 키, 딱 벌어진 어깨에 보기에 좋은 몸. 심지어는 그들보다 더 나은 방송 적응력마저 보여주고 있었다.

거기다가 자신의 주 분야인 요리에는 천재적인 재능을 보이고 있었고, 겸손한 행실과 몸에 배어있는 착한 성품. 아무리 과거를 들추어내려고 노력해도 딱히 들추어낼만한 과거가 없었다.

이들이 보기에 경묵은 어디하나 흠 잡을 데 없는 '최고의 상품'이었다.

그리고 한 편, 정혁은 스튜디오 바로 앞 대기실에서 경묵보다 더 떨리는 마음으로 녹화가 끝나기를 기다리고 있었다.

녹화를 마친 경묵이 스튜디오 밖으로 나서자 기다리고 있던 정혁이 황급하게 대기실 의자를 박차고 일어서며 말을 건넸다.

"야, 경묵아. 남광민 셰프는?"

일전에 조두현이 푸드 트럭에 다녀간 이후로 정혁의 머릿속에는 온통 남광민 셰프 생각만이 가득했다.

조두현을 통해 화룡각에서 일하던 시절 우렁 각시 노릇을 해주던 '광민이 형'의 정체가 남광민 셰프가 맞다는 사실을 알게 되었으니 한 시라도 빨리 이야기를 나누어보고 싶은 노릇이었다.

경묵은 마치 어린아이처럼 조바심을 내는 정혁을 바라보고는 한 번 웃음을 지어보였다.

"여기서 잠깐만 기다리면 곧 나오실 거예요. 셰프님들은 따로 전달받으실 사항이 있어서 참가자들보다 늦게 나오시거든요."

"아……. 그런데 혹시 기억은 하실까? 이거 혹시 나만 설레발 떨고 있는 건 아닌지 몰라……."

정혁이 다소 의기소침해 보이는 어투로 말해보이자, 경묵이 고개를 저어보이고는 말했다.

"아마 아닐 거예요. 전에 한 번 형에 대한 이야기를 나누었던 적이 있거든요. 자꾸 어디서 들어본 적이 있는 것 같다고 하시더라고요."

"뭐? 그걸 왜 이제야 말해!"

정혁이 장난스럽게 경묵의 멱살을 움켜쥐며 말해보이자, 경묵은 어깨를 한 번 들썩여보이고는 말을 이어나가기 시작했다.

"설마 두 분이 화룡각 주방에 함께 있었다고 짐작이나 했겠어요?"

"이 자식, 의도적으로 우리의 오작교를 무너트리려고……."

이윽고 경묵이 긴장한 티가 역력해 보이는 정혁의 말을 잽싸게 가로채고는 손가락으로 문 쪽을 가리키며 말을 이었다.

"어, 저기 나오신다!"

"어…? 어?!"

정혁이 곧장 고개를 돌려 문 쪽으로 시선을 옮기기가 무섭게, 촬영장 안에서 손에 쥔 휴대폰을 바라보며 터벅터벅 걸음을 옮기고 있는 남광민 셰프가 눈에 들어왔다.

정혁은 쉼 호흡을 한 번 해보이고는 점점 가까워지는 남광민 셰프를 바라보고 서 있었다.

이윽고 연신 핸드폰만 바라보던 남광민이 고개를 들었을 때, 자신의 앞에 선 경묵을 바라보며 밝은 목소리로 말을 건넸다.

"오! 야, 경묵아 너 요즘 촬영할 때 보면 완전 물올랐더라? 너 혼자만 자꾸 분량 챙기고 할래? 나도 좀 챙겨줘라."

경묵이 장난기 가득 섞인 광민의 말에 무어라 대답을

하기도 전에, 정혁이 목이 멘 소리로 천천히 입을 떼기 시작했다.

"광민이…… 형…?"

갑작스레 감정이 복받친 듯 보이는 정혁이 목이 잔뜩 멘 소리로 자신을 형이라 칭하자, 광민이 다소 놀란 듯 살짝 뒷걸음질을 치며 되물었다.

"예?"

일순 정적이 흘렀고, 쉽사리 말을 잇지 못하던 정혁이 목을 한 차례 가다듬어보이고는 힘겹게 입을 뗐다.

"형, 혹시 저 기억 안 나세요?"

"어……. 그게……."

광민이 난감하다는 듯 정혁과 경묵의 얼굴을 번갈아가며 쳐다보자, 경묵은 입가에 미소를 머금은 채 어깨를 한 번 들썩여보이고는 조심스레 말했다.

"셰프님, '화룡각 찌질이 최정혁' 하면 혹시 기억 안 나세요?"

화룡각이라는 말을 들은 광민의 표정이 금세 밝아지기 시작했다.

이윽고 광민이 밝은 웃음을 지어보이며 정혁에게 손가락질을 해보이며 되물었다.

"야, 너 혹시……. 목이버섯?"

"형!"

이내 정혁이 큰 소리로 외쳐보이고는 광민의 품에 쏙 안겼다.

광민에 비해 덩치가 훨씬 큰 정혁이 품에 쏙 안겨버리자, 경묵은 마냥 재미있다는 듯 키득거리기 시작했고, 광민은 놀람을 감추지 못하는 표정으로 연신 되묻기 시작했다.

"너 이 자식, 목이버섯 맞지? 주방 막내 최정혁이 맞지?"

"맞아요, 형! 맞아요! 목이버섯 맞아요!"

어느새 붉어진 정혁의 눈시울을 발견한 경묵이 배를 부여잡고 웃어대기 시작했다.

"아, 형! 덩치 값 좀 해요! 그렇게 좋아요?"

"야, 인마! 너도 전 선생님 만났을 때 아주 펑펑 울어댔잖아. 이 자식아! 나는 좀 울면 안 되냐……?"

덩치가 산만해진 정혁이 눈물까지 흘리며 자신의 품에 쏙 안겨 보이자, 광민이 양 팔을 넓게 벌려 꽉 끌어안아주었다.

광민의 품에 안기자마자 지난 날 주방을 등지고 떠나고 싶던 날이 주마등처럼 스쳐지나가며 감정이 복받쳐 올랐다.

광민은 마치 어린아이를 다독이듯 가볍게 정혁의 등을 두드려주기 시작했다.

"잘 버텼다. 멋있어졌네. 남자다워졌어."

"혀엉……."

광민의 따뜻한 목소리에 정혁이 눈물을 쏟아내기 시작했다.

주방 막내 시절, 정혁의 얼굴에 잔뜩 어려 있던 앳기는 온데간데없이 사라져 있었다.

살이 잔뜩 붙어서 덩치도 한참이나 커져있었지만, 광민의 눈에 보이는 정혁은 여전히 언제 무너질지 모르는 벼랑끝에 몰려있는 주방 막내처럼만 보일 뿐이었다.

정혁은 그렇게 고목나무에 착 달라붙은 매미처럼 달라붙어 울어댔다.

스튜디오 앞에서 한참동안 서서 대화를 나누던 세 사람은 장소를 옮겨, 푸드 트럭 앞에 자리를 펴고 앉아 본격적인 담소를 나누기 시작했다.

영업개시 시간까지는 아직 한참이 남아있는 터라, 제법 마음 편히 대화를 주고받고 있었고, 경묵은 그저 흐뭇한 표정으로 두 사람의 대화를 지켜볼 뿐 별다른 말을 잇지 않고 있었다.

"아, 나도 계속 긴가민가했었어. 정혁이라 길래, 혹시 내가 아는 그 정혁인가 했지."

"저도 그랬어요, 그 때 솔직히 말씀드리면 형이 화룡각에서 입지가 굳건한 편이 아니다 보니까 세간을 떠들썩하게 만든 '남광민 셰프'가 형 일거라고는 생각도 못했어요."

광민은 격하게 공감하는 듯 손뼉까지 쳐 보이며 대답했다.

"그럴 수밖에 없지! 그때 화룡각은 유학파가 꽉 쥐고 있었잖아. 말이 명문이고 말이 대한민국 3대지 썩어있었어. 밖에 나오니까 정말 다들 우물 안 개구리들 같더라니까. 정혁아 너도 기회 되면 중국 한 번 꼭 가봐. 그렇게 자부심 가지는 데 다 이유가 있더라고."

두 사람은 정말이지 신이 난 듯 주거니 받거니 대화를 나누고 있었다.

"맞아요, 정말 그랬죠. 저도 텃세 때문에 얼마나 힘들어했었는지 생각만 하면……. 야, 경묵아 너는 정말 광민이 형 덕분에 요리 편하게 배운 거다!"

특히나 정혁이 더욱 신이 난 듯 보였다.

정혁은 물 만난 고기처럼 신나게 이야기를 나누고 있었고, 경묵은 그런 정혁의 모습이 마냥 귀엽게만 느껴졌다.

이윽고 광민이 호기심 반, 걱정이 반 어려 있는 목소리로 되물었다.

"혹시 정혁이 너도 유학파들 텃세 못 이기고 나온 거야?"

정혁은 배시시 웃음을 한 번 지어보이고는 답했다.

"아니요, 그건 아닌데 사실 조금 작은 일이 있었어요."

"일?"

"별 일은 아니고, 동기랑 조금 문제가 있어서 나오게 됐어요."

팔짱을 낀 채 정혁을 바라보고 있던 광민이 눈썹을 몇 번 꿈틀거려보이고는 물었다.

"그래? 나랑 똑같네. 혹시 그 동기 유학파 아니었냐?"

정혁이 세차게 고개를 끄덕여보이고는 답했다.

"맞아요! 맞아요!"

"크~ 내 그럴 줄 알았다니까!"

두 사람의 대화는 끊길 줄 모르고 한참동안 이어졌다.

이윽고 정혁의 목소리가 조금 갈라지기 시작할 무렵, 남광민이 먼저 화제를 돌리고는 경묵에게 물었다.

"아, 맞다. 경묵아 실은 아까 내가 너 찾았었거든."

"네? 무슨 일로……?"

"아아, 별 건 아니고 경묵아 너 이번 상해 세계 대회 나간다며?"

"에? 어떻게 아셨어요?"

"어떻게 알긴 인마, 대욱 셰프가 아까 촬영 끝나고 나서 나한테만 넌지시 말씀해주셔서 알았지. 그래도 명색이 멘토인데 혹시라도 내가 도움 줄 수 있는 부분 있을까 해서 찾았어. 어디 보자, 정혁이 너도 나간다면서? 어느 정도 준비는 돼 있고?"

정혁이 부끄러운 듯 고개를 끄덕여보이고는 말을 이었다.

"아……. 그게 실은 어쩌다보니까 저도 나가게 되었어요. 짐이나 안 되면 다행일 텐데 정말 걱정이 앞서네요."

"그래?"

걱정스러운 듯, 한 번 되물어 보인 광민이 자신의 턱을 쓸어내리며 깊은 고민에 빠졌다. 세계 대회의 시작 일까지 남은 시간은 해봐야 고작 두 달 남짓. 광민은 다시금 고개를 살짝 돌려 정혁을 바라보고는 조심스레 입을 뗐다.

"전 선생님이 인정해주실 정도면 그렇게 겁먹을 필요는 없을 텐데……."

"그래봤자 동네 중국집 주방에만 있던 제가 뭘 알겠어요. 형님 말씀대로 우물 안 개구리죠. 동생 잘 만난 덕에 그런 무대도 밟아보게 되기는 했는데, 이게 상상만 해도 간 떨려서 죽을 것 같다니까요?"

정혁의 엄살에 경묵이 미소를 살짝 지어보였다. 애초에 기본적으로 정혁의 조리 능력치의 수치는 '41'. 예상했던 것보다 훨씬 높은 수치였다. 더군다나 그 능력치마저도 고용 능력의 힘을 빌린다면 어느 정도까지 끌어올릴 수 있을지는 미지수였다.

'형 조금만 기다려요, 내가 조리 도구 좋은 놈들로 맞춰주고 스킬도 전수해 주려니까!'

그 때, 광민이 고개를 돌려 경묵을 바라보고는 조심스
레 입을 뗐다.

"야, 경묵아 나 정혁이 두 달만 빌려주라."

"예?"

"대욱 셰프는 안 그래도 본인 일정 때문에 바쁠 게 분명
하고, 전 선생님은 경묵이 돌봐주느라 바쁘실 테고, 경묵
이 너도 지금 일정 소화하기 힘들잖아. 두 달만 빌려줘.
전 선생님이 인정하실 정도면 다듬을 수 있는 원석일 거
다. 내가 정혁이 잘 다듬어서 돌려줄게."

"괜찮으시겠어요? 셰프님도 일정 빽빽하실 텐데……."

경묵이 걱정스러운 듯 되묻자, 광민이 고개를 세차게
저어보이고는 말했다.

"지금 와서야 유학파고 국내파고 어떻게든 나한테 들러
붙어보려고 아양 떨고 하는데, 실은 유학파 녀석들 완전
밥맛이었거든. 연줄 좋다는 게 뭐겠어? 나만 믿고 맡겨
봐. 나도 정혁이가 유학파 자식들 즈려밟는 모습 한 번 보
고 싶어서 그래."

갑작스러운 광민의 발언에 장내에 유래 없던 침묵이 도
래했다.

꿀꺽-

이윽고 어안이 벙벙해진 채로 광민만 하염없이 바라보
던 정혁의 목젖이 세차게 일렁였다.

"음…… 두 달이요?"

"그래, 딱 두 달."

광민이 확신에 찬 듯 대답을 해보이자, 경묵은 고개를 끄덕여보이고는 말했다.

"그래요, 좋아요."

"?!"

갑작스러운 요구였음에도 불구하고 경묵이 너무도 간단히 대답을 해보이자, 정혁이 놀라 되물어 보였다.

"뭐?! 당사자의 의견도 들어봐야 하는 것 아냐?"

정혁이 말을 마치기가 무섭게 두 사람의 날카로운 시선이 동시에 정혁의 얼굴에 꽂혔고, 동시에 물음을 던졌다.

"싫어요?"

"싫어?"

두 사람을 번갈아가며 바라보던 정혁은 금세 기죽은 강아지 마냥 꼬리를 내리고는 기어들어가는 목소리로 답했다.

"아니, 그야 당연히 좋지…….좋아요, 좋아요. 찬성!"

그제야 쏟아지던 따가운 시선이 거두어졌고, 경묵이 휴대폰을 꺼내 달력을 한 번 살펴보기 시작했다. 빽빽하게 들어선 일정 탓에 아직 고용 기능을 활용하여 정혁의 능력치를 끌어올릴 새가 없었다.

우선 경묵은 정혁을 광민에게 맡기기 전에 최대한 조리 능력치를 끌어올리는 것이 옳다고 생각하고 있었다.

그도 그럴 것이, 조리 능력치라는 것이 단순히 요리의 맛만을 좌우하는 것이 아니라 이해도 자체를 좌우하기 때문이었다.

경묵 역시 조리 능력치가 오름으로 인해 요리에 대한 상식의 폭이 전반적으로 넓어졌음은 물론이고, 애초에 조리와 관련된 모든 능력의 폭이 크게 상승한 것 같다는 느낌을 받고 있었다.

경묵의 경우 신체 감각의 발달도 있었기 때문에 정확히 단정 짓기는 힘들었지만, 어쨌든 조리 능력치가 높으면 높을수록 이해하기 쉬워진다는 것 하나만큼은 분명한 사실이었다.

한참동안 달력을 살피며 고민하던 경묵이 조심스레 입을 떼기 시작했다.

"사실 저도 생각하던 게 있었거든요. 정혁이형은 조금만 더 있다가 보내드려도 될까요? 오래는 아니고 한 일주일 정도 말미를 주시면 좋겠는데, 당장 쓸 주방 인력도 구해야하고 말이에요."

일주일이면 적어도 모자랄 것 같지는 않았다. 조리 도구를 구입하고, 강화하고 손에 쥐어주는 것 까지 일주일.

사실 정혁을 대체할 주방직원을 구하는 것은 불가능에 가까웠을뿐더러, 있다 하더라도 별 쓸모가 없었다.

이우가 홀 직원으로 들어오기 전에도 주방 안에 주어진 일이라면 혼자서도 잘 해내오지 않았던가?

눈을 반쯤 감은 채 고개를 끄덕이며 경묵의 말을 듣던 광민은 웃음기를 띈 목소리로 답해보았다.

"그런 거라면 당연히 내가 기다리는 게 맞는 거지. 괜찮아, 상관없어."

"어쨌든 이렇게까지 신경써주셔서 감사합니다."

경묵이 진심을 담은 감사 인사를 전해보이자, 광민은 연신 손사래를 쳐대며 답했다.

"감사는 무슨, 화룡각 그만둘 때 저 녀석 버려두고 도망치듯 나온 것 같아서 얼마나 마음이 불편했는데? 데리고 갈 형편은 못 되니까 말을 못 꺼냈지, 아마 데려갈 수만 있었으면 어떻게든 구슬려서 데리고 나왔을 걸?"

광민은 잠시 말을 멈추었다가, 쓴 웃음을 한 번 지어보이고는 다시금 입을 뗐다.

"얘가 그 때 얼마나 불쌍했는지 아냐? 정혁이가 야심한 밤에 주방에 홀로 남아 막…… 울면서 막……. 목이버섯을 다듬는데 막……. 내가 다 울컥 하더라니까……? 그리고 그 때 유학파 동기들은 잡일 별로 하지도 않았거든. 다 오롯이 정혁이 몫이었지. 오죽했으면 내가 얘를 몰래 도와줬겠어. 그 때 사실 나는 이미 유학파 애들 텃세 못 이기고 화룡각 떠나려고 마음먹은 찰나였거든. 근데 말 한 번 제대로 나눠본 적 없는 애가 눈에 계속 밟히더라니까?"

정혁은 웃음을 한 번 지어보이고는 답해보였다.

"하, 갑자기 사라지셔서 얼마나 놀랬는지 몰라요. 그만두셨다는 것도 한참 지나서 알았다니까요? 그래도 지금 와서 생각해보면 참 재미있었던 것 같기도 해요."

"그렇긴 하지? 나도 가끔 그때 생각난다니까? 짬뽕 짜장 볶는 게 뭐라고 그 때는 그렇게 하고 싶었는지."

언제 그랬냐는 듯 순식간에 우중충한 분위기가 가시고, 다시금 화기애애한 분위기가 이어졌다.

모 자양강장제의 CF문구 중에 이런 말이 있지 않던가?

'언젠가 지금의 피로를 추억하는 날이 온다.'

그 말이 딱 지금의 정혁과 광민에게 어울리는 말이었다.

지금에서야 웃으며 이야기할 수 있다지만, 당시에는 앞날을 연상할 때마다 정말 칠흑 같은 어둠만이 떠올랐다.

실력이 없으면 도태되는 화룡각 주방 안에서 두 사람은 이미 유학 경험이 전무한 국내파라는 이유로 반쯤은 낭떠러지로 등이 떠밀린 상태였고, 지친 몸을 이끌고 집으로 돌아와 눈을 잠시 붙이고 나면 곧장 출근 시간이 되어 날붙이를 겨누지 않는 전쟁터 안에 몸을 던져 넣어야 했다.

두 사람 다 각자의 방식으로 당시의 힘든 시간을 견뎌내고 만났으니 오랜만이라고 하더라도 어찌 반갑지 않을 수 있겠는가?

"자, 어쨌든! 다음 주 주중으로 정혁이 좀 나한테 보내줘, 경묵아. 나는 이제 이만 일어나야겠다."

말을 마친 광민이 자리에서 천천히 몸을 일으키자, 정혁은 아쉬운 듯 광민을 따라 일어서며 물었다.

"형, 들어가시려고요?

아쉬움이 잔뜩 배어있는 목소리 안에 알게 모르게 어리광이 담겨있는 듯 했다.

경묵은 그런 정혁을 바라보며 다시 한 번 웃음을 지어 보였다.

'역시 덩치 값 못한다니까?'

늘 경묵에게 마음이 약하다고 타박해대던 정혁이었지만, 사실 정혁 역시 경묵과 별반 차이 없을 만큼 여린 마음씨의 소유자였다.

그랬으니 상심에 빠졌던 어린 경묵을 중화요리의 길로 인도를 해줄 수 있었던 것인지도 모르는 노릇이었다.

중화요리라는 게 남들은 기술이라며 가보 지키듯 알려

주지 않으려 사력을 다하는데도 불구하고 정혁은 어떻게든 금세 알려주기 위해 애쓰곤 했었다.

더군다나 어느 순간부터는 마치 친동생 대하듯 대해주지 않았던가?

주방 안에 당연한 듯 전해져 내려오는 악습을 끊어내기 위해, 그러니까 아마 화룡각 주방 안에서 치이고 밟혔던 경험 탓에 더욱 애써서 경묵에게 살갑게 대해줬는지도 모르는 노릇이었다.

이윽고 광민이 마치 어린아이를 타이르듯 달래는 투로 정혁에게 말해보았다.

"그래, 나는 이제 슬슬 들어가 봐야겠다. 어차피 다음 주에 또 볼 텐데 뭘 그렇게 아쉬워 해?"

"그래도, 뭔가 괜히 아쉽네요."

정말 아쉬운 듯 보이는 정혁이 뒤통수를 긁어 대며 대답해 보이자 광민이 시선을 돌려 경묵을 바라보고는 말을 이었다.

"경묵아, 너는 경연 준비 잘 하고 미리 한 번 연락 좀 줘. 정혁이한테도 내 연락처 알려주고."

"네, 셰프님. 바쁘실 텐데 염려마시고 어서 들어가세요."

이윽고 남광민은 손을 몇 번 흔들어보이고는 바로 옆에 주차된 자신의 고급 외제 승용차를 향해 걸음을 옮겼다.

남광민이 탄 차가 한강 주차장을 빠져나가는 것을 한참 동안 지켜보고 섰던 정혁이 시야에 차가 사라지고 나서야 걸음을 옮기기 시작했다.

마치 아무 일도 없었다는 듯 능청스레 휘파람을 불어대는 정혁을 바라보던 경묵이 웃음기 어린 얼굴로 다가서며 물었다.

"형!"

"왜?"

경묵의 웃음기 가득한 얼굴을 바라보고 있자니 정혁 역시 절로 웃음이 지어졌다.

한 편으로는 이 자식이 또 무슨 말을 꺼내려고 이렇게 뜸을 들이고 있는 것인지 괜스레 불안하기도 했다.

"눈이 왜 이렇게 부었어요? 꼭 펑펑 울기라도 한 사람처럼."

"무슨 소리야? 일 하자! 경묵아! 자 오늘도 아자아자!"

이윽고 앞장서서 주방 칸을 향해 달려가는 정혁의 뒷모습을 바라보던 경묵의 입가에 미소가 떠올랐다.

경묵은 제 자리에 서서 팔짱을 낀 채로 주방 칸 위로 힘겹게 올라서는 정혁을 바라보며 깊은 생각에 잠겼다.

계속해서 방법을 간구하고 있었다.

단기간에 정혁의 능력을 극한으로 끌어올릴 수 있을법한 효과적인 방법을……

경묵의 집 앞 주차장, 덩그러니 주차 된 트럭 안에 경묵이 그대로 앉아있었다.

경묵은 운전석에 앉아 핸들을 껴안은 채로 이런저런 생각들을 천천히 정리해나가고 있었다.

사실상 이번 경연 주제가 그다지 어려운 주제는 아니었다.

그도 그럴 것이 코스요리라는 것이 정해진 가격 내에서 메인 요리에 힘을 실어준다면 제법 구색이 갖춰진다는 특성을 지니고 있기도 했고, 중식을 선보여야하는 경묵의 경우에는 더욱 더 쉽게 접근할 수 있는 주제였다.

한식이나 양식도 마찬가지겠지만, 중식 같은 경우에는 홀이 제법 깔끔하게 갖추어진 중국집만 간다 하더라도 중저가로 맛볼 수 있는 코스요리가 다분하다보니 몇 가지만 유의한다면 큰 문제없이 경연을 마칠 수 있을 것 같았다.

유의할 점은 딱 두 가지.

우선 첫 째로, 중식 코스요리의 경우 원탁 테이블에 모든 요리를 올려놓고 먹는 사람이 자기가 원하는 음식을 테이블을 돌려 떠먹는 방법이 많은지라, 중복되는 식재료를 피해야 한다.

그리고 두 번째 유의사항은 식재료 뿐 아니라 소스에서도 중복이 일어나면 안 된다는 것.

아무리 맛있는 요리더라도 비슷한 느낌의 음식 두 가지가 맞물리다보면 어쩔 수 없이 물린다는 생각을 할 수 밖에 없다는 것이다.

'음 어쨌든 메뉴에 대한 대략적인 구성은 마쳤고⋯⋯.'

경묵은 심사위원들이 아마 단순히 맛이나 가성비만으로 심사를 할 것이 아니라, 알맞은 시간에 다음 음식을 선보일 수 있을지 등 여러 요소들을 종합적으로 평가할 것이라고 예상하고 있었다.

경연도 경연이라지만 경묵의 신경은 정혁에게도 적잖이 쏠려있는 것이 사실이었다.

이번 경연에서 선보일 메뉴에 대해 간단히 정리를 마쳐둔 상태이기 때문에 마음이 가볍기도 했다지만, 이제 제법 자신이 붙어있었다.

'연래춘'의 정필상과 단 둘이 맞붙게 될 다음 경연까지는 조금 여유를 가져도 될 것 같다고 생각을 굳힌 것이다.

'자 그럼 이제 우리의 민간인 요리사 최정혁씨를 조금 업그레이드 시켜볼까?'

경묵이 정혁의 고용 상태 창을 떠올리겠다고 마음먹기가 무섭게 눈앞에 상태창이 하나 나타났다.

띵-!

----------------------------

최정혁 - 고용완료

직급 : 없음

신뢰도 : 100%

충성심 : 100%

스킬보유 갯수 : 0

조리 : 41

현재 상태 : 활동 중, 행복

충성심 효과 : 언제든 지시를 내릴 수 있습니다.

신뢰도 효과 : 고용주의 결정을 절대적으로 따릅니다.

----------------------------

천천히 정혁의 상태를 훑어본 경묵은 전에 있던 고용주의 카리스마(?)효과가 사라진 것을 알 수 있었다.

'아, 잠깐만 생기는 효과였구나.'

물론 조리 능력치 '+2'가 크게 연연할 만큼 높은 수치가 부여되는 것은 아니라지만, 지금은 정혁의 조리 능력치 한 개, 한 개가 아쉬운 실정이었던지라 입맛을 다실 수밖에 없었다.

이거 뭐 명언집이라도 들고 다니면서 줄줄 꿰고 다녀야 하는 건가? 필요할 때마다 카리스마 넘치는 모습을 보여주면서 감동 시킬 수도 없는 노릇이고…….

또 반대로 생각해보니 단순히 카리스마에 의한 효과 말고도 여러 현상에 의한 효과가 있을 것 같았다.

뭐, 진부하다지만 감동을 준다던가…. 어쨌든 상당히 제한적인 효과임에는 분명했다.

고민에 젖어있던 것도 잠시, 어쨌든 없는 것 보다야 나으니 그런대로 만족스럽게 여기기로 마음먹었다.

전부터 정혁의 고용 상태 창을 몇 번이고 살피던 경묵의 눈에 밟히던 부분이 두 가지 있었다.

하나는 단연 스킬 전수였고, 남은 하나는 다름이 아닌 '직급' 란이었는데, 카리스마에 감탄해서 조리 능력치가 오르면 혹시 직급을 하사해주는 것만으로도 효과가 있지 않을까 하고 예상해본 것이 발단이었다.

경묵은 우선 별 기대를 걸고 있지 않던 직급란 먼저 살펴보기로 마음먹었다.

'직급.'

띵-!

--------------------------------

[최정혁에게 부여할 수 있는 직급 목록입니다.]

업장명 : 경묵이네 북경각,

업장 종류 : 음식점

고용 형태 : 주방직원

1. 계약직

2. 주방 정직원

3. 주방장

4. 총 관리자

※ 직급에 따라 개별적인 추가 효과가 부여됩니다!

————————————————————

이 빌어먹을 각성 시스템이 어떻게 업장 명까지 알고 있는지에 대해서는 전혀 알 도리가 없었다지만, 어쨌든 정혁에게 부여할 수 있는 직급 자체는 제법 현실적이었다.

뭐, 모르긴 몰라도 정혁이 형은 주방장 아니겠어?

직급이야 행여나 문제가 생기거나 하면 나중에 바꾸거나 할 수 있는 노릇일 테니 그렇다 치기로 마음먹었다.

'자고로 직급 주고 뺏는 것은 사장마음이고, 사장은 나니까!'

경묵이 단 몇 초의 망설임도 없이 정혁에게 '주방장' 직급을 하사하겠다고 마음먹자마자 눈앞에 상태 창 하나가 나타났다.

[최정혁에게 주방장 직급을 하사하시겠습니까?]

[부여된 직급은 7일 내에는 박탈 및 변경이 불가능합니다.]

[Y/N]

7일 동안 박탈 및 수정 불가라…… 뭐, 그다지 나쁜 조건은 아닌 듯 보였다.

경묵은 단 한 순간의 망설임조차 없이 정혁에게 '주방장' 직급을 하사하겠다고 마음먹었다.

이윽고, 눈앞에 떠있던 직급 목록이 순식간에 사라졌다.

그리고 그와 동시에 눈앞에 상태창이 연달아 나타나기 시작했고, 눈앞에 나타난 상태 창을 읽어 내리던 경묵의 눈이 점점 커지기 시작했다.

띵-! 띵-!

['최정혁'에게 (경묵이네 북경각)의 주방장 직급을 하사했습니다.]

[7일간 직급을 박탈하거나 변경할 수 없습니다.]

띵-! 띵-!

[이계 거상은 '자리가 사람을 만든다.'는 말을 즐겨 했었습니다.]

[주방작 직급을 부여받은 최정혁의 조리 능력치가 '3' 상승합니다.]

[이미 충성심이 최고치입니다.]

'이거 완전 뜻밖의 수확이잖아?'

경묵의 입가에 진하디 진한 득의의 미소가 번져나가기 시작했다.

왠지 시작부터 감이 좋았다.

별로 염두에 두고 있지도 않던 패 덕분에 순식간에 조

리 능력치 3을 부여해내는데 성공했다.

이로서 남은 패는 총 세 장.

강화, 조리 도구, 그리고 스킬 전수까지.

본격적으로 정혁의 힘을 극한까지 끌어올려볼 시간이 도래한 것이었다.

"아, 진짜 형은 진짜 사람 잘 만났다니까?"

이윽고 경묵은 콧노래를 부르며 다시금 정혁의 고용 상태 창을 살피기 시작했다.

경묵은 재빠르게 손사래를 쳐서는 눈앞에 나타난 상태 창들을 밀어내 없애버렸다.

흠, 자리가 사람을 만든다…… 이계 거상이라는 작자가 누군지는 몰라도, 영업 마인드가 조금 뛰어나셨던 분 같기는 하네.

경묵은 여전히 입가에 미소를 살짝 머금은 상태로 작게 읊조렸다.

'고용 상태 최정혁.'

띵-!

------------------------------

최정혁 - 고용완료

직급 : 주방장 (업장: 경묵이네 북경각)

신뢰도 : 100%

충성심 : 100%

스킬보유 개수 : 0

조리 : 44 (+3)

현재 상태 : 활동 중, 행복

충성심 효과 : 언제든 지시를 내릴 수 있습니다.

신뢰도 효과 : 고용주의 결정을 절대적으로 따릅니다.

직급 '주방장'의 효과로 조리 능력치가 증가한 상태입니다. (+3)

------------------------------

고용 상태 창을 한 번 살펴본 경묵은 나름 흡족한 듯 미소를 지은 채 몇 번 고개를 끄덕여보였다.

자 우선 고용 창의 직급 기능 하나만으로 정혁의 조리 능력치를 44까지 끌어올리는데 성공했다.

현재 경묵의 순수 조리 능력치가 47임을 감안해본다면 정혁의 조리 능력치 역시 굉장히 높은 편이라는 것을 알 수 있었다.

물론, 경묵이 여기서 만족할 수 있을 리는 만무했다.

'흠, 그래도 아직 부족해.'

물론 당장 눈에 보이는 조리 능력치야 비슷한 수준일지 모른다지만, 경묵의 무기는 조리 능력치 하나만이 아니었다.

조리 능력치에 직접 관여하는 조리도구들을 제하더라도, 육체 강화를 통해 얻게 된 감각들, 조리 자체를 직접적 혹은 간접적으로 도와주는 무수히 많은 스킬들, 버프 스킬과 더불어 정령 계약을 통해 얻게 된 불의 힘까지.

결국 따지고 본다면 경묵이 간단하게 볶아내는 짬뽕 한 그릇, 짜장 한 그릇에도 꽤나 많은 힘과 능력들이 얼기설기 얽혀있는 셈이었다.

더군다나, 이제 세계무대를 꿈꾼다면 정혁은 물론이고 자신 역시 최대한 빠른 시간 안에 장족의 발전을 이루어내야만 한다.또한, 그 발전을 토대로 더 많은 성장을 이룩해내야만 한다.

자, 이제 남은 패를 한 번 살펴보자니 우선 수중에는 8000GEM이 있었다.

오롯이 정혁에게 쓸 수는 없는 노릇이고 자신의 조리도구 역시 강화해내야만 한다.

그 다음 패는 스킬 전수, 또 마지막 패는 육체 강화.

물론 마지막 패는, 마지막 패라는 이름에 걸맞게 맨 마지막에 꺼내들 생각이었다.

'흠…….. 모르긴 몰라도 강화석의 종류에도 여러 가지가 있는 것 같다, 이거야.'

일전에 스승을 강화했을 때, 마정석과 강화석을 합성함으로 인해서 건강은 물론이고 기가 막히는 회춘의 효과를 보지 않았던가?

단순 강화석에 조금 더 특별한 촉매를 섞어낸다면, 강화석과 혼합된 촉매의 효능이 부여되는 것은 아닐까싶은 생각이 들었다.

잠시 깊은 생각에 잠겨있던 경묵은 이런저런 생각들을 떨쳐내려는 듯 세차게 고갯짓을 한 번 해보였다.

어쨌든 육체 강화는 감수해야 하는 리스크가 큰 만큼 가장 나중에 접근해야하는 최악의 수다.

그 다음 경묵이 살펴보기 시작한 것은 바로 '스킬 전수' 항목이었다.

자, 어디 어떤 전제조건이 달려있는지 한 번 보자고.

경묵은 심호흡을 한 번 해보이고는 마음속으로 작게 읊조렸다.

'스킬 전수!'

"……."

어라?

우습게도 아무런 일도 일어나지 않았다.

경쾌한 안내 음도 없었고, 당연히 친절한 상태 창도 나타나지 않았다.

예상치 못한 상황이 발생하자 경묵은 멍하니 트럭 앞 유리를 바라보고 있었다.

경묵은 명령어를 추측하며 여러 가지 말들을 읊조려 보았다.

"스킬 전달?"

"스킬 가르쳐주기?"

"스킬 교육?"

"스킬 전수! 스킬 알려주기!"

물론 스킬 전수가 쉽지는 않을 것이라 예상은 하고 있었는데, 어떻게 해야 하는 거냐고……

전혀 예상치 못한 난관 봉착에 적잖이 당황한 경묵이 천천히 손을 들어 올려 머리칼을 감싸 쥐었다.

남아있던 세 가지 패 중 하나가 소위 말하는 '똥패'였을 줄이야, 정말 생각지도 못했다.

경묵은 양 손으로 머리칼을 꽉 감싸 쥔 채, 멍하니 눈만 깜빡거리고 있었다.

시선은 단연 트럭 앞 유리에 고정되어있었다.

혹시라도 늦게나마 눈앞에 상태 창이 '띵!' 하는 알림 음과 함께 나타나지는 않을까 하는 기대감을 품은 채로.

물론, 상태 창은 한참이 지나도 나타나지 않았다.

"것 참, 이거 완전히 한 방 먹었네……"

아쉬운 듯 입맛을 한 번 다져 보인 경묵이 곧장 상점 창을 열었다.

너무 날로 먹으려고 한 것인가 싶은 생각이 들어 입가에 피식하고 웃음이 지어졌다.

그래, 아직 어마어마한 두 장의 패가 손 안에 쥐어져있으니 크게 문제될 것은 없었다지만 아쉬운 마음은 쉽사리 달랠 수 없었다.

뭔가 조금 다른 전수 방법이 있는 것인가 싶은 마음에, 이런 저런 가정을 해보기 시작했다.

'히든 스킬 습득처럼 무언가 전수 조건을 충족시켜야 하나? 다른 명령어가 있는 건가?'

몇 번 더 명령어를 추측하며 여러 가지 말들을 읊조려보기도 하고, 답답한 마음에 스킬 창을 열어보기도 했다.

그렇게 이런 저런 고민들을 계속해서 반복하던 중, 경묵의 뇌리를 스치고 지나간 생각이 하나 있었다.

'어라, 그러고 보니 스킬 북을 펼쳐본 적이 단 한 번도 없네?'

스킬 북을 펼쳐본 적이 단 한 번도 없었다.

손만 올려놓고 '습득' 하고 읊조리면 소유지식이 되어버리고 증발해버리니 열어볼 필요가 없었다는 말이 더 어울릴지도 모르겠다만, 어쨌든 책을 펼쳐본 적이 단 한 번도 없었다.

경묵은 혹시나 하는 마음에 상점 창을 열어보았다.

띵-!

자질구레한 잡동사니들로 가득 차있는 목록을 한 번 훑어본 경묵은 다시금 상점에 비치된 다양한 물건들 탓에 피식하고 웃음을 지어보였다.

'아니, 대체 핸드크림 같은 건 왜 있는 건데?'

핸드크림, 선크림, 화장품, 식재료 등등…… 정말 오만 가지 물건들이 다 있었다.

어쨌든 지금 당장 중요한 것은 아무 스킬 북이나 한 권 구입해 보는 것.

펼쳐봤는데 백지라거나, 백지와 다름없이 이해할 수 없는 언어가 잔뜩 적혀있는 책이라면 곤란한 노릇이니, 만약의 상황을 대비하여 자신에게도 쓸모 있는 스킬 북을 하나 구입해 볼 요량이었다.

'낮은 가격 순, 스킬 북.'

평균 가격 50GEM 선의 여러 스킬 북이 정렬되어 나타나기 시작했다.

각성자 레벨이 올라가면 올라갈수록 스킬 북의 종류가 다채로워지고 있었고, 그렇다보니 새삼스럽지만 스킬 북의 종류 역시 다양하다는 생각이 들었다.

하긴 전에도 심심치 않게 어이없는 내용의 스킬 북들을 본 적이 있었다.

굳이 예를 한 번 들어보자면 '조리를 하면서 춤을 추면 더 멋있어 보이는 스킬'이라든지 뭐 그런 거?

여하튼, 말 그대로 스킬 북의 종류는 정말 다채롭기 짝이 없었다.

지속효과 기술인 '초급 청소법'과 '속독법' 부터 시작해서 사용효과 스킬인 '한 손으로 빠르게 신발 끈 묶기'까지.

그런데 이상한 것은 한 손으로 빠르게 신발 끈 묶기 스킬에 조금 관심이 간다는 것이었다.

쓸모없기야 하다지만 조금 재미있는 장기일 것 같기도 하달까? 뭐 포인트가 남는다면 구매를 고려해보는 깃도 나쁘지는 않을 것 같았다.

나중에 술자리에서 요긴하게 써먹을 수 있는 장기일 것 같기도 하단 말이지.

한참동안 목록을 아래로 내리며 훑어보다보니 가격대가 천천히 상승하기 시작했고, 비교적 쓸 만한 스킬들이 눈에 띄기도 했다.

그런데 애석하게도 당장 정혁이 사용하기에는 쓸모없는 스킬이라는 사실은 변하지 않았다.

이 또한 굳이 예를 들어보자면 '다크엘프의 초급 암살술'이라든지 '오크의 정력'이라든지……

어이가 없어서 피식하는 웃음이 저도 모르게 새어나왔다.

'오크가 정력이 좋은 종족이었구나.'

하긴, 오크라는 종족의 번식력이라면 들어본 적이 있기도 했다. 그저 말로 들어본 것이 다라지만 어마무시하다는 말을 들었었지.

물론 오크의 번식력에 관심이 있거나 하지는 않았을 뿐더러 오크가 번식력이 좋고 말고는 당장 아무런 상관이 없었다.

그나마 더 쓸모 있는 것을 골라보라면 '오크의 정력'이겠다만, 물론 이 마저도 쓸모가 없음은 물론이고 '다크엘프의 초급 암살술'이라면 초급이든 중급이든 정혁이 평생을 사는 동안 단 한 번도 사용하지 않기를 빌어야만 하는 스킬이기도 했다. 물론, 마피아나 갱단, 야쿠자도 아니고 그냥 평범한 주방직원인 정혁이 평생을 살더라도 쓸 일이 전혀 없는 스킬이기도 했다.

아닌가? 뭐, 지금으로부터는 조금 먼 미래라면 조금 쓸모가 있는 스킬이 될 지도 모르겠다.

던전에서밖에 구할 수 없는 식재료를 구하러 갈 때, 혼자 가는 것 보다는 전투 관련 스킬들을 제법 갖춘 정혁과 동행하는 것도 딱히 나쁘지 않을 것 같다는 생각이 들어서였다.

어쨌든 이 또한 아직은 이른 고민이었다.

전수할 방법을 찾아내야 전수를 해서 같이 던전을 가서 식재료를 구하든, 저승길 동무가 되던 하지 전수할 방법이 없다면 여배우랑 사귈지 아이돌가수와 사귈지를 고민하는 것이나 다름이 없는 노릇이었다.

그렇게 영혼 없이 목록을 내리기를 한참, 제법 구미가 당기는 스킬 북을 한 권 발견했다.

'오호라, 이런 스킬 북이 있다 이거지?'

이윽고 경묵은 자신의 시선을 잡아끈 스킬 북을 천천히 살펴보기 시작했다.

---------------------------------

[이계 수학자의 암산능력]

설명 : 이계 수학자의 암산능력을 얻게 됩니다. 습득 시 암산을 이용하여 남들보다 훨씬 **빠른** 속도로 숫자를 더하고 **빼고** 곱하고 나누는 등 뛰어난 계산 능력을 지니게 됩니다.

등급 : 일반

가격 : 750GEM

---------------------------------

별거 없다지만, 경묵의 시선을 잡아끈 스킬 북의 정체였다.

물론 당장 무조건 필요한 것도 아니었고, 엄청나게 중요한 스킬 북은 아니었다.

그래도 우선 정산을 할 때만큼은 정말 유용하게 써먹을 수 있겠다는 확신이 들어서였는지 좀처럼 지나치고 다음 스킬 북들을 찾아 볼 수가 없었다.

'더군다나 앞으로 경묵푸드컴퍼니의 규모가 커지면 커질수록 지금 보다 더 많은 액수의 돈이 더 많은 곳에서 들

어오게 될 터인데 총괄적으로 관리를 하자면 이런 능력 하나쯤은 있어야 조금 더 편하지 않겠어?'

750GEM

선뜻 구매할 만큼 저렴한 가격이 아니었고, 부담스럽다 면 부담스러운 가격을 가지고 있는 스킬 북 이었다. 수중 에 8000GEM이라는 거금이 있었다만 단순한 편의와 흥 미를 충족시키기 위해 지불하기에는 제법 부담스러운 가 격이라 할 수 있었다.

사실상 750GEM도 어떻게 사용하느냐에 따라서 요리 실력에 막대한 영향을 끼칠 수 있는 금액이었으니 말이다.

그럼에도 불구하고 경묵은 망설임 없이 스킬 북의 구입 을 마쳤다.

띵-!

[구입이 완료되었습니다!]

뭐 후회가 따른다거나 하지는 않았다.

다른 이런저런 장점도 있겠다만 차량 번호판에 적힌 숫 자들을 그 자리에서 곱해내는 개인기라던가 그런 것 하나 있으면 제법 재미있겠다는 생각이 가장 또렷했다.

입가에 장난기 가득어린 미소를 한 번 지어보인 경묵은 곧장 인벤토리에서 방금 구입한 스킬 북을 꺼내어 들었다.

물론, 이번에는 당연히 습득을 시도하지 않고 책장을 먼저 펼쳐보았다.

여태껏 제법 많은 스킬들을 책을 통해 습득했지만, 단 한 번도 열어보지 않았었으니 그 안에 과연 어떠한 내용들이 기재되어 있을지 제법 궁금하기도 했다.

'뭐 설마 한글로 적혀있지는 않겠지?'

문득 떠오른 생각이 제법 재미있다고 여긴 것인지 혼자 키득거리던 경묵은 곧장 책장을 펼쳐보기 시작했다.

촤르륵-!

종이 넘어가는 시원한 소리가 들리기도 잠시, 책의 중앙 부분 종잇장에 빼곡하게 기록된 글씨가 모습을 드러냈다.

물론 한국어도 아니었고, 영어도, 일본어도 아니었다.

사실 당연한 것일지도 모르겠지만 경묵은 생전 한 번도 본 적도 없는 언어로 빼곡하게 채워져 있는 책장.

'뭐, 이계의 언어이려나?'

물론 무슨 뜻 인지야 통 알 수 없었다지만, 생김새만으로도 제법 호기심을 불러일으키는 매력적인? 문자였다. 사실상 경묵이 학업에서 손을 뗀 후로 어느덧 강산이 한 번 반은 바뀔 만큼 오랜 시간이 흘렀다. 그럼에도 불구하고 그런 경묵의 학구열이 자극을 받을 정도라면 생김새만큼은 합격점을 한참 지난 셈이었다.

의미모를 단어들을 살펴보다가 책장을 덮으려던 찰나, 눈앞에 전에 몇 번 본적 있던 상태 창이 나타났다.

띵-!

[발동 조건을 충족하여 새로운 스킬이 생성됩니다.]

[이계 언어-(초급) 스킬을 습득하셨습니다.]

뭐, 놀랍기야 했다만 처음 히든 스킬 습득 안내 창을 봤을 때만큼 놀라울 수는 없었다.

더군다나 히든 스킬이라는 언질도 없는 것으로 보아 평범한 스킬인 듯 보였다.

스킬 북의 책장을 열어 보기라도 하는 것이 [이계 언어-(초급)] 스킬의 습득 조건인 듯 했다.

등잔 밑이 어둡다고 했던가? 몇 번이고 습득을 했어도 이상할 것이 없는 스킬이었지만 시기가 조금 늦은 것인가 싶기도 했다.

다소 맥없는 습득 조건 탓에 피식 하고 웃음을 지어보인 순간, 저릿저릿한 두통과 함께 새로운 지식이 머릿속으로 밀려들어와서는 자리를 꿰차기 시작했다.

뻔 하지 뭐, 새로운 스킬이 생성되는 느낌.

이윽고 갑작스러운 고통에 눈을 질끈 감았다 떠 보인 경묵의 시선이 다시금 낡은 종이에 기록된 뜻 모를 글자들 위에 떨어졌다.

아니나 다를까, 조금 부자연스럽게나마 그 의미를 해석할 수 있었고 경묵은 천천히 문자의 의미를 해석해가며 소리 내어 읽어보기 시작했다.

"그 무렵 파타흐는 새로운 계산 방식을 착안해내는데 성공했다. 그 계산법은 칼라포스 대륙 최초로 고안된 계산법으로서……."

파타흐? 이계 수학자의 이름인가?

'이계 수학자 파타흐' 라는 작자의 전기(傳記)인 듯 했다. 내용 자체도 제법 재미있었다.

경묵은 저도 모르게 천천히 책장을 한 장씩 넘기며 책의 내용을 토대로 이계라는 곳을 천천히 살펴보기 시작했다.

어림짐작해 보건데 '이계' 라는 곳의 생활구조도 이곳 현실과 크게 차이가 없는 듯 보였다.

제법 쓸 만한 교육시설도 마련된 듯 보였고 여러 식재료를 비슷한 방식으로 조리하여 식사를 해결하는 듯 보였다.

다만 '과학 문명' 보다는 '마법' 이라는 신비한 힘에 의지하여 생활을 하는 듯 보였다.

'하긴, 마법을 사용할 수 있다면 과학이 왜 필요하겠어.'

이계라는 곳을 추측하며 어린 아이 동화책 읽는 속도로 한 장, 한 장 천천히 책장을 넘기다보니 이윽고 마지막 장에 다다를 수 있었다.

그리고 그 때 다시금 새로운 상태 창이 눈앞에 나타났다.

띵-!

[새로운 스킬을 습득하였습니다.]

스킬을 습득했다고? 습득이라는 말을 한 적은 없었다.
경묵은 놀람을 감추지 못하는 표정으로 스킬 창을 열어
목록 가장 맨 위에 있는 스킬을 확인해보았다.

····.분명히 [이계 수학자의 암산능력]이 추가되어 있었
다.

어라?

이윽고 경묵의 입 꼬리가 파르르 떨리다가 위로 무섭게
치솟았다.

[이계 수학자의 암산능력] 스킬 북은 소멸되지 않고 손
에 그대로 들려있었다.

스킬을 습득했는데도 스킬 북이 사라지지 않는다?

분명 여태까지는 단 한 번도 본 적이 없는 광경이었다.

'각성자가 아닌 일반인은 습득 기능을 이용해서 스킬을
배울 수 없다······ 그렇다는 말은······.'

경묵은 상점을 열어 [이계 언어-(초급)] 스킬 북을 찾아
보기 시작했다.

[검색을 완료하였습니다.]

[총 1개 상품이 검색되었습니다.]

_____

[이계 언어-(초급)]

설명 : 기본적인 독해 능력을 가질 수 있게 됩니다. 음성으로 들었을 때에 완벽히 알아듣거나 말할 수 있는 단계는 아니지만, 적혀있는 문장을 천천히 그리고 반복적으로 읽는다면 이해할 수 있는 수준의 언어 능력을 갖게 됩니다.

등급 : 일반

가격 : 200GEM

전수 가능 : 고용 기능의 개방 시 '전수'가 가능한 스킬입니다. 고용 기능을 이용하여 고용된 대상이 스킬 북에 접촉한 상태로 명령어를 소리 내어 말하게 되면 전수됩니다. 단, 고용주가 이미 습득을 마친 스킬만이 전수가 가능합니다.

————————————————————

'유레카!'

습득을 마쳤음에도 불구하고 손에 들려있는 스킬 북, 조건을 충족시켜 습득했지만 히든 스킬은 아닌 [이계 언어(초급)], 거기다가 아까까지만 하더라도 자질구레한 스킬이라 여겼던 [속독법] 스킬까지.

머릿속에서 '스킬 전수'라는 퍼즐이 천천히 맞추어지고 있었다.

'정혁이형…… 본의 아니게 조금 굴러야겠는데?'

자, 대략적으로 정리를 해보자면 우선 정혁에게 '이계 언어'에 대해 전수를 해준 다음에 [속독법]에 관련된 책을 전수해준다.

그럼 이제 그 [속독법] 스킬을 기반으로 빠른 속도로 한 권 한 권 정독을 함으로서 스킬의 습득을 마친다.

우선 기본적으로 조리와 관련된 스킬 몇 가지만 습득을 하면 되는 거니까 크게 문제될 것도 없겠다 싶은 생각이 들었다.

우선은 '완벽한 조리법'이나 '조리가속' 같이 기본적인 스킬들을 위주로 배워나갈 수 있도록 도움을 주어야겠다는 생각이 들었다.

띵-!

[구입을 완료하였습니다.]

[구입을 완료하였습니다.]

우선 [속독법] 스킬 북과 [이계 언어-(초급)] 스킬 북의 구입을 마친 경묵이 웃음을 주체하지 못한 채로 트럭에서 내렸다.

밤마다 책상에 앉아 열심히 책을 읽을 덩치 큰 정혁의 모습을 상상하다보니 저도 모르게 웃음이 나오고 있었다.

"음, 그 형도 공부랑은 거리가 상당히 멀었을 것 같은데 잘 하려나 모르겠네."

뭐 어쩌겠어, 형 과일 깎아줄까? 하고 물어보고 과일 깎아주면서 시중을 들어줄 수도 없는 노릇이고 공부라는 게 원래 혼자 하는 것 아니겠어?

경묵은 자신의 검지에 끼워진 차 키 열쇠고리를 빙빙 돌리며 걸음을 옮겼다.

경묵의 입에서 흘러나오기 시작한 흥겨운 콧노래의 소리가 점차 커지고 있었다.

❋

찰싹-

"아, 손 시려워 죽겠네."

정혁은 해동을 시켰지만 아직 얼음기가 잔뜩 남은 오징어를 다시금 고무대야 안으로 살짝 내던지며 볼멘소리로 말을 이었다.

"조금 참아요, 이제 거의 다 했는데요, 뭐."

"거의 다는 무슨, 아직 산더미만큼이나 남았구먼."

시선을 옆으로 돌려 한 편에 잔뜩 쌓여있는 오징어를 본 정혁이 고개를 한 번 내저어 보이고는 다시금 오징어를 먹기 좋은 크기로 썰어내며 되물어보였다.

"야, 어쨌든 그럼 나보고 공부를 하라는 거야?"

"그래요, 그래야지 어쩌겠어요."

정혁은 낙심한 표정으로 한숨을 크게 한 번 내쉬고는 말을 이어나가기 시작했다.

"너는 어떨지 모르겠지만 나는 공부 체질이 아예 아니

란 말이야."

공부 체질이 아니라는 단 한 마디 말만으로도 정혁의 학창시절의 모습이 눈에 훤히 그려지고 있었다. 갑작스레 4분단 구석진 자리에 엎드려 잠을 청하고 있는 학창시절의 정혁이 눈에 보이는 듯 했다.

"큭큭……."

경묵이 갑작스레 한 손으로 입을 가리고는 키득거리기 시작하자 정혁이 손끝에 남은 비린내를 잔뜩 머금은 물을 튕겨내 보이며 짜증 섞인 목소리로 되물었다.

"왜 웃어?"

"그냥, 형 학교 다닐 때 모습이 딱 그려져서요."

"이 자식이, 진짜! 야, 내가 그래도 1등이었어."

정혁이 콧대를 잔뜩 세워보이고는 당당한 어투로 말해 보이자, 경묵이 놀랍다는 듯 되물어보였다.

"1등이요?"

1등?

아무리 생각해보아도 공부 1등하고는 거리가 조금 멀어 보인 탓에 진짜 1등이었나? 하는 의구심에서 물었다기보다는 정혁이 조금씩 아저씨 화 되면서 아무리 개그에 대한 감을 잃었어도 설마 '뒤에서 1등이었다.' 하는 개그를 칠까 하는 노파심이 담긴 질문이었다.

"응, 내가 지옥군주부터 시작해서 바람의 제국은 물론

대전 게임인 행성전쟁1까지 나를 따라올 수 있는 사람이
단 한명도 없었지."

"참, 정말 그럼 그렇지. 게임 1등이었다는 말이에요?"

피식하는 웃음을 지어보인 경묵이 이내 밝은 목소리로
되물어보이자 정혁은 고개를 들어 멍 하니 허공을 바라보
며 천천히 말을 이어나가기 시작했다. 게임 얘기가 나오
니 눈빛이 사뭇 달라져 총기가 맴돌 정도였다.

"그래, 그 때는 인터넷 쓰면 전화요금에 함께 청구가 됐
었지. 그래, 전화요금 고지서 나오는 날마다 진짜 비 오는
날 먼지가 날 정도로 맞곤 했었다. 요즘 애들은 참 좋은
거야, 그 때 그 인터넷 연결음생각하면 아직까지 가슴이
두근거린다니까?"

아, 물론 경묵도 '뚜–뚜–뚜–' 하는 인터넷 연결 음이
어렴풋이 기억이 나는 것 같았다.

어쨌든 자고로 남의 일에는 쉽게 말할 수 있는 법 아니
겠는가? 경묵이 어깨를 한 번 들썩여보이고는 다소 얄미
워 보일지도 모르는 가벼운 목소리로 쉽게 답해보였다.

"어쨌든 공부가 체질이여서 하는 사람이 세상에 몇 이
나 되겠어요?"

"공부를 하면 어쨌든 요리에 도움이 되기는 한다니까
하기는 해야 될 것 같은데……. 아, 그런데 자고로 요리란
실전이거든. 너도 알잖아? 책상머리에 앉아서 아무리 칼

질하는 상상을 하고 칼질하는 법을 책으로 배워봐라. 매일 연습하는 애보다 잘 할 수 있나."

의구심이 살짝 반영된 것 같은 물음에 경묵이 입가에 미소를 지어보이고는 어제 익힌 스킬 [이계 수학자의 암산능력]책을 꺼내 들고는 음흉한 미소를 한 번 지어보였다.

공부에 대해서 잘은 모른다지만, 애들이 무작정 시킨다고 공부를 하는 건 아니라는 사실쯤은 잘 알고 있었다.

자고로 공부든 뭐든 '동기부여'라는 게 필요한 법이거든.

"형, 이거 봐요."

경묵이 손에 쥔 두터운 스킬 북을 한 번 흔들어보이자 정혁이 무심한 표정으로 손에들린 책을 바라보며 물어보였다.

"이게 뭔데?"

"어제 익힌 스킬인데, 암산능력과 관련된 스킬이에요. 저도 형이 해야 하는 것처럼 첫 장부터 끝 장까지 천천히 한 번 읽어보고 나서 익힌 스킬이기도 하고요."

정혁은 다시금 손질 되지 않은 오징어를 한 마리 집어들며 되물었다.

"그래서?"

"자, 저한테 아무렇게나 암산 문제를 한 번 내보시겠어요? 조금 복잡한 곱셈 방식으로."

"아무렇게나?"

"네, 정말 아무렇게나요."

이윽고 정혁은 입가에 불신이 가득 담겨있는 미소를 머금은 채로 말해보였다.

"11 곱하기 242 곱하기 36은?"

채 몇 초 지나지도 않아서 경묵이 정답을 말해보였다. 물론, 단 한 치의 망설임도 없었다.

"95832."

경묵이 순식간에 대답을 뽑아내보이자 정혁은 우습다는 듯 콧방귀를 한 번 껴보이고는 말해보였다.

"이 자식 이거 아무렇게나 말 한 거 아니야?"

"맞아요. 한 번 확인해보세요."

경묵이 다소 당당한 어투로 말해보이자, 정혁은 두 눈을 동그랗게 뜨고는 오징어를 다시금 고무 대야 안에 내던지고는 앞치마에 물기를 슥슥 닦아냈다.

이윽고 주머니에서 핸드폰을 꺼내든 정혁이 멋쩍은 듯 미소를 지으며 되물었다.

"내가 낸 문제가 뭐였더라?"

"11곱하기 242곱하기 36이요."

"어디보자…… 11곱하기…… 242곱하기…… 36……
어라!?"

핸드폰 계산기의 계산 결과는 경묵이 대답한 숫자와 정

확히 맞아 떨어졌다.

'95832.'

자신이 직접 고른 숫자들의 조합이었기에 우연의 일치라 여길 수도 없었고, 정혁 역시 경묵이 숫자에 얼마나 약한 모습을 보였는지 알기 때문에 더 이상 의심의 여지도 없었다.

정혁의 흔들리는 동공을 바라보던 경묵이 어깨를 한 번 들썩여보이고는 입가에 미소를 잔뜩 머금은 채 말해보았다.

"신기하죠? 이렇게 알아서 습득이 된다니까요? 암산은 커녕 어제 저녁까지만 해도 구구단도 가물가물 했었는데, 이렇게 갑작스레 익혀지는 거예요."

정혁은 놀란 듯 액정에 떠올라있는 계산결과와 경묵의 얼굴을 번갈아 바라보았다.

"와, 이게 그냥 책을 읽어서 얻은 능력이란 말이야?"

"네. 맞아요. 책 하나 읽은 것뿐이에요."

이윽고 정혁의 입가에 웃음이 떠올랐다.

"이제 정산은 네가 하면 되겠는데? 그런데 이거 진짜 대박이잖아? 그럼 요리와 관련된 스킬들도 책 한권 읽는 것만으로 익힐 수 있단 말이야?"

요리에 관한 이야기가 언급되자 정혁의 표정이 다시금 사뭇 진지해졌다.

게임 이야기 따위를 할 때와는 상상도 할 수 없을 만큼 이나 상반되는 모습이었다.

각성의 힘에 대해서 어느 정도 알고는 있었다. 엄청난 속도로 발전해나가는 경묵을 두 눈으로 똑똑히 봐왔었으니까.

그 발전에 바탕에 이런 마법 같은 힘이 숨겨져 있을 줄이야, 상상도 할 수 없는 노릇이었다.

물론 진정한 각성의 힘은 정혁이 상상하는 것 이상이었다.

책 한 자 읽을 필요 없이 손바닥 가져다대고 '습득' 하고 한 마디 읊조리면 끝나는 셈이니까 말이다.

"자, 그럼 우선 이계 언어에 대해서 전수를 해드릴게요."

"이계 언어? 새로운 언어를 배워야 한다는 거야? 하긴 그런 책 내용이 한글로 적혀있으면 우습기도 하겠다."

이내 정혁의 얼굴에 걱정이 가득 들어섰다.

"그런데, 금방 배울 수 있을까? 새로운 언어까지 배워야 하는 것이라면……."

"시간을 걱정하시는 것이라면 걱정 않으셔도 돼요."

"응? 그게 대체 무슨 소리야?"

경묵은 손에 쥐고 있던 [이계 수학자의 암산능력] 스킬북을 아이템 창에 넣고는, 어제 저녁 미리 구입해 둔 [이

계 언어-(초급)] 스킬 북을 꺼내든 후에 다시금 음흉한 미소를 한 번 지어보였다

"조금 아플 수도 있어요."

"뭐?"

"스킬 전수."

그 순간, 책이 세차게 진동하기 시작했고 빛을 뿜어대기 시작했다.

정혁의 눈이 휘둥그레 해졌고, 손에 쥐고 있던 오징어가 다시금 바닥에 떨어졌다.

띵-

---------------------------------

[스킬 전수 가능 목록]

1. 최정혁 (주방장 : 경묵이네 북경각)

2. 없음

3. 없음

---------------------------------

각성 시스템에 조금 익숙해진 것인지, 이제는 처음 보는 상태 창을 접하게 되더라도 별반 큰 노력 없이 쉽게 이해할 수 있었다.

경묵은 입가에 득의의 미소를 한 번 지어보인 후에 작게 읊조렸다.

'최정혁.'

그 순간, 손에 쥐고 있던 스킬 북에서 뿜어져 나온 맹렬한 빛이 푸드 트럭 주방 칸 안을 잔뜩 매웠다.

띵-!

[스킬 전수가 완료 되었습니다.]

[최정혁 에게 이계 언어-(초급) 스킬이 전수되었습니다.]

[충성심이 이미 최대치입니다.]

[남은 전수 가능 스킬 개수 : 4 ]

[고용주 등급이 상승하면 전수 가능 스킬 개수가 상승합니다.]

[전수 기능을 통해 습득한 스킬은 효력이 떨어집니다.]

빛이 거두어 졌을 때, 손에 쥔 스킬 북은 사라져있었고 연달아 나타난 반투명한 상태창과 뒤로, 오징어 대신 갑작스런 두통에 시달리는 자신의 머리를 양 손으로 움켜쥐고 있는 정혁의 모습이 눈에 들어왔다.

"이게……. 무슨……."

"자, 이제 형은 2개 국어를 할 수 있게 되셨네요?"

"그게 무슨 말이야?"

경묵은 다시금 인벤토리에서 미리 구입해둔 [속독법] 스킬 북을 정혁에게 건네어 보이고는 말을 이어나가기 시작했다.

"자, 받아서 한 번 펼쳐보세요."

정혁은 의아하다는 듯 눈만 깜빡여 보이다가 이내 책을 받아들어 책장을 펼쳐 보았다.

갑작스레 펼쳐진 상황을 이해하려 애쓰고 있었지만, 마음처럼 쉽지 않았다.

속는 셈 치고 천천히 책에 적힌 정체모를 글자들을 한 자, 한 자 읽어나가기 시작했다.

단 한 번 본적도 없고, 들어본 적도 없는 곳의 언어.

그럼에도 불구하고 책에 적힌 정체모를 글자들을 천천 히 읽을 수 있었고, 의미를 파악할 수 있었다.

"어……?"

"어때요?"

경묵은 정혁이 느끼고 있는 당혹감을 이미 겪어본 바 있는지라, 한껏 여유 있는 목소리로 되물어보였다.

느긋한 경묵과는 달리 정혁은 빠르게 책장을 넘겨가며 내용을 읽는데 집중하고 있었다.

"말도 안 돼……."

우습게도 정혁은 지금 자신이 행하고 있는 일을 믿을 수가 없었다.

나타난 상태 창에 기재되어있는 설명으로 미루어보아 지금 남은 전수 가능한 스킬의 개수는 4개, 지금은 총 5개 의 스킬을 전수할 수 있는 모양이었다.

일단은 개수에 제한이 있는 만큼 전수할 스킬들을 명확히 해야만 할 것 같다는 생각이 들었다. 속독 관련 스킬로 하나를 채운 것도 조금 아깝게 느껴지기야 했다만, 어쨌든 빠른 시일 안에 익혀야하는 것이라고 자신을 달래고는 다시금 생각을 정리해나가기 시작했다.

　'어쨌든 전수 기능을 사용해서 전수한 스킬들은 조금 위력이 떨어진다 이거지?'

　이렇다한 정확한 기준이 없는 것으로 보아 위력의 반감 기준은 스킬마다 조금씩 차이가 있는 듯 보였다. 어쨌든 정혁은 효력이 조금 떨어지는 [이계 언어-(초급)] 스킬을 습득했음에도 불구하고 다행히 정혁은 [속독법] 스킬 북을 읽어나가기에는 문제가 없을 정도의 언어 능력을 얻은 듯 보였으니 문제될 것도 없었다.

　영문 모를 상황에 연신 책장을 넘기고 있는 정혁을 바라보기를 잠깐, 이윽고 경묵이 다시금 천천히 말을 이어나가기 시작했다.

　"이게 끝이 아니에요."

　"뭐?"

　경묵은 침까지 꼴깍 삼켜대며 자신을 바라보고 있는 정혁을 응시하다가 다시금 시선을 고무 대야에 담긴 오징어로 옮겼다.

　그리고는 입가에 미소를 한 번 지어보이고는 말을 이어

나가기 시작했다.

"설마 이 정도로 만족하시는 건 아니죠?"

정혁은 경묵이 건넨 말 한마디에 심장이 세차게 뛰기 시작했고, 의지가 샘솟아 오르기 시작했다.

'요리와 관련된 엄청난 기술을 책 한 권을 읽는 것만으로도 배울 수 있게 되었는데 아직 더 남아있다고?'

정혁은 연신 의아한 표정으로 경묵을 바라볼 뿐, 어떠한 말도 하지 않았다.

경묵 역시 이렇다 할 추가 설명 없이 대야 안에 남아있는 오징어를 다시금 집어 들어 손질하기 시작하며 천천히 입을 뗐다.

"형, 저번에 조두현씨한테 짬뽕 대접해 드릴 때 제 조리복 입고 제 조리도구로 직접 조리했었잖아요? 그 때 혹시 조금 이상한 점 못 느꼈어요?"

일순 정혁의 눈이 커졌다.

분명 느꼈던 바 있었다. 갑작스레 솟구치는 요리에 대한 지식과 절로 움직이던 몸. 더군다나 여태껏 단 한 번도 만들어내지 못했던 뛰어난 맛.

안일하게도 그 모든 게 단순한 운이라고만 치부하고 있었다.

그런데 그 운의 뒤로 무언가 비밀이 숨겨져 있다고 생각하니 구미가 당기지 않을 수 없었다.

"그래⋯⋯. 그랬지, 맞아. 막 접신이라도 한 것처럼 잘 되더라니까? 그런데 그게 왜⋯⋯?"

"사실 그게 제 조리도구의 힘이거든요."

경묵은 정혁이 어안이 벙벙해져 벙 쪄있을 새도 없이 곧장 말을 이었다.

"형, 잘 받아요."

"응?"

정혁이 되물어 보이기가 마치기가 무섭게 허공에서 국자 하나와 팬 하나가 나타나 빠르게 바닥으로 곤두박질치기 시작했다.

정혁은 허둥지둥 대며 갑작스럽게 나타난 조리 도구를 양 팔과 가슴팍을 이용해 간신히 받아들었다.

이로서 정혁은 '각성자 잡는 요리사'가 되기 위한 첫 걸음마 정도는 뗀 셈이었다.

경묵은 한 번 웃음을 지어보인 후에 정혁에게 말했다.

"자, 이제 형의 목표는 각성자 때려잡는 요리사가 되는 거에요."

"뭐? 다짜고짜 그게 무슨 말이야⋯⋯?"

무슨 영문인지 몰라 연신 눈만 깜빡여 보이며 대답을 기다리는 정혁과 달리 경묵의 표정에는 여유가 넘쳐흐르고 있었다.

'뭐? 각성자 잡는 요리사? 내가?'

경묵의 무던한 목소리에 진심이 느껴졌기 때문일까? 경묵의 말이 다소 갑작스럽게만 느껴졌지만, 가슴은 세차게 뛰고 있었다.

이윽고 연신 오징어만 손질하던 경묵이 다시금 천천히 입을 떼기 시작했다.

"그 국자랑 팬, 전에 써본 제 조리도구보다 더 특별한 것 같지 않아요?"

'…암, 많이 특별한 물건이고말고.'

사실 지금 정혁의 손에 들린 조리도구는 여태껏 해온 강화와는 또 다른 방식으로 강화해낸 물건이었다.

두 조리도구는 일명 '특수 강화'라 이름 지은 새로운 강화의 산물이었다.

물론 그 사실을 짐작조차 하지못할 정혁은 의아하다는 듯 고개를 갸웃거리며 연신 자신의 품에 들린 조리도구를 바라보고 있었다.

25. 장인은 조리도구를 탓하지 않아?
MODERN FANTASY STORY

각성!
북경각

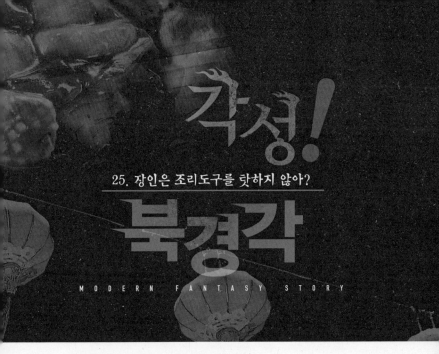

경묵이 현재 새로이 알게 된 강화의 힘.

일명 '특수 강화'는 스승 전병우의 육체 강화를 시도하던 중 넌지시 추측했던 힘이었다.

그리고 지금 정혁이 품 한 가득 안고 있는 조리 도구들은 모두 '특수 강화'의 힘에 의해 강화된 조리 도구들이었다.

"형, 제대로 양 손에 쥐어봐요."

"응? 응."

정혁은 허둥지둥 대며 팬의 손잡이와 국자의 손잡이를 각각 양 손에 꽉 쥐어보았다.

이윽고 정혁은 자신의 몸 안에 새로운 기운이 유입되는

것 같은 느낌을 받을 수 있었다.

무수히 많은 기운이 몸 안에서 격렬하게 부딪히고, 그 여파로 흔들리고 있는 듯 했지만 몸이 가벼워지는 것 같은 느낌과 동시에 힘이 넘쳐흐른다는 사실은 정말이지 명확하게 알 수 있을 정도였다.

"어…… 어……?"

"어때요?"

어안이 벙벙해진 정혁과는 달리 여유 있기 그지없는 표정으로 한 번 물어 보인 경묵이 오징어 손질을 이어나가고 있었다. 마치 시장 아줌마 같은 모양새로 목욕탕 의자에 앉아 오징어 눈을 파내고 내장을 쏟아내는 손길이 능수능란하기 짝이 없었다.

"신기한 힘이 막 넘치는 것 같죠? 한 번 휘둘러봐요."

정혁은 고개를 한 번 끄덕여보이고는 곧장 팬을 사선으로 한 번 휘둘러보았다.

순식간에 힘이 잔뜩 들어간 팔뚝 위로 핏줄이 솟아오름과 동시에 세찬 바람소리가 귓가에 들려왔다.

슈우우우웅―

듣는 것만으로도 간담이 서늘해지는 무시무시한 바람소리였다.

정혁이 손에 든 팬을 너무 세게 휘두른 탓에 무게중심을 잃고 허둥대며 몇 발자국 앞으로 빠른 걸음으로 나아가자 경묵이 입가에 미소를 한 번 지어보이며 말했다.

"와, 한 대 맞으면 골로 가겠는데요? 하급 던전 몬스터 정도라면 직접 잡을 수도 있겠는데요?"

소리를 직접 내보인 정혁 역시 신기하기만 한 것인지 팬은 물론이고 국자까지 몇 번 더 휘두르며 신이 잔뜩 난 듯 말해보았다.

"샥!샥! 이건 입으로 내는 소리가 아니야!"

슈우우웅- 슈우우웅-

단연 세차게 나는 바람소리 때문에 신이 난 것만은 아니었다. 말 그대로 힘이 넘쳐흐르고 있었고, 휘두르는 속도 역시 팬과 국자를 휘두르고 있다고는 믿기 힘들 만큼이나 빠른 속도였다.

어찌나 가볍게만 느껴졌는지 팬의 재질을 의심할 정도였다.

"아, 뭐라고 해야 되지? 힘이 넘치는 것 같기도 하고, 몸이 가벼워진 것 같기도 하고 이거 참 신기한 노릇이네."

"빙고. 제가 전에 쓰던 조리 도구들 보다 더 좋은 물건들이에요."

정혁이 말한 그대로였다.

물건에는 힘은 물론이고 민첩과 관련된 새로운 옵션이 부여되어 있었으니까.

더군다나 경묵의 말 또한 사실이었다. 이전에 경묵이 사용하던 조리도구보다 미약하게나마 더 좋은 물건임이 분명했다.

이내 정혁이 고개를 끄덕여보이고는 침을 한 번 삼켜낸 후에야 간신히 입을 뗐다.

"엄청난 말인 것 같은데 너무 무던하게 말하니까 실감이 잘 안 나네……."

아직도 물건을 통해 몸 안으로 유입되는 기운들이 익숙하지 않은 것인지 연신 어리둥절한 표정으로 손에 들린 두 조리도구만 바라보던 정혁이 말끝을 흐려보이자, 경묵이 한 손에 오징어를 쥔 채로 환히 웃어 보이고는 말을 이었다.

"어쨌든 잘 쓰세요. 아껴 쓰거나 하시지는 말고요."

"야, 멋있으려다가 말았다. 그런 말 할때는 오징어 좀 내려놓고 해라."

"됐어요, 형한테 잘 보여서 뭐 한다고."

투덜거리는 투로 말해보인 경묵은 계속해서 손질을 이어나가기 시작하자, 정혁이 다시금 되물어 보였다.

"야, 그런데 네 거는? 내꺼 만들어주느라 네 건 제대로 만들지도 못한 거 아니야?"

"걱정 마세요, 제건 더 무시무시한 놈들로 챙겨뒀으니까."

정혁은 다시금 고개를 끄덕여보이고는 몇 번 더 팬과 국자를 허공에 휘둘러보았다.

손에 착 감기는 느낌이며 솟구치는 힘이며 뭐 하나 흠 잡을 데 없는 물건임이 분명했다.

"이거 진짜 끝내주는데?"

신이 잔뜩 나서 조리도구를 연신 허공에 휘둘러대는 정혁과 달리 경묵은 입가에 미소를 살짝 머금은 채로 오징어를 손질해대다가 이마에 살짝 맺힌 땀을 한 번 훔쳐냈다.

'음, 벌써 여름인가?'

여느 때처럼 손님으로 북적거리는 푸드 트럭 선반에 기대고 선 경묵이 얼음이 담긴 얼음 컵을 손에 쥔 채 허공에 나타난 정혁의 고용 상태 창을 한 번 훑어보고 있었다.

--------------------------------

최정혁 – 고용완료

직급 : 주방장 (업장: 경묵이네 북경각)

신뢰도 : 100%

충성심 : 100%

스킬보유 개수 : 0

조리 : 56 (+15)

현재 상태 : 활동 중, 행복

충성심 효과 : 언제든 지시를 내릴 수 있습니다.

신뢰도 효과 : 고용주의 결정을 절대적으로 따릅니다.

직급 '주방장'의 효과로 조리 능력치가 증가한 상태입니다. (+3)

------------------------------

정혁의 조리 능력치는 어느덧 56에 육박해있었다.

주방장 칭호의 효과도 있었다지만, 영업 개시 전 경묵에게 부여받은 두 가지 조리 도구의 힘이 크게 작용한 덕분이었다.

경묵이 직접 강화해낸 두 조리 도구는 단순한 강화를 거쳐서 만들어낸 일반적인 '무구'가 아니었다.

일명 '특수 강화'라 이름 지은 새로운 강화 방식의 산물이라 할 수 있었다.

그런데 이 굉장한 능력 '특수 강화'는 정말이지 우연찮은 계기를 통해서 얻게 되었다.

음, 원래 가지고 있었던 능력이니 얻게 되었다기보다는 알게 되었다는 표현이 더 옳으려나?

어쨌든 정혁의 조리 도구를 구입하기 위해 상점 창을 열었을 때, 여느 때처럼 상점 판매 목록이 주르륵 나타났고, 상점 창 한 편에서 자리를 지키고 있던 새로운 물건을 발견하게 되었다.

상점을 통해 이번에 새로이 발견하게 된 물건은, 이른바 '결정석'이라는 물건들인데, 개별적인 효과가 부여되어 그 안에 고스란히 담겨있는 듯 했다.

정혁이 좀 아까 전에 신이 나서 휘두르던 두 조리 도구의 상세 옵션은 다음과 같았다.

──────────────────────────────

[+5 쓸 만한 중화 팬]

등급 : 일반

설명 : 중화요리를 조리하는데 알맞게 제작된 중화요리 전용 팬, 조리도구일 뿐 아니라 무기로도 사용이 가능하다.

공격력 : 25 (+15)

강화옵션 : 조리한 요리의 식감을 더욱 배가시켜 준다.

추가옵션 : 조리 +6

'신속의 결정석' 의 힘이 깃든 물건입니다.

1. 물건에 깃든 마력 덕분에 몸놀림이 부드러워지고, 신속해집니다.

2. 능력치 '민첩' 의 한계치를 비약적으로 상승시켜줍니다. (+3)

#[+5 쓸 만한 국자]

등급 : 일반

설명 : 다용도로 사용이 가능해 보이는 국자, 조리도구일 뿐 아니라 무기로도 사용이 가능하다.

공격력 : 18 (+13)

추가옵션 : 조리 +6

'괴력의 결정석'의 힘이 깃들어 있는 물건입니다.

1. 물건에 깃든 마력 덕분에 괴력을 낼 수 있게 됩니다.

2. 능력치 '힘'의 한계치를 비약적으로 상승시켜줍니다. (+3)

------------------------------

경묵이 전에 사용하던 조리 도구들보다도 단연 뛰어나다고 할 수 있는 옵션이었다.

우선 조리 능력치를 6씩이나 상승 시켜줌은 물론이고, 새로운 힘이 부여되어 있었다.

'신속'과 '괴력'이 그 새로이 부여된 힘이라고 할 수 있었는데, 이 두 가지 옵션 모두 다 일명 특수 강화를 통해 얻어낸 옵션이었다.

일전에 경묵은 스승의 육체 강화를 행하면서 강화 기능에 대해 넌지시 추측을 했던 바 있었다. 마정석과 강화석의 힘이 융합되어 회춘을 하고 건강을 되찾은 것처럼 혹시 강화석에 부여한 효능을 강화 대상에 고스란히 담아낼 수 있지 않을까 하는 추측.

그리고 놀랍게도 그런 경묵의 추측은 엇나가지 않았다.

상점에서 우연히 발견하게 된 이 '결정석'이라는 물건과 강화석을 융합하여 얻어낸 강화석을 이용한 덕분에 새로운 효능을 조리 도구 안에 고스란히 담아낼 수 있었던 것이다.

경묵이 구입한 '신속의 결정석'과 '괴력의 결정석' 외에도 무수히 많은 결정석들이 존재하고 있었으나, 당장 정혁이나 자신이 주방 안에서 활용할 수 있는 힘이 담긴 결정석은 이 두 가지가 고작이었다.

공격을 가하면 자신의 HP를 회복시킬 수 있게끔 해주는 '흡혈 능력'을 고스란히 담아낼 수 있게끔 해주는 '흡혈의 결정석'이라든지 마법 공격력의 위력을 끌어올려주는 '마나의 결정석'이라든지 하는 결정석들을 조리 도구에 녹여내 봤자 지금으로서는 쓸 모가 없다는 것이야 정말이지 명백한 사실이었다.

다만, 저런 '결정석'들을 녹여낸 진짜 '무구'들을 갖추어만 준다면 정혁은 물론이고 다른 이들 역시 웬만한 각성자들 못지않은 전투 능력을 낼 수 있을 것 같다는 추측을 할 수 있었다.

어쨌든 정혁이 사용할 조리 도구에 부여된 결정석의 효과로 미루어본다면 그 한계치가 어느 정도인지 정확히 알 수야 없다지만, 능력치에는 분명히 성장 한계치가 존재하는 듯 보였다.

하기야, 능력치 몇 개만 투자한다고 하더라도 인간의 한계에서는 아득하게 멀어질 수 있는데 그 성장치가 끝이 없다는 것도 말이 안 되는 노릇이긴 했다.

어쨌든 정혁의 조리도구는 물론이고 자신의 조리도구까지 강화를 마쳐둔 상태라 한결 마음이 편할 수밖에 없었다. 더군다나 이번에 다시금 강화를 거친 경묵의 조리도구는 거의 다른 물건이라고 일컫을 만큼이나 훌륭한 효과를 보이고 있었다.

이윽고 경묵은 주방 칸 벽 한편에 걸려있는 자신의 팬과 국자의 옵션을 확인해보기 시작했다.

띠딩-!

————————————————————

[+7 쓸 만한 중화 팬]

등급 : 일반

설명 : 작은 프라이팬, 조리도구일 뿐 아니라 무기로도 사용이 가능하다.

공격력 : 30 (+20)

강화옵션 : 조리한 요리의 식감을 더욱 배가시켜 준다.

강화옵션 : 이계 요리사의 눈썰미 -> 식재료의 신선도는 물론, 상태와 적합한 조리 방법을 한 눈에 꿰뚫어 볼 수 있습니다.

추가옵션 : 조리 +10

#[+7 쓸 만한 국자]

등급 : 일반

설명 : 다용도로 사용이 가능해 보이는 국자, 조리도구일 뿐 아니라 무기로도 사용이 가능하다.

공격력 : 24 (+20)

강화옵션 : 이계 요리사의 저울 -〉 국자만으로 정확히 계량이 가능합니다.

강화옵션 : 이계 요리사의 시계 -〉 조리 시간을 정확히 맞출 수 있게 됩니다.

추가옵션 : 조리 +10

*이계 요리사의 5가지 상징을 모두 모으면 추가 효과가 부여됩니다.

--------------------------------

이로서 제법 많은 포인트를 소진했다지만, 크게 신경 쓰거나 하지는 않았다.

이번 강화를 토대로 경묵은 이계 요리사의 상징 세 가지를 모으는 데 성공했음은 물론이고, 여섯 번째 강화부터는 조리 능력치가 무려 2씩이나 상승하는 면모를 보이기도 했다.

강화 횟수가 중첩되면 중첩될수록 부여된 옵션의 상승치도 함께 올라가는 듯 보였다.

어쨌든 이제 조리복을 포함한 모든 조리도구 만으로 상승시킬 수 있는 조리 능력치의 합산은 26에 육박한다.

'이걸로 우선 이번 경연 준비는 끝났고……'

단지 옵션을 살피는 것만으로도 마음이 심히 든든해지는 것이 느껴질 정도였다.

만족스러운 표정으로 눈앞에 떠있던 상태 창을 손짓 한 번으로 없애 보인 경묵은 다시금 얼음컵에 담긴 얼음을 아작아작 소리를 내가며 씹어대기 시작했다.

푸드 트럭 조명 앞으로 잔뜩 날아든 벌레들의 수와 후덥지근한 날씨로 미루어보건데 어느덧 여름이 찾아온 것 같기는 하다는 생각이 들었다.

그런 경묵의 생각을 읽기라도 한 것인지 마지막 주문까지 깔끔하게 마무리 짓고 주방 칸에서 내려온 정혁이 경묵의 옆에서며 말해보였다.

"이거 여름 맞이 신 메뉴라도 새로 내놓아야 할 것 같은데?"

"그렇죠? 시간 참 빠르네요. 한 것도 없는데 올 해가 벌써 반이나 갔어요."

"그러게. 에휴 이러다가 조만간 또 한 살 먹는 거 아닌가 몰라?"

정혁의 진심이 담긴 푸념에 경묵이 웃음을 한 번 지어보이고는 말했다.

"형은 이제 나이 먹는 건 조금 무던해질 때도 되신 것 같은데……."

"야, 나이 먹는 게 익숙해지는 사람이 어디 있냐? 자고로 몸이 늙어서 시리는 무릎의 아픔보다 마음이 늙어서 느껴지는 가슴의 고통이 더 아프게 느껴지는 법이다."

말을 마친 정혁은 으스대듯 어깨를 한 번 들썩여보이고는 경묵의 손에 쥐어져있던 얼음 컵을 뺏어 들고는 입 안에 털어 넣은 후에 얼음을 입 안 곳곳 굴려대기 시작했다.

"형."

"왜?"

정혁을 한참동안 말없이 바라보던 경묵은 입가에 한 번 웃음을 지어보인 후에 나지막이 말해보였다.

"그거 입에 넣었다가 뱉은 건데."

"뭐? 에라! 퉤! 퉤! 퉤!"

입 안 가득 담겨있던 얼음을 그대로 뱉어낸 정혁은 두툼한 손을 말아 쥐고는 경묵의 옆구리를 때려대기 시작했다.

"이 자식이!"

"아, 것 참 농담이에요, 농담!"

경묵이 정혁의 주먹을 피해 요리조리 피해 다니기도 잠시, 경쾌하게 울리는 스마트 폰의 문자 알림음에 잠시 행동을 멈추었다.

띠로링-!

"어라? 잠깐만요, 형."

경묵은 주머니에 들어있던 자신의 핸드폰을 꺼내 들어서는 도착한 문자를 확인해보기 시작했다. F&F 코리아 직원, 유승우에게서 온 문자였다.

[F&F 유승우 : 참가자들 전원에게 발송된 문자입니다. 이번 경연에서는 개인 조리 도구가 아니라 주최 측에서 제공하는 조리도구를 이용하셔야 합니다. 필요하신 조리 도구와 식재료의 명단을 확실히 하여 필히 내일 오전 중으로 전송을 마쳐주셨으면 합니다.]

"뭐? 그걸 왜 지금 말하는 거야? 하…."

문자를 읽어 내리던 경묵이 의문 섞인 탄식을 뱉어냄과 동시에 얼굴 가득 근심이 떠올랐다.

무언가 심상치 않다 여긴 정혁이 옆에 바짝 붙어서며 핸드폰 액정의 떠오른 문자 내용을 함께 읽어보기 시작했다.

경묵은 이걸로 준비가 끝났다고 믿고 있었다. 선보일 요리의 목록도 깔끔하게 준비를 마쳐두었고, 사용할 무기들도 확실히 강화하여 준비해 두었으니 말이다.

그런데 지금, 순수한 조리능력치를 통해서만 맞붙어야 하는 상황이 찾아온 것이다.

'과연 연래춘의 정필상과 단순한 조리 능력치만으로 맞붙어도 이길 수 있을까?'

용수면이라는 필살기가 있었지만, 준결승전인 지금 선

보이기에는 이른 기술이라고 여기고 있었다.

문자 한 통이 경묵의 표정을 사뭇 심각하게끔 만들었다.

전수받은 비급 '용수면'을 선보이기에는 아직 이르다. 이번 경연에서 사용하기에는 너무 아까운 기술. 경묵이 보유한 최고의 필살기라 할 수 있었다.

한 손으로 이마를 짚은 채 한숨을 뱉어내 보인 경묵이 참담한 표정을 지어보인 채 휴대폰을 다시금 바지주머니에 쑤셔 넣으며 넌지시 말해보였다.

"제기랄, 진짜 발등에 불똥 떨어졌네."

이러한 주최 측의 선택은 쉽게 생각한다면 공정하다고 할 수 있을법한 선택일지도 모르겠다만, 다른 한 편으로 생각해본다면 눈 가리고 아웅 하는 셈이었다.

혀를 몇 번 차보인 경묵은 정혁을 바라보고는 다소 격양된 듯 보이는 목소리로 말해보였다.

"어떻게 보더라도 이건 F&F가 제대로 헛다리짚은 거예요."

"헛다리짚은 거라고? 그건 또 무슨 말이야?"

정혁이 의아하다는 듯 되물어보이자, 경묵은 몇 번 고개를 내저어보이고는 천천히 말을 이어나가기 시작했다.

"과연 무기를 빼앗는다고 일반인과 각성자의 맨손 전투력이 같아질까요? 후에 방송을 통해 공정성 운운하려는 게 표면적인 의도이고 제대로 된 의도는 저를 도우려는 것 같은데, 완전 틀려먹었어요."

말을 마친 경묵이 다시금 앞머리를 한 번 쓸어 올려 보이고는 깊은 한숨을 내쉬었다. 경묵이 다시금 손을 거두자, 들어 올려 졌던 머리칼이 찰랑거리듯 제 자리로 돌아왔다. 정혁은 그런 경묵을 넋을 놓은 채 바라보다가 넌지시 되물어보였다.

"응……? 이게 너를 도우려는 거라고?"

정혁은 자신이 경묵의 말을 얼추 반 정도는 알아들은 듯 했는데, 나머지 반은 알아듣지 못한 것 같다는 생각이 들었다. 맨손 전투력 어쩌고 하는 부분까지는 정확하게 알아먹었는데, 경묵을 도우려는 것이라니 도무지 알아들을 수 없었다.

"자, 형. 잘 생각해 봐요. 아마 지금 이번 사태의 최대 수혜자로 보이는 일반인 참가자들은 쾌재를 부르고 있을 텐데, 그건 제대로 김칫국 마시는 꼴이에요. 공정성은 말 장난이고, 어차피 눈 가리고 아웅 하는 꼴이니까요. 결과적으로 결승에서 맞붙는 두 사람은 저랑 정필상 요리사일 게 불 보듯 뻔해요. 방금 말씀드린 대로 각성자가 자신의 주 무기를 빼앗긴다고 해서 일반인에게 전투 능력이 뒤처지거나 하지는 않을 테니까요. 결국 결승에 올라가는 건 저랑 정필상 요리사에요, 아마 저 뿐만 아니라 대중들은 물론, 주최 측마저도 그렇게 점치고 있을 거예요."

다소 건방지게끔 들리기야 했다만, 경묵이 한 말은 사실이었다. 하다못해 인터넷만 살펴보더라도 다른 참가자들은 제대로 된 언질도 되지 않고 있었다. 더군다나 심사어느 순간부터 방송의 진행 역시 두 사람에게 초점이 맞춰져 있는 것으로 미루어보아 주최 측 역시 두 사람의 대립 구조를 더욱 짙은 색으로 묘사하기 위해 노력하고 있는 듯 보였다.

꿀꺽-

"그래서?"

침을 한 번 삼켜내 보인 정혁이 마치 다음 말을 재촉하듯 초롱초롱한 눈빛으로 경묵을 바라보고 있었다. 경묵은 그런 정혁의 눈길을 한 번 확인해보인 후에, 손에 쥐고 있던 유리컵을 선반 위에 대충 내려놓고는 말을 이어나가기 시작했다.

"지금 주최 측은 결승에서 만난 저와 정필상 요리사가 비등비등하게 합을 겨루는 모습을 카메라에 담아내기 위해 혈안이 되어있을 거예요. 그러니까 지금 와서 이런 룰을 하나 추가한 거겠죠. 아마 정필상 참가자가 가진 조리 도구가 제가 가진 조리 도구보다 월등히 뛰어날 것이라고 예상한 심사위원 중 한 사람이 언질을 해주었겠죠. 조금 균형을 맞추어주겠답시고 내린 결정 같은데 제대로 틀려

먹은 거죠."

정혁은 여전히 이해가 가지 않는다는 듯 눈썹을 한 번 꿈틀해보이고는 되물었다.

"아니, 그런데 솔직히 이해가 잘 안되네, 그럼 기뻐해야 하는 거 아니야?"

"네, 아니에요. 절대로."

"뭐? 왜?"

이윽고 경묵이 확신에 가득 차있지만, 엷게 떨리는 목소리로 답해보였다.

"제 조리도구가 더 좋을 게 분명할 테니까요. 오히려 단순히 조리 능력치만으로 맞붙는 게 더 계란으로 바위치기인 격이죠."

정혁은 그제야 납득한 듯 고개를 몇 번 끄덕여보이고는 되물었다.

"아……. 그럼 어떻게 하려고?"

"아직은 잘 모르겠어요, 우선은 스승님과 조금 의논을 해보아야 할 것 같아요."

"그래, 미안하지만 나는 뾰족한 수가 떠오르질 않네…… 도움이 될지는 모르겠다만 나도 계속 생각해보도록 할게……."

그렇게 말끝을 흐려 보인 정혁은 자신의 발치를 바라보며 상념에 젖은 경묵에게서 시선을 거두어들이지 못하고 있었다. 요즘 들어 경묵의 사소한 말과 행동에서 전에는 느끼지 못하던 카리스마를 종종 느끼곤 했다. 방금도 마찬가지였다. 정혁은 경묵이 별반 신경 쓰지 않은 채로 취해보인 제스쳐 하나하나에서 무언가 품격이 느껴진다는 느낌을 받고 있었다.

경묵은 모르고 있었지만, 칭호와 [우아한 움직임]스킬이 아우러지며 내보인 시너지 효과였다.

무릇 정혁에게만 해당되는 이야기는 아니었다. 정혁은 물론, 경묵의 주변사람 모두가 경묵의 이러한 변화를 실감하고 있었다.

그래, 경묵은 말 그대로 점점 더 사장님다워지고 있었다.

가끔 경묵이 흘리듯 툭툭 뱉어낸 말 한 마디에서도 말로 형언할 수 없는 아우라가 느껴지기도 했고, 또 그 말 한마디 덕분에 괜스레 가슴이 뜨거워지기도, 또한 자신을 생각해준다는 느낌을 받기도 했다.

자신의 발치에 시선을 고정해둔 채 깊은 고민에 젖어있던 경묵을 바라보던 정혁의 입가에 짙은 미소가 떠올랐다.

갑작스레 떠오른 미소의 이유를 쫓다보니, 왠지는 모르더라도 경묵이라면 할 수 있을 것 같다는 생각이 들어서라는 것을 알 수 있었다.

누군가에게 설득을 하라거나 한다면 그럴싸한 이유는 말하지 못할지 모르지만, 어쨌든 경묵은 해낼 수 있을 것 같다는 믿음이 솟구쳐 오르고 있었다.

지금, 가슴 속에서 맹렬하게 솟구치는 근본 없는 신뢰감에 정혁의 입가에 미소가 번졌다.

어쨌든 정말 믿음직한 놈이었다.

오래도록 함께 하고 싶은 믿음직한 놈.

그리고 오래도록 함께 하게 될 거라는 확신이 드는 놈.

⚽

경묵이 이런저런 설명들을 늘어놓자 전병우가 인상을 잔뜩 찡그려 보이며 되물었다.

"뭐?"

"말씀드린 그대로예요. 강화를 거친 조리 도구를 사용할 수 없게 되었어요."

"아니, 그런데 그런 의논을 대체 왜 여기서 하는 건데?"

조수석에 앉은 전병우가 앞 유리 너머로 보이는 영화 스크린을 손가락으로 가리키며 물어보았다. 두 사람이 이야기를 나누고 있는 곳은 한강 내의 '자동차 영화관'이었다.

다소 신경질적인 물음에 경묵은 어깨를 한 번 들썩여보

이고는 능청스러운 투로 답했다.

"겸사겸사 온 거죠, 한 번 꼭 와보고 싶었단 말이에요."

"아니, 그 트럭에서 같이 일하는 참한 아가씨는 어디다 가 내팽개치고 여길 나랑 온 거냐니까? 뭐, 사제지간의 사 랑이라면 이해할 수 있다지만 사제지간의 사랑에 동성애 까지 가미가 된 것이라면 추호도 관심이 없다."

전병우는 그렇게 말하는 와중에도 기어 스틱 옆에 놓인 팝콘을 집어먹고 있었다. 물론, 시선은 트럭 앞 유리 너머 로 보이는 거대한 스크린에 고정된 채였다.

"것 참, 현장답습 차원에서 온 것뿐입니다. 무슨 그런 섬뜩한 말씀을 하세요?"

"쨌든 지금 상황에서 문제되는 건 그게 끝이라는 거 지?"

"네, 그게 전부에요."

"그럼 뭐가 문제야? 벌써부터 해답이 떠오르는 고만, 조용히 기다리면 어련히 알아서 해결해주도록 하마."

경묵은 고개를 한 번 내저어보이고는 말했다.

"속 편하십니다."

"어? 어라? 에라……."

말을 이어나가던 전병우는 갑작스레 펼쳐진 키스 신에 손에 쥐고 있던 팝콘 몇 알을 차 안에 세게 내던져 보였 다.

조수석 바닥에 떨어진 팝콘 몇 알을 발견한 경묵이 눈썹을 꿈틀해 보이고는 되물었다.

"아! 스승님, 저랑 내일 같이 세차장 가시고 싶어서 일부로 그러시는 겁니까?"

"그건 또 무슨 개 같은 소리야?"

"그러면 팝콘 좀 흘리지 마세요, 일부로 던지지도 마시고."

전병우는 혀를 몇 번 차보이고는 천천히 말을 이었다.

"내가 너랑 저딴 영화나 보고 있는데 복장이 터지겠어? 안 터지겠어?"

"그럼 갑시다, 서러워서 어디 같이 영화 보겠습니까?"

경묵이 차에 시동을 걸려는 듯 손을 다시금 차키에 가져다 대보이자, 전병우가 경묵의 손목을 꽉 쥐어 보이며 조심스레 입을 뗐다.

"야, 잠깐 조용히 해봐. 중요한 장면이다."

경묵은 고개를 한 번 내저어보이고는 이죽거리는 투로 말했다.

"재미있게 보실 거면서 공연히 이러신다니까."

"아니야, 억지로 보는 거야."

경묵은 다소 뻔뻔하다 느껴지는 전병우의 대답에 코웃음이 절로 나오는 듯 했다.

"아, 알겠습니다. 알겠어요."

이윽고 영화가 끝난 뒤 고개를 푹 숙인 채 붉어진 눈시

146 각성 5
북경각

울과 콧잔등을 숨기려 노력하는 전병우를 바라보고 있자
니 입가가 연신 들썩거렸다.

그렇게 재미없다고 한참을 투덜대더니 결국엔 영화에
완전 몰입하여 눈물 콧물 다 쏟아내던 모습은 정말이지
동영상으로 찍어두지 못한 것이 평생 한이 될 것 같다는
예감이 들 정도였다.

자동차 영화관을 빠져나온 경묵의 푸드 트럭은 한강 둔
치 앞에 멈춰 섰다.

둔치 앞에 멈춰선 트럭 앞에 대충 자리를 펴고 앉은 경
묵과 전병우는 마주앉아 이야기를 나누기 시작했다.

테이블 위에는 이미 속이 빈 것처럼 보이는 맥주 캔 몇
개가 올려져있었다.

이미 볼이 살짝 발그레해진 전병우가 입에 담배를 꼬나
문 채로 바람 따라 넘실거리는 한강물을 그윽한 눈빛으로
바라보고 있었다.

"영화가 기억에 남으십니까?"

"됐다, 이 놈아. 재미도 없더구만."

"아, 그래서 그렇게 눈물을……."

텁-

정말이지 순식간에 벌어진 일이었다.

전병우가 재빠르게 상체를 일으켜 두툼한 손으로 경묵의 입을 막아 보인 것이다.

이윽고 전병우는 경묵에게 살기가 가득 담긴 눈빛을 쏘아대며 또박또박 말을 이어나가기 시작했다.

"너 어디 가서 오늘 일에 대해 발설하면 두 다리 쭉 뻗고 잠드는 날 없을 게야."

경묵은 웃음기를 잔뜩 머금은 채로 고개를 한 번 끄덕여보이자 전병우가 불안한듯 말을 덧붙여 보였다.

"이 자식 이거 불안한데."

전병우는 손을 거둔 후에도 연신 걱정스러운 듯 게슴츠레하게 뜬 눈으로 경묵을 바라보기 시작했다.

"그 어떤 누구한테도 절대로 말 안할 테니 걱정 붙들어 매십시오."

"그래? 일단 믿기는 믿는데……. 진짜 말하지 마라."

"알겠으니 아까 말씀하신 묘안에 대해서나 조금 말씀해 주십시오. 궁금해서 죽겠습니다."

전병우는 그제야 웃음을 한 번 지어보이고는 말을 이어나가기 시작했다.

"그래, 그래. 맞아. 그거야 정답은 간단하지."

"뭐가 그렇게 간단하다는 말씀이십니까? 당사자는 피가 마르는 것 같은데 말입니다."

"이 놈아, 작은 결과 하나 하나에 집착하지마라. 크게 될 놈이 이런 작은 판 하나가지고 노심초사해서 어디에 쓰겠어?"

상금 10억 짜리 대회를 작은 판이라고 할 수 있는 사람이 세상에 몇이나 될까?

작은 판? 그래, 작은 판이지. 세계 대회에 비하면 동네 식당 아저씨들 모여서 경쟁하는 판은 작아도 엄청나게 작은 판이겠지.

더군다나 돈 따위는 안중에도 없는 전병우에게 '오너 셰프 코리아'는 한낱 애들 장난처럼 보일지도 모르겠다는 생각이 들었다.

경묵은 그제야 멋쩍은 듯 입가에 미소를 한 번 지어보인 후에 되물었다.

"그렇긴 한데, 이번에는 정말 지기 싫습니다."

"확실히 '이번에는'이야? 내가 보기에는 아니거든, 그냥 네 놈이 천성적으로 지는 걸 죽기보다 싫어하는 거겠지."

경묵은 어깨를 한 번 으쓱해보이고는 다시금 능청스러운 투로 답해보였다.

"어쨌든 말입니다."

이윽고 전병우가 상념에 잔뜩 젖은 경묵을 바라보며 환히 웃어보이고는 천천히 입을 뗐다.

"야, 이 놈아! 네 놈은 그 말도 모르냐?"

"예?"

"장인은 도구를 탓하지 않는다는 말 몰라?"

경묵은 못마땅하다는 듯 표정을 한 번 찡그려 보이고는 테이블 위에 놓인 자신의 맥주 캔을 집어 들었다.

"에이, 너무 흔한 말 아닙니까?"

경묵이 이죽거리는 투로 말해보이자 전병우는 다시금 혀를 몇 번 차보이고는 천천히 말을 이어나가기 시작했다. 목소리에 실린 힘에서 진중함이 잔뜩 느껴지고 있었다.

"흔한 말이 흔해진 데에는 이유가 있는 게야, 왜 흔해졌겠어? 옳은 소리고 맞는 말이어서 여기저기서 계속 해대니까 흔해진 게다."

말을 마친 전병우의 시선이 다시금 달빛을 머금은 물결 위로 향했다.

초점이 맞지 않는 듯 보이는 눈으로 연신 넘실거리는 물결을 바라보던 전병우가 다시금 입을 떼기 시작했다.

"물론 세상에 좋은 연장 싫어하는 장인이 어디에 있겠어? 뭐 어쨌든 좋은 연장이 아니라 좋은 연장 할아버지가 와도 못 쓰는 실정이니 최대한 빠르게 장인이 될 방법에 대해 간구해야 하지 않겠어?"

아무래도 전병우가 말하고자 하는 것은 육체강화인 듯했다.

전에 한 번 그 힘을 직접 경험해봤으니, 바로 떠올리는 것도 이상한 일은 아니었다.

경묵이라고 어찌 생각을 해보지 않았겠는가?

그러나 전병우의 예상외로 육체강화는 그렇게 간단하게 결정 내리고 진행할 수 있는 일이 아니기도 했다. 전병우에게도 전에 한 번 감수해야할 위험에 대해 설명했던바 있었음에도 불구하고 너무 쉽게 이야기를 꺼내니 조금 놀라울 다름이었다.

그런 경묵의 생각을 읽어내기라도 한 것인지, 전병우는 경묵을 바라보며 나지막이 말해 보였다.

"나도 들었던 바 있고 경험했던 바 있으니, 얼마나 위험한 것인지는 잘 안다. 내 쪽팔려서 말은 못했지만 겁나게 아프더라고. 진짜 그 때 죽는구나 싶더구나. 그런데 왜 이렇게 다시 언질을 하는 것인지는 아냐?"

경묵은 고개를 저어보이고는 솔직한 속내를 털어놓았다.

"솔직히 말씀드리자면 잘 모르겠습니다."

전병우는 좀처럼 보인적 없던 유한 미소를 한 번 지어보이고는 천천히 입을 뗐다.

"나는 네가 아니니까 네 정확한 속마음은 모른다. 만약 그냥 지고 싶지 않으면 그건 객기야. 그런데 그렇게 위험 부담을 감수하고서라도 이기고 싶다면 그건 더 이상 알량한 객기가 아니다."

"……."

전병우가 하려는 말의 의도를 조금이나마 깨달았기 때문인지, 좀처럼 입이 쉽게 떨어지지 않았다. 정말 과연 육체강화의 위험을 감수하면서까지 이기고 싶은 게 맞는 걸까?

"경묵아, 내 이 나이 먹어서 깨달은 게 하나 있어. 뭔지 아느냐?"

"아니요, 모르겠습니다."

경묵이 고갯짓을 해보이며 대답하자, 전병우가 다시금 진중한 목소리로 말을 이어나가기 시작했다.

"나는 여태껏 일평생을 다른 요리사들과 경쟁하며 살아왔었다. 그런데 언제 마음이 편해졌는지 알아? 나 자신과 경쟁하겠다고 마음먹은 순간부터였다. 나 자신과 경쟁하겠다고 마음먹고 나니 마음이 깃털보다 가벼워지더구나. 잘 생각해보면 발전이라는 것은 오늘의 내가 어제의 나를 넘어섰을 때 들을 수 있는 말이다. 옆 가게의 아니면 같은 주방에 일하는 요리사들을 넘어선다고 해서 발전이 아니야."

이윽고 전병우가 손가락 사이에 끼워져 있던 담배를 땅바닥에 튕겨내 보이자, 맹렬히 타오르던 꽁초 끝이 바닥과 세게 맞닿으며 이곳저곳에 불똥이 튀었다.

"죽을 만큼 이 경연에서 이기고 싶은 것뿐이라면 말아라. 그런데 말이야, 죽을 만큼 지금의 너를 넘어서고 싶은

것이라면 한 번 걸어봐. 선택은 네 몫이다. 사람이 꿈꾸는
걸 멈추면 죽는 거나 마찬가지야. 요즘 젊은이들은 25살
에 죽어. 정작 관 짝에 들어가는 건 80살이 되어서인데
25살에 죽는다니까?"

전병우의 말을 들은 경묵의 입가에 그윽한 미소가 떠올
랐다.

심장은 천천히 뛰는 속도를 올리고 있었고, 온 몸에 털
이 곤두선 것 같은 느낌이었다.

사실, 두렵지 않다고 하면 거짓말이었다. 아니, 확실히
두려웠다.

다시 그 절정의 고통을 맛봐야 한다고 생각하면 눈앞이
어질해지는 듯 했다.

그러나 경묵은 이미 결심을 마친 후였다.

"어떻게 할 테냐? 정필상을 넘어서고 싶은 게야? 아니
면 너를 넘어서고 싶은 게야?"

전병우의 말과 함께 불어온 여름바람이 드러난 맨살을
어루만지듯 감쌌다가 금세 흩어졌다.

이윽고 경묵이 입가에 미소를 지은 채 확신에 가득 찬
소리로 답해보였다.

"지금의 저를 넘어서려 합니다."

전병우는 다시금 넘실거리는 한강을 바라보며 입가에
환한 미소를 지어보이고는 나지막이 중얼거렸다.

"거 봐, 내가 사람 보는 안목은 있다니까?"

여름 바람을 맞으며 한강을 바라보며 마시는 캔 맥주?

시원했다, 정말로.

❀

자리를 대충 정리하고 집으로 돌아온 경묵은 자신의 방 침대 끄트머리에 걸터앉아 있었다.

이렇게 강화를 행하겠다고 결단을 내리고 나니 더 이상 고민의 여지랄 것도 없었다.

물론, 스승에게 이미 그리 말을 해놓았으니 어찌 무를 수도 없는 노릇이었다.

"에휴, 시작해보자."

사실상 경묵이 지금껏 육체 강화를 미뤄왔던 이유는 단 하나였다.

혹시 각성자 레벨이 오르다보면 경묵의 신체가 허용해 낼 수 있는 육체 강화의 범위가 점점 더 늘어나지 않을까 하는 막연한 기대감에서였다.

그러니까 혹시 각 강화 단계마다 정해진 기준 레벨이 있고, 그 레벨을 넘어선다면 첫 번째 육체 강화를 행하던 때처럼 고통 없이 쉽게 강화를 해낼 수 있지 않을까 하는 추측을 하고 있던 것이다. 물론 지금까지도 이렇다 할 검증은 되지 않은 사실인지라 지금도 한편으로는 기대를 하고 있기도 했다.

더군다나 그 가설이 맞아 떨어지기를 바라는 이유가 하나 더 있었다.

바로 경묵의 각성자 레벨이 정체하고 있지만은 않다는 것이 그 이유였다.

단순히 요리를 하는 것만으로 경묵의 각성자 레벨은 서서히 오르고 있었고, 덕분에 경묵의 각성자 레벨은 어느덧 10에 이르렀다.

'10.'

사실 레벨 10은 굉장히 없어 보이는 숫자다.

온라인 게임에 대입하여 비유해 본다면 자고로 10이라는 레벨은 허접의 상징이자, 초보의 상징 이제 갓 두 자리 수에 들어선 레벨.

심지어 어떤 게임에서는 튜토리얼만 마치면 레벨 10이되기도 한다.

하지만, 그건 온라인 게임에서나 일맥상통하는 이야기이고 지금 경묵의 레벨을 산출해주는 각성 시스템에서 만큼은 절대 아니라고 단정 지어 말할 수 있다.

우선 레벨 10에 중급 각성자 라이센스를 발급해주는 이유는 전체 각성자들의 평균 레벨이 10이기 때문이다.

레벨 10에 이른 각성자들은 전과는 또 다른 수많은 혜택을 맛볼 수 있게 된다.

또한 사람들이 그들을 대하는 태도 역시 한없이 달라지기 마련이다.

우선 수많은 길드에서 앞 다투어 영입하고자 하는 노력을 하기도 하며, 훨씬 더 좋은 조건에서 대출을 받을 수도 있으며, 홈페이지의 중급 정보를 열람할 수도 있게 된다.

경묵은 모르고 있었지만, 거주 지역에 따라 시에서 지원해주는 보조금은 물론 주거지 지원까지도 있는 실정이었다.

중급 각성자들에게 이렇게 까지 특별한 대우를 해주는 이유? 간단하다.

평균에 이를 정도까지 살아남았으니 국가적 자원으로 인정을 해주겠다는 것이다.

어쨌든 내로라하는 전투 능력을 지닌 특수 등급 각성자들의 평균 레벨이 40언저리인 점을 감안해 본다면, 레벨 10은 절대로 낮은 레벨이라고 할 수 없는 셈이다.

어쨌든 지금의 경묵에게 중요한 사실은 단 하나.

강화를 거치는 과정에서 맛보아야 할 고통을 10이라는 자신의 각성자 레벨이 얼마나 깎아줄 수 있냐 하는 것이다.

경묵은 숨을 깊게 한 번 내쉬고는 잠시 책상 위에 놓인 연필꽂이를 바라보았다.

"흠, 이거 유언장이라도 써야 하는 것 아닌가 모르겠네."

연필꽂이를 바라보고 있자니 피식하고 웃음이 새어나왔다

그냥 장난삼아 해본 말 이었는데, 생각을 하다 보니 진짜 써야하는 것 아닐지 깊게 고민하고 있었던 것이다.

세차게 고개를 저어 생각을 선회시켜 보인 경묵은, 조금 더 초연하게 생각하기로 굳게 다짐했다. 사실 엄청난 고통이 따르던 따르지 않던 이미 모든 것을 감수해내겠다고 마음먹은 후였고, 지금의 경묵에게 중요한 것은 강화를 거치는 과정이 아니라 오직 강화 후의 결과였다.

'그래, 죽지만 않으면 상관없지.'

띵―

경쾌한 알림 음과 함께 상점 창이 나타났다.

정혁 몫의 스킬 북과 조리도구와 자신 몫의 조리 도구를 강화해내는데 사용한 GEM을 제하고 현재 경묵의 수중에 남은 총 GEM은 딱 4400GEM.

경묵은 우선 자신을 강화하는 데 사용할 초급 강화석 두 개를 구입해 냈다.

이번이 세 번째 강화인 터라, 다음 강화까지는 초급 강화석으로 부랴부랴 때울 수 있는 실정이었다.

띵-!

[구입을 완료하였습니다.]

자, 강화석 구매를 마쳤으니 다음은 이제 결정석을 한번 찾아볼 차례였다.

비록 전에는 몰라서 못했다지만, 이제는 아니까 열심히 특수 강화를 해댈 생각이었다.

아마 단언컨대 지금 이렇게 결정석이나 마정석과 강화석을 혼합하는 방법 외에도 무수히 많은 방법들이 존재할 것이다.

다만, 방법을 모르고 있을 뿐이겠지.

경묵은 자신에게 필요한 능력을 지닌 결정석을 찾기 위해 두 눈 부릅뜨고 상점 창을 훑어대고 있었다.

사실 마력의 결정석이니 흡혈의 결정석이니 하는 것들은 정혁에게만 쓸모없는 것이 아니라 아직까지는 던전에 걸음할 일이 없는 경묵에게도 공통적으로 해당되는 사항이었다.

경묵 역시 당장의 상황을 타개하는데 필요한, 그러니까 최대한 실용적인 효과를 지닌 결정석이 필요한 상황이었지 흡혈 능력이나 마법 공격력의 증대가 필요하지는 않았다.

그렇게 한참을 찾아보던 경묵이 이내 득의의 미소를 지어보였다.

띵-!

[구입을 완료하였습니다.]

어찌나 긴장을 한 것인지 눈썹 끝이 파르르 떨리는 것이 느껴졌다.

짙은 한숨을 한 번 내쉬어 보인 경묵이 방금 구입한 결정석을 꺼내 손에 쥐었다.

다시금 강화를 시작할 시간이었다.

❀

F&F 코리아 사옥 내에 위치한 촬영 대기실안, 네 명의 참가자들과 그들이 데려온 서브(보조)들이 삼삼오오 짝을 이루어 수다를 떨어대고 있었다.

이번 경연은 코스 요리를 선보여야 하는 만큼 이례적으로 자신의 서브 요리사들을 대동하는 것이 허용되었다. 그러니 어찌 본다면 요리사대 요리사가 아니라 식당 대 식당으로 맞붙는 것이나 다름없는 경연이었다.

북적거리는 대기실 안을 살펴보니, 경묵 만이 홀로 온 듯 보였다.

'다들 뭐 이렇게 많이씩 달고 왔어?'

피식하고 웃음을 한 번 지어보인 경묵은 여태껏 보인 적 없는 한껏 거만한 자세로 자신의 자리에 앉은 후에 잡지 한 권을 펼쳐 얼굴 위에 덮어둔 채 지그시 눈을 감았다.

'그래, 요리사로서는 어떨지 몰라도 선배로서 아주 좋은 자세지.'

몇몇 참가자들은 이참에 후배들 챙겨준답시고 일부러 서브를 많이 데려온 것 같은 참가자들도 보였다. 방송에 한 번 출연시켜주겠다 이거지.

고작해야 짤막하게 몇 십 초 내지 몇 분 나올 것이 뻔한데 방송에 나오게 해주겠답시고 으스댔을 꼴을 생각하니 조금 헛웃음이 나오기도 했다.

경묵 역시 정혁에게 함께 가자는 제안을 했지만, 정혁은 손사래를 쳐 보이며 거절을 했다.

'진짜 혼자서 못할 것 같아서 그러는 거면 몰라도, 내 방송 데뷔가 너의 보조이고 싶지는 않다.'

경묵은 얼굴 위에 올려져있던 잡지책을 살짝 내려 대기실 안을 한 번 훑어보았다.

그러던 중, 자기 주방 식구들을 정말 전부 다 불러온듯한 참가자 김지훈과 눈이 마주치자 경묵은 눈웃음을 한 번 지어보인 후에 재빠르게 잡지책으로 다시금 얼굴을 가렸다.

양식 전공의 참가자 김지훈은 경묵을 바라보며 한 번 고개를 내저어보이고는 나지막이 말해보았다.

"어휴, 저 자식은 진짜 마음에 안 든다니까?"

김지훈을 따라온 주방 보조들 몇몇도 고개를 끄덕여보이고는 말했다.

"어린놈이, 각성 덕분에 사람들이 잘한다, 잘한다 해주니까 뵈는 게 없는 거죠 뭐."

"맞아요, 어쨌든 이번에 조리도구도 그렇고 저 놈 약발도 반은 떨어져 나갈 겁니다."

김지훈과 함께 온 보조 요리사들 몇몇이 함박웃음을 지어보였다.

경묵의 가공할 조리 능력의 원천 대부분이 조리 도구에 있다고 예상하고 자신들의 승리를 점치고 있는 듯 보였다.

그리고 그런 그들을 바라보며 가소롭다는 듯 웃음을 지어보인 다른 참가자 한 명.

바로 정필상이었다.

정필상 역시 자신의 서브 요리사 두 명을 대동하고 대기실 안에 모습을 나타냈는데, 정필상 참가자가 대동한 서브 중에는 경묵이 아는 얼굴도 있었다.

"어? 임경묵씨는 혼자 오셨나본데요?"

경묵과 구면인 요리사, 조두현이 물어보이자 손에 쥔

스마트폰 액정만 연신 바라보고 있던 정필상이 고개를 들어 한 번 끄덕여보이고는 답했다.

"그런 것 같네?"

조두현은 고개를 한 번 갸웃거려보이고는 나지막이 중얼거렸다.

"혼자서 제대로 할 자신이 있는 건가?"

"코스요리라면 혼자서 하기에는 조금 비거울 텐데. 더군다나 한 명 분도 아니고 심사위원만 하더라도 여섯이잖아?"

어쨌든 경묵은 걱정없이, 또 세상 모르고 잠든 듯 보였다.

대체 무슨 생각을 하고 있는것인지 알 수가 없었다.

경묵이 얼굴 위에 올려두었던 잡지책을 거두어낸 것은 한참이 지난 후, 유승우가 촬영 시작을 알리려 대기실에 왔을 때였다.

꼬박 한 시간을 잠들었다가 깨어난 경묵은 입이 쩍 벌어져라 하품을 한 번 해보이고는 기지개를 펴보였다.

유승우가 간단한 설명을 마치고 다시 자리를 비우자, 조두현이 경묵에게 다가서며 친근한 미소를 지어보이고는 물었다.

"경묵씨는 혼자 왔어요?"

"아, 예."

"곤히 잠든 것 같아서 말 붙이고 싶었는데, 한참을 참았네. 혼자서 여섯 명 분의 코스 요리를 할 수 있겠어요? 혹시 안내 못 받은 거 아니에요?"

"예? 아, 안내 받았어요. 서브 데려와도 된다고."

안내를 받았는데도 대동하지 않았다는 말은 결국 서브가 필요 없다는 소리인데⋯⋯.

조두현은 이해가 가지 않는다는 듯 표정을 지어보이고는 경묵의 얼굴을 뚫어져라 쳐다보았다.

'잘생겼네.'

뭐, 조금 뜬금없다지만 경묵의 얼굴을 가까이서 보고 있자니 일반인처럼 보이지는 않는 얼굴인 듯 했다. 뭐. 요리사보다는 왠지 연예인이나 모델이 더 잘 어울릴 것 같다고 해야 하나.

어쨌든 경묵은 정말이지 쉽게 생각을 읽을 수가 없는 녀석이라고 단정 지었다.

그 때 유승우가 다시금 대기실 입구에 들어서며 큰 소리로 외쳤다.

"자, 사전 인터뷰 시작할게요."

참가자들이 한 명씩 인터뷰 부스로 향하기 시작했고, 어수선했던 대기실 안이 물이라도 끼얹은 듯 가라앉았다.

유승우는 자신의 포동포동하게 살찐 손목에 감싸져있

는 얇은 시계 줄의 손목시계를 한 번 바라보고는 경묵에게 다가서며 걱정스러운 듯 되물었다.

"저, 경묵씨. 진짜 혼자서 되겠어요? 다른 참가자들은 최소 두 명씩은 데리고 왔더라고. 지금이라도 부르면 촬영순서 조율해서……."

"괜찮아요."

경묵이 말을 가로채어 단호하게 대답해 보이자, 유승우는 쭉 찢어진 눈으로 경묵을 한 번 훑어보았다. 조금 미심쩍기야 했다지만, 여태껏 해온 것이 있으니 뭐 별다르게 건넬 말도 없었다.

'에라 모르겠다. 지가 알아서 잘 하겠지, 뭐.'

"그래, 뭐 경묵씨는 알아서 하겠지. 경묵씨 오늘 녹화순서 첫 번째 녹화인거 아시죠?"

"네, 준비 끝났습니다."

"그래요, 지금 심사실 들어가셔서 필요한 물품 필요한 위치에 배치하시면 돼요."

"네, 알겠어요. 걱정 안하셔도 돼요."

말을 마친 경묵은 곧장 심사실 안으로 향하기 시작했고, 그와 동시에 다른 참가자들이 수근대는 소리가 짙어졌다.

유승우는 한 번 곁눈질을 하는 것으로 살짝 주의를 주고는 등을 돌려 대기실 밖으로 나섰다.

심사실 안에 들어서자 여섯 명의 심사위원들이 경묵을 바라보며 옅은 웃음을 지어보여주었다.

가장 먼저 말을 건넨 것은 형대욱이었다.

"혼자 왔어요?"

"아, 예."

이에 앨런 킴이 이죽거리는 투로 경묵에게 한 번 되물어 보였다.

"혼자서 여섯 명 분의 코스요리를 할 수 있다고? 이번에는 힘을 살짝 빼서 조금 수준이 떨어지는 코스 요리를 준비한 건가?"

경묵은 대답대신 한 번 피식하고 웃어보였다.

대답을 기다리던 앨런 킴은 다소 건방진 경묵의 행동에 살짝 충격을 받은듯 보였다.

경묵은 아랑곳하지 않고 자신의 조리대를 대충 한 번 살펴본 후에, 바로 옆에 서있던 촬영진 한 명에게 넌지시 말했다.

"저는 준비끝났습니다."

심사위원들 대부분이 경묵의 태도가 무언가 달라졌음을 느끼고 있었다.

분명 변한 것 같기는 한데, 어떤 점이 변했는지는 정확히 알 수가 없었다.

눈에 보이는 것을 꼽아보자면 조금 거만해졌다 싶은 정
도?

다른 참가자들의 시선에서는 조금 우러러본다는 느낌
이 드는 반면에, 경묵의 눈빛에서는 전혀 그런 것이 없다
고 느껴졌다.

마치 동료 요리사를 대하는듯한 느낌.

더군다나 심혈을 기울여 자신의 주방과 비슷한 환경을
만들려 혈안이 되어야했는데, 몇 번 훑어보는 것만으로
준비를 끝내다니?

도저히 이해할 수 없었다.

'그냥 조금 거만해진 건가?'

인사치레 삼아 건넨 짓궂은 말을 제대로 무시당한 앨런
킴이 자신의 턱을 쓸어내리며 게슴츠레하게 뜬 눈으로 경
묵을 바라보았다.

그런데, 무언가 이상했다.

단지 거만해졌다기 보다는 경묵에게서 느껴지는 기백
이랄까?

그런 말로 형언할 수 없는 무언가가 크게 달라진 것 같
다는 느낌이 들었다.

그 때, 여섯 명의 심사위원들 중 가든 램지만이 유일하
게 여전히 웃음기 가득한 경묵을 바라보며 한껏 밝은 미

소를 지어보이고 있었다.

　마치 경묵이 어떤 변화를 거쳤는지 알기라도 하는 것처럼.

26. 나는 네가 참 마음에 드는구나

MODERN FANTASY STORY

각성!
북경각

MODERN FANTASY STORY

앨런 킴은 경묵이 심사실 안에 들어온 이후로, 쭉 경묵의 행동을 유심히 살펴보고 있었다.

애초에 지금 경묵은 심사실 안에 서브 요리사를 데리고 오지 않은 것부터 거만함의 냄새를 풀풀 풍기고 있었다. 더군다나 자신의 원래 조리환경과 흡사하게 만들기 위해 고군분투 하며 촬영 진에게 이런 요청 저런 요청을 해대도 모자를 판에, 대충 한 번 슥 훑어보고는 '준비 끝났습니다.' 하고 한 마디 던지는 꼴이라니.

경묵을 내려다보던 앨런 킴은 티 나지 않을 정도로 이를 꽉 깨물었다.

몇 주 사이에 기세등등해져서 오만해진 꼴을 보고 있자

171

니 아무거나 회초리 삼아 종아리를 힘껏 몇 대 때려주고
싶을 정도였다.

녀석이 원석일지는 모르더라도, 아직 보석은 아니다.

조금만 시간이 지나고 아주 약간의 세공을 거친다면 거
만해질 수 있을 자격이 주어지겠지만, 아직은 거만해지기
에 시기상조라는 말이다.

이런 광경? 여태껏 요리를 하며 셀 수 없을 정도로 많
이는 아니었어도 심심치 않게 봐온 광경이었다.

지금껏 잘 나간다 소리 몇 번 들었던 후배들이 몰락하
는 과정과 몹시 흡사했다.

사실 뭐 던진 농담에 대답안한 것쯤이야 대수롭게 넘길
수 있는 일일지 모르더라도, 앨런 킴에게는 쉽사리 받아
들일 수 있는 부분이 아니었다.

지금껏 일상은 물론 방송을 통해서 꾸준히 쌓아온 '독
설가'라는 이미지와 '다혈질'이라는 이미지 탓에 후배 요
리사들은 앨런 킴에게 쉽게 말을 붙이지도 못한다.

더군다나 그런 이미지를 쌓을 수 있던 이유는 앨런 킴
의 본래 성격이 다혈질에 독설가였던 덕분이었다.

'이게 요리 좀 잘한다고 오냐오냐 해줬더니 까불어?'

그러나 그는 '다혈질 독설가'이기 전에 프로였다.

시선을 돌려 먼저 메인 카메라를 비롯한 심사실 내의
카메라 몇 대를 확인해보았다.

테이프에 지금 순간순간이 모두 담기고 있다는 사실을 인지해낸 후로 억지로 웃음을 짜내어 지어보이고는 감정은 최대한 절제한 채 여러 갈래로 날이 곧게 서있는 말을 툭 던져보았다.

"경묵씨, 못 본 사이에 실력이 더 좋아지셨나 봐요. 이 봐요, 스탭 우리 옆에 의자하나 더 가져다 놔야겠는데?"

자신 몫의 식재료를 천천히 살피고 있던 경묵은 앨런 킴에게 눈길 한 번 주지 않고 여전히 소쿠리에 담긴 식재료를 살피며 고개를 대충 한 번 끄덕여 보인 후에 무미건조한 목소리로 대답해 보이곤 되물어보았다.

"칭찬이라면 감사하게 듣겠습니다."

경묵의 심드렁한 대답에 촬영진들은 물론, 심사실 안에 있는 모든 이들이 슬슬 앨런 킴의 눈치를 보기 시작했다. 그도 그럴 것이 경묵이 무언가 심상치 않다 느껴지는 대답을 마치자, 앨런 킴의 얼굴에 몇몇 감정이 섞여야만 나타날 수 있는 표정이 떠올라있었다.

물론, 표정의 기반이 된 감정은 분노인 듯 했다.

'뭐? 칭찬이라면 감사하게 듣겠습니다?'

뒷말이 생략되었음은 물론, 안에 담긴 의미가 굉장히 함축적인 것 같다 여겨지는 짧은 대답이었다. 앨런 킴은 코웃음을 한 번 쳐보이고는 연신 경묵을 쏘아보았지만, 경묵은 그런 앨런 킴에게 눈길 한 번 주지 않고 있었다.

여전히 아랑곳하지 않고 자신 몫으로 주어진 식재료가 담긴 소쿠리를 바라보고 있던 경묵이 심지어 피식하고 웃음을 지어보이자, 분위기는 한껏 더 고조되었다.

형대욱과 남광민 역시 경묵에게서 마치 낯선 사람 같다는 느낌을 받고 있었다.

보인 적 없던 행동은 물론이고 말투와 몸짓 하나하나까지 모두 바뀌어 있는 듯 보였다.

정말이지 하루아침에 사람이 이렇게 바뀔 수가 있는 것인가 싶은 의문이 들 정도였다.

"저, 광민셰프. 오늘 경묵이 조금 이상하지 않아요?"

"어? 나만 그렇게 생각한 거 아니지? 조금 날카로운 것 같기도 하고 말이야."

"날카로운 게 끝이 아니라, 완전히 다른 사람 같은데요, 무슨 귀신 들린 사람 같아요. 어떻게 사람이 저렇게 하루아침에 변하는 건지……."

지금 심사실 안을 감돌고 있는 이 싸늘한 분위기는 경묵을 제외한 모든 사람들이 느끼고 있는 듯 했다. 오직 경묵 만이 대수롭지 않게 여기고 있는 듯 보였다.

그런 경묵을 유심히 바라보던 가든 램지는 재미있다는 듯 등받이를 한껏 뒤로 젖힌 후에 쓰고 있던 선글라스를 아예 올려 이마에 걸쳐 보였다.

경묵을 뚫어져라 바라보는 그의 푸른 눈동자에는 확신

이 담겨있었다.

경묵이 '그'를 만났다는 확신과 더불어, 지금 경묵의
몸속에 '그'가 있을지도 모른다는 추측을 하고 있었다.
가든 램지 역시 '그'를 만난 후 많은 것이 변화했다.

짝–

경묵은 손뼉을 한 번 마주쳐 보이고는 쾌활한 목소리로
말을 이어나가기 시작했다.

"식재료도 됐습니다. 기본적인 재료 손질은 미리 해두
어도 되겠습니까?"

경묵의 말을 들은 촬영 감독이 수신호를 이용해 'OK사
인'을 보였다.

그러나 걱정스러운 듯 바라보던 형대욱이 경묵에게 의
아하다는 듯. 한 번 되물어보였다.

"어, 경묵씨. 준비시간이 너무 짧았던 것 아니에요?"

"괜찮습니다. 걱정 않으셔도 됩니다."

경묵이 자신이 넘치는 듯 대답해 보이자, 앨런 킴이 고
개를 한 번 내저어보이고는 살짝 웃음기 띈 얼굴로 천천
히 말을 이었다.

"대욱셰프, 한 번 둬 봐요. 오늘 얼마나 훌륭한 요리를
선보이시려고 저렇게까지 막 나가시는 지 궁금해지려는
노릇이거든요."

장내에 정적이 흐르기도 잠시, 가든 램지가 흘리는 웃

음소리가 장내에 퍼졌다.

누가 보기에도 웃을 상황이 아니었던 터라 경묵이 붙잡아두고 있던 모든 시선이 가든 램지에게로 향했다. 웃음을 참으려 안간힘을 쓰는 듯 보였지만, 끅끅 거리는 소리가 연신 새어나오고 있었다. 이내 눈물을 한 번 훔쳐낸 가든 램지가 천천히 말을 이었다.

여전히 웃음기 가득한 목소리였다.

"다들 각오해야 할 겁니다. 오늘 당신들이 맛보게 될 요리는 여태껏 쌓아둔 맛이라는 개념을 박살내줄 것이니 말입니다. 아마 오늘을 기억하기 위해 달력에 적어두게 될 겁니다."

맛이라는 개념을 박살낸다?

더군다나 모두가 의아해하는 상황에서 가든 램지만이 유독 확신에 가득 찬 듯 말하고 행동하고 있었다. 심지어 방금은 마치 겪어본 듯 말하지 않았는가?

앨런 킴이 침을 한 번 삼켜내 보이고는 가든 램지에게 물었다.

"지금 무슨 말을 하는 건가?"

"내 예상이 맞다면, 경묵은 지금 자의로 움직이고 행동하는 상태가 아닐 것이다."

가든 램지의 말에 앨런 킴을 비롯한 여러 심사위원들의 시선이 집중되었다.

그러나 그는 아랑곳하지 않고 옆에 놓인 물을 벌컥벌컥 들이켜 보이고는 익살스레 눈썹을 몇 번 꿈틀거렸다. 자의로 움직이고 행동하는 상태가 아니라고?

마이크를 손으로 감싼 채 말했기 때문에, 카메라에는 가든 램지의 음성이 담기지 않았다.

그의 그런 조심스러운 행동 탓에 다른 심사위원들 역시 덩달아 심각해졌다.

이윽고 경묵은 천천히 재료를 꺼내들기 시작했다.

가든 램지는 재료를 천천히 조리대 위에 올려두기 시작한 경묵을 바라보며 특유의 굵직한 목소리로 물었다.

"오늘 선보일 요리는?"

"아직은 비밀에 부치도록 하겠습니다."

가든 램지는 아직 확신이 서지 않았다. 현재 경묵의 상태를 어림짐작이나 할 수 있는 이유는 따로 있었다. 그 역시 각성자이기도 했으며, 그 역시 경묵이 지금 거치고 있는 단계를 거쳐 온 경험이 있었다.

가든 램지 뿐 아니라 몇몇 세계적으로 내로라하는 요리사들 중 조리 능력치가 '한계치'에 다다른 이들이 있다면 공통적으로 나타나는 현상이 하나 있었다.

그렇다는 것은 경묵의 조리 능력치가 과연 한계치인 'max'에 이르렀다는 것인가?

가든 램지는 천천히 고개를 저어보았다.

경묵이 뛰어난 잠재성을 지니고 있기야 하다지만 아직 조리 능력치가 한계치인 'max'에 이를 정도의 실력을 지닌 요리사는 아닌 듯 보였다.

'흠.'

우선은 시간을 두고 지켜보는 것 외에는 별다르게 취할 수 있는 방법이 없는 상황이었다.

그 순간, 경묵이 중화 칼을 허공에 높이 던졌다.

연이어 소리대 중앙에 양배추를 올려 두었고, 이윽고 빙글빙글 돌며 떨어진 중화 칼이 양배추 위에 꽂혔다.

푹―

경묵은 양배추 위에 경쾌한 소리를 내며 꽂힌 칼 손잡이를 곧장 잡아챘다.

이건 단순한 잡기를 넘어선 말 그대로 묘기의 경지에 이른 동작이었다.

그 다음? 정말이지 순식간이라고 해도 과언이 아니었다.

투타타타타타타타타타타탁―!

경묵은 칼과 도마가 내는 마지막 마찰음과 동시에 칼을 도마에 꽂아 넣었다.

묘기에서 시작된 칼질이었다지만, 결과는 군더더기 없을 만큼 깔끔했다.

순식간에 손질된 야채를 바라보고 앉은 심사위원들의

미간에 내 천(川)자가 깊게 자리 잡았다.

경묵은 그런 그들의 모습을 보고는 한 번 코웃음을 쳐 보였다.

그리고 그런 경묵의 비웃음을 본 순간 가든 램지는 확신할 수 있었다.

지금 경묵의 몸에는 요리와 관련된 모든 스킬의 창시자쯤 되는 '그'가 있다.

모든 요리사들이 최고 반열에 오른 후 만날 수 있는 존재가.

짝짝짝-

심사실 안으로 가든 램지의 두터운 양 손바닥이 세게 맞부딪히는 소리가 크게 울려 퍼지고 있었다. 이내 가든 램지가 호쾌한 웃음을 지어보이며 박수를 치며 조롱 섞인 목소리로 말을 이어나가기 시작했다.

"이제 저 젊은 요리사가 내 옆에 놓인 의자에 간신히 엉덩이 붙이고 있는 요리사들 몇몇은 꺾었나 봅니다."

아무래도 날이 날카롭게 서있던 말이라 그런 것인지, 반응이 돌아오는 속도는 정말 빠르기 그지없었다. 통역을 마치기가 무섭게 심사위원 여럿이 가든 램지를 쏘아보았다.

그러거나 말거나 가든 램지는 경묵에게 꽂혀있는 시선을 쉽사리 거두지 않고 있었다.

179

만약 예상대로 경묵의 몸에 들어온 것이 '그'라는 전제를 바탕으로 생각해본다면, 이제 앞으로 경묵이 선보일 요리는 '그'가 선보일 요리이다.

'another world chef.'

이른바 '이계 주방장'이라는 자가 경묵을 만나기 위해 몸소 알현한 듯 보였다.

비록 하루 남짓이었지만, 가든 램지 역시 겪어본 바가 있었다.

가든 램지가 자신의 조리 능력치를 'max'로 끌어 올린 후에 간신히 그를 만났던 지난날에, 그는 이 말을 마지막으로 가든 램지를 떠났다.

'너무 딱딱하다, 재미없는 녀석이로군.'

그 말의 의미를 정확히 할 수는 없다지만, 그의 요리 실력은 감히 누군가가 왈가왈부 할 수 있는 선을 넘어서 있었다. 가든 램지는 이미 수년이나 전의 일임에도 불구하고 아직 그 날을 생생히 기억하고 있었다. 그와 보낸 단 하루가 정말 큰 변화를 맞이하게끔 해주었다는 사실 하나만큼은 부정할 수 없었다. 그의 영향 탓에 내성적이던 성격이 거침없어졌으며, 면밀하게 관찰했던 그의 손짓을 흉내 내는 것만으로도 굉장한 효과를 거둘 수 있었다.

가끔 상위 등급의 각성자 요리사들로부터 그의 힘이 깃

든 조리 도구가 있다는 소문을 들었던 적도 있었다. 탐이 났지만, 쉽사리 찾아서 손에 쥐거나 할 수는 없었다.

가격도 가격이겠지만, 물건 자체를 쉽게 찾아볼 수 없었던 탓이 컸다.

가든 램지는 어쨌든 두 눈을 부릅뜨고 경묵의 손을 뚫어져라 바라보고 있었다.

만약 그가 조리하는 모습을 한 번 더 볼 수 있는 기회를 얻은 것이라면, 지금 자신이 앉은 자리는 억만금의 표값을 받더라도 내어줄 수 없는 자리임이 분명했다.

그의 입가에도 득의의 미소가 떠오르는 한 편, 새로운 호기심이 생겨났다.

전에 그가 했던 말을 미루어보면 그는 자신의 기준에서 '재미있는 요리사'들을 찾아 떠돌아다니는 듯 보였다. 혹시 자신이 봐온 루키 중 가장 뛰어난 천재성을 지닌 동양의 어린 요리사, '경묵'이라면 '그'의 선택을 받을 수 있지 않을까 하는 의문이 든 것이다.

그리고 지금 조리대 위에 난잡하게 흩어진 야채들을 한데 담아둔 경묵이 입가에 미소를 지어보이고는, 마치 자신의 기본기를 검증이라도 해 보이는 듯 칼을 쥔 손을 리듬감 있게 움직여 대기 시작했다. 이미 한 번 잘게 썰린 바 있던 양배추가 촘촘히 썰렸다.

"이름이 뭐라고 했지?"

경묵이 자기 자신에게 밖에 들리지 않을 정도로 작은
소리로 질문을 건넸다.

물론 대답을 한 사람은 아무도 없었다.

그러나 그 때, 경묵은 마치 원하는 대답이라도 들은 듯
다시 한 번 입가에 미소를 지어보인 후 나지막이 속삭이
듯 말해보였다.

"이름조차 마음에 드는군."

작게 읊조려 보인 그는 고개를 살짝 쳐들고는 심사석에
앉은 심사위원들을 천천히 훑어보기 시작했다. 그리고 그
순간, 심사석에 앉은 심사위원들 전원이 흠칫할 수밖에
없었다. 고개를 살짝 들어 자신들을 내려다보듯 바라보는
경묵의 눈빛에서는 알 수 없는 위압감이 느껴지고 있었
다. 마치 발가벗고 선 자신들을 모멸이 섞인 눈으로 바라
보는 것만 같은 눈빛이었다.

팔짱을 끼고 선 경묵의 등 뒤로 무언가 거대한 것이 서
있는 것만 같은 위압감이었다.

그런 위압감이 가신 것은 경묵이 앨런 킴을 바라보며
조롱의 의미가 가득 담긴 웃음을 한 번 지어보인 후였다.
명백한 도발이었음에도 불구하고, 앨런 킴은 자신의 손
톱을 물어뜯는 것 외에 할 수 있는 것이 아무것도 없었
다.

이미 기세에서 한참 밀린다는 것을 깨달은 것이다.

"시작하겠습니다."

경묵의 말 한 마디에 심사실 안이 극명하게 숙연한 분위기를 띄게 되었다.

앨런 킴을 비롯한 몇몇 셰프들에게 심사석은 정말 날카로운 가시가 돋은 가시 방석처럼 불편하게 느껴지고 있었다.

이들은 경묵의 눈빛에 서려있던 의도를 분명히 느낄 수 있었다.

아니, 마치 뚫어져라 바라보던 동공에 글씨가 써있는 듯 했다.

눈앞에 선 젊은 요리사가 자신의 눈빛에 담아 보낸 말은 아주 무서운 말 이었다.

'너희 따위가 나를 심사하려고?'

그래, 모르긴 몰라도 엇비슷한 의도였음은 분명하게 느낄 수 있었다.

이윽고 그의 손에 쥐인 중화 칼의 칼날이 울부짖기라도 하는 듯 한차례 번뜩였다.

어린 요리사의 미소만큼이나 섬뜩한 빛이었다.

이윽고 경묵이 치렁치렁 하던 조리복의 소매를 걷어 올리고는 말했다.

"자, 그럼 제가 한 번 극진히 모셔드리도록 하겠습니다."

익살스럽기 그지없는 목소리가 심사실 안에 울려 퍼졌다.

자신 가득한 목소리로 말을 해보인 경묵이 몸을 풀 듯한 손을 어깨위에 올리고는 팔을 빙빙 돌려 보였다. 경묵의 태도가 정말 말 그대로 귀신이라도 들린 사람처럼 바뀌어있었다.

오감이 극대화되어있는 상태의 경묵이라고 하더라도 구별해내지 못했을 것이 분명해보일 만큼 미세하기야 했다지만, 중간 중간 '이상행동'이 감지되기도 했다.

마치 오작동하는 기계처럼 눈가를 파르르 떨거나 주춤거리고 있었다.

물론 장내에 있는 이들 중 그런 이상 징후를 파악한 이들은 아무도 없었다.

한 편, 순간적으로 경묵의 눈빛을 바라보는 것만으로 극심한 위화감을 느끼고 그 엄청난 기세에 짓눌려있던 앨런 킴이 간신히 날숨을 뱉어냈다. 간신히 뱉어낸 그 숨에는 분명히 오만가지 근심이 다 담겨있는 듯 보였다.

이마는 물론이고 등줄기에도 식은땀이 잔뜩 흐르고 있었다.

다른 것은 다 제쳐두더라도 저런 핏덩이한테 기가 죽었다는 것이 퍽이나 자존심이 상했다.

'건방진 자식, 맞은 상관없다. 네 놈은 나한테 미운털 제대로 박혔어. 무조건 최하점이다.'

앨런 킴은 자신이 할 수 있는 선에서 할 수 있는 최고의 복수를 떠올린 후에야 간사한 미소를 한 번 지어보였다. 영입? 언제 뒷목을 물어뜯을지 모르는 녀석을 주방에 들이고 싶은 마음은 없었다. 심사위원은 물론이고 장내에 있는 모든 이들이 숨을 죽인 채로 경묵의 행보를 지켜보고 있었다.

다소 엄중한 시선으로 자신을 바라보는 이들이 한 둘이 아니었음에도 불구하고 경묵은 여유가 가득한 표정으로 콧노래까지 부르고 있었다.

경묵은 먼저 큰 냄비에 물을 잔뜩 담아내고는 불을 켜 끓여내기 시작했다.

원래라면 물을 끓여내는 데에만 한참이 걸려야 했겠지만, 이내 경묵은 손에 응축되어있는 마나를 이용하여 불의 세기를 키워냈다

콰아아아아-!

냄비 아래에 귀엽게 솟아있던 불씨가 말도 안될 만큼 몸집을 키워나가기 시작했다.

냄비 표면에 그을음이 생길 정도였으니, 화력은 말이 필요 없었다.

춤추는 듯 보이는 불씨를 바라보던 경묵은 물이 끓어오르기 전에 순식간에 준비된 해산물 일부를 다져내기 시작했다.

기세등등한 젊은 요리사가 첫 번째로 선보일 요리가 무엇인고 하니, 전가복인 듯 보였다.

다소 가격이 있는 전복이나 해삼은 들어가지 않고 새우와 조개관자만이 들어가는 듯 했다.

냄비에 담긴 물은 얼마 지나지 않아 끓어오르기 시작했고, 경묵은 그 안에 큰 채를 걸쳐 두었다.

전가복은 각종해물을 넣고 볶아서 만드는 요리로서, 어러 해산물을 센 불에 볶아낸 후 육수를 넣고 끓여 굴 소스로 간을 하고 녹말 물로 농도를 맞추는 요리이다.

다소 가격대가 있는 음식인지라 코스요리의 첫 번째로 등장할 것이라고는 예상치 못하던 요리이기도 했다.

기회를 엿보고 있던 앨런 킴이 먼저 미간에 내 천(川)자를 한 번 그려보이고는 되물었다.

"혹시 첫 번째로 선보일 요리가 전가복입니까?"

"예."

"가격대가 다소 강한 요리인데, 처음부터 이런 요리가 나온다면 제대로 된 코스요리의 구색을 갖출 수 있겠습니까?"

앨런 킴의 의도가 다분히 엿보이는 물음에 경묵은 시건방지기 짝이 없는 표정으로 어깻짓을 한 번 해보이고는 되물었다.

"지금 모든 식재료를 구입해준 것은 주최 측 F&F의 촬

영 스탭입니다. 저는 제공된 재료로만 요리를 선보여야만
하는 상황이지요."

경묵의 말을 들은 직후 조리대 위에 놓인 식재료들을
한 번 살펴본 앨런 킴의 표정이 싸늘하게 굳었다. 전복을
비롯한 값비싼 재료들이 눈에 들어오지 않는 것을 확인한
그의 입가에 득의의 미소가 떠올랐다. 뭐, 물어뜯을 건덕
지를 찾아냈다는 기쁨에서 우러난 미소인 듯 보였다.

앨런 킴은 한껏 의기양양한 목소리로 되물었다.

"내 말은 그게 아니라 전복이나 해삼 같은 중요 재료를
다 빼고 싸구려 해산물들만 가지고 전가복의 맛을 흉내라
도 낼 수 있겠냐는 겁니다."

그 말을 들은 경묵이 박장대소를 해보이기 시작했다.

갑작스러운 박장대소에 심사실 안 곳곳에 분포해있던
시선들이 순식간에 경묵의 얼굴에 내리꽂혔다. 이윽고 경
묵은 간신히 웃음을 멎어 보인 후에 나지막이 읊조렸다.

"싸구려 재료로 흉내라……."

이내 한참동안 웃음을 지어보이던 경묵이 칼을 허공높
이 던져보였다. 경묵의 갑작스런 돌발 행동 탓에 모든 이
들의 시선이 경묵의 손을 떠난 칼에 집중되었다.

빠르게 회전하며 허공에 떠올랐던 날이 바짝 선 칼이
빙글빙글 돌며 다시금 경묵의 손을 향해 떨어졌다.

탁―

보는 이가 다 아찔해지는 광경이었음에도 불구하고, 경묵은 떨어지는 칼에는 눈길 한 번 주지 않은 채로 정확하게 손잡이를 잡아채보였다.

이윽고 경묵은 묘기에 가까운 동작으로 손잡이를 정확히 낚아 챈 후, 중화 칼의 날 끝으로 앨런 킴을 가리켜 보이고는 말했다.

"저는 맛으로 해명을 드리고 싶은데, 혹 그런 기회를 주실 수 있으시겠습니까?"

당돌했다. 정말이지 당돌하기 짝이 없었다.

앨런 킴은 시건방지기 짝이 없는 경묵의 행동에 분명 부아가 치솟았지만, 쉽사리 다음 말을 이어나갈 수 없었다.

'잡기로 기를 죽이겠다는 거야, 뭐야?'

앨런 킴은 자신의 심사석 앞에 놓인 생수병을 들어 올리며 마지못해 대답해보였다.

"그, 그래요. 알겠습니다."

잡기로 기를 죽이겠다는 의도였다면, 분명히 성공적이라 할 수 있었다.

지금 대답을 한 이유는 간단했다.

지금이 그나마 자신의 권위를 회수할 수 있는 마지막 기회라 여겨져 냉큼 낚아챈 것이다. 지금 조리대 앞에 선 경묵의 기세는 마치 맹수처럼 드셌다. 이런 상황에 말 한

마디 잘못 꺼냈다가는 신랄하게 박살날 것 같다는 불길한
예감이 등골을 서늘하게 만들었다.

앨런 킴 역시 웬만한 공사판 못지않게 험난한 말이 오
가는 주방 바닥에서 여태껏 살아남았다지만, 경묵이 지금
뽐내고 있는 기세는 정말이지 남달랐다.

단순한 건방짐이 아니라, 자신의 실력에 대한 맹신이
없다면 절대 보일 수 없는 기세였다.

그러나 상황은 분명히 이상한 방향으로 흘러가고 있었
다.

다름 아닌 경묵의 전가복 조리방법 때문이었다.

그리 오랜 시간이 지나지 않아서 경묵의 조리과정을 바
라보던 남광민 셰프와 형대욱 셰프의 미간에 깊은 주름이
자리 잡았다.

해산물과 버섯을 비롯한 각종 야채를 손질해내는 속도
하나 만큼은 어찌나 빠른 것인지 눈으로 쫓기가 힘들 지
경이었다. 마치 유영하는 물고기처럼 부드럽게 움직이는
칼날의 궤적에 따라서 식재료가 모양을 갖추어가고 있었
고, 경묵은 중간 중간 조각난 식재료를 대충 대충 집어서
채 안에 집어넣어댔다.

'뭐야, 엉터리잖아?'

엇박자로 재료들을 채에 넣어댔으니 익은 정도는 다 다
를 것이 분명했다. 그렇다보니 육수가 제대로 우러났을

리도 없었다. 레시피도 모르는 녀석이 저렇게 시건방진 행동을 취해보였다니 어이가 없어 탄식이 나올 지경이었다.

이내 이마를 감싸 쥔 형대욱이 허무가 가득 담긴 탄식을 뱉어내보였다.

"하······."

멍청한 사람이 신념을 가지면 무섭다는 말이 절로 떠올랐다.

남광민 역시 마찬가지였다. 여태껏 수많은 레시피를 접했다지만 저 따위로 조리하는 전가복은 본 적이 없었다. 두 사람의 얼굴에 착잡한 기색이 역력히 드러났다.

'아니, 모르면 미리 물어보기라도 하지······ 저건······.'

맛이야 어떨지 모르는 노릇이라고 생각할 수 있다지만, 이미 조리 방법 자체가 한참 틀렸다 보니 좋은 맛을 기대하기란 상당히 어려운 상황인 셈이었다.

그런 심사위원들의 생각을 아는지 모르는 지 경묵은 아랑곳하지 않고 전가복을 조리해나가고 있었다. 조리과정은 틀렸다지만, 중간 중간 보이는 손기술을 비롯한 기본기는 완벽하게 발전해 있는 상황이었으니 도저히 희한하게 여기지 않을 수 없었다.

기본기만큼은 경지에 이른 요리사의 수준을 갖추고 있었지만, 마치 중식에 대해서는 잘 알지 못하는 요리사가

엉성하게나마 전가복을 흉내 내고 있는 듯 보일 지경이었
다.

어쨌든 얼마 지나지 않아 경묵의 전가복은 제법 그럴싸
한 구색을 갖춘 채로 접시 위에 올랐다.

걸쭉한 갈색 소스가 진득하게 스며든 해산물들이 반들
반들한 자태를 뽐내며 식욕을 자극하고 있었다. 외형이나
향만으로 미루어 보았을 때는 분명 제법 그럴싸해보였다.

그리고 여섯 명의 심사위원들이 손에 쥔 숟가락과 젓가
락은 어김없이 경묵이 조리한 전가복으로 향하기 시작했
다.

❀

경묵이 정신을 차렸을 때, 자신이 빈 방에 누워있다는
사실을 알 수 있었다.

어림 짐작해보았을 때, 다 여섯 평 남짓한 공간은 모든
면이 흰색이었고 아무것도 존재하지 않는 무(無)의 공간
을 연상케 했다.

문도 없었고, 창도 없었다. TV를 비롯한 모든 가전제품
도, 침구류 하나 없었고, 이곳이 어디에 위치한 곳인지,
또 시간이 얼마나 지났는지를 짐작할 수도 없었다.

쾅―!쾅―!

"제기랄! 이게 뭐냐고!"

혹시 강화 실패의 패널티가 육신을 빼앗기는 것이었나?

아니, 그건 아니었다.

그도 그럴 것이 분명히 이 공간에 갇히기 전에 성공했다는 상태 창을 목격했고, 성공의 환희에 젖어 있었다.

연달아 나타나는 상태 창을 미처 확인하지 못했을 때에, 갑작스레 정신을 잃었고 눈을 떠보니 이 곳에 갇혀있었다.

도대체 어떻게 된 영문인지 알 수가 없었다.

가끔 누군가와 대화를 나누는 것 같은 자신의 음성이 얼핏얼핏 들려오기도 했다.

그 때, 한차례 방이 진동하며 자신의 음성이 들려왔다.

"이름이 뭐라고 했지?"

분명 자신의 목소리였지만, 듣고 있자니 거북하기 짝이 없었다.

그런 이질감은 뒤로한 채 갑작스레 들려온 음성에 곧장 반응해보이 듯 고개를 높이 쳐들고는 방 이곳저곳을 살펴보기 시작했다.

"임경묵이다! 넌 누구야?"

갑자기 왜 공포영화에나 나올법한 상황이 자신에게 펼쳐진 것인지 알 도리가 없었다.

혹시 평생 이 곳에 갇혀있어야 하는 것이 아닌가 싶은 생각에 온 몸에 털이 곤두서는 것이 느껴졌다.

그 때, 다시 한 번 자신의 음성이 들려왔다.

"마음에 드는군."

그 때였다.

반짝–

이윽고 카메라 플래시가 터지듯 번쩍 하고 눈앞에 흰 빛이 들어서기를 잠시, 감았던 눈을 떠보이자 경묵의 시야에 들어온 것은 오너셰프 코리아의 녹화가 진행되는 F&F사옥 내의 심사실 안이었다.

일순 현실로 돌아온 것 같다는 느낌을 받은 경묵이 안도의 한숨을 쉬어보려던 찰나, 새로운 사실 하나를 깨달을 수 있었다.

지금 스스로에게는 몸을 제어할 수 있는 권한이 없다는 사실.

아무리 애를 써보아야 눈가를 파르르 떠는 것 외에는 아무것도 할 수 없었다.

경묵은 우선 침착하게 상황을 정리하기 위해 애쓰기 시작했다.

'시발, 설마 몸을 빼앗긴 건가?'

정신을 잃기 전에 미처 확인하지 못한 상태 창이 심히 거슬렸다.

들을 수 있었고, 볼 수 있었지만 뜻대로 움직일 수 없었다.

그때 말을 듣지 않는 자신의 입이 멋대로 움직이기 시작했다.

"시작하겠습니다."

자의라고는 실오라기만큼도 담겨있지 않은 자신의 목소리가 심사실 안에 울려 퍼진 직후였다. 자신만 들을 수 있는 듯 보이는 음성이 한 차례 머릿속에서 울려 퍼졌다.

[이 봐, 뭘 걱정하는 거지? 내가 네 몸을 빼앗기라도 할까봐 걱정하는 건가?]

사실 남도 들을 수 있는 것인지, 자신만 들을 수 있는 소리인지를 정확히 할 수 있었던 것은 눈앞에 있는 이들의 반응 덕분이었다.

마이크에 대고 말하는 듯 떨림이 가득 느껴지는 음성이 한 차례 울려 퍼졌음에도 주변 사람들은 미동조차 없었다.

경묵은 만약 움직일 수만 있었더라면, 그리고 소리 내서 말할 수만 있었더라면 고개를 세차게 끄덕이며 큰 소리로 고래고래 외치고 싶었다.

그래 이 개자식아, 누군지는 모르지만 썩 내 몸에서 꺼지라고 외쳐대고 싶었다.

물론, 애석하게도 육체에 대한 제어권한은 여전히 주어

지지 않은 상태였다.

그 때 다시금 머릿속에서 한 차례 자신의 목소리가 울려 퍼졌다.

[성질 하고는, 네 놈 몸뚱이는 잠깐 쓰고 돌려주마. 네 놈 몸뚱이 꿰차는 데에는 일말의 관심도 없다.]

'돌려준다고?'

어쨌든 돌아갈 수는 있는 거구나 싶은 마음에 안도의 한숨을 쉬어 보였다. 아니 안도의 한숨을 한 번 내쉬어 보이고 싶었다. 몸을 움직일 수가 없으니 할 수 있는 것이 아무것도 없었다.

[경연에서 선보이려던 메뉴에 대해 말해라.]

선보이려고 했던 메뉴라면 첫 째로 전가복, 둘째가 깐풍새우, 셋째가 짬뽕에, 후식으로 준비한 것이 생과일인데……. 어떻게 말해야 알아듣는 거냐?

경묵이 반복적으로 경연에서 선보이려던 메뉴를 연상해대자, 다시금 짜증섞인 음성이 한 차례 울려 퍼졌다.

[음식의 이름만 말하면 모른다, 조리 방법에 대해 설명해라.]

'지금 나랑 장난치는 거야? 조리 과정을 일일이 설명하라고? 제기랄, 어떻게? 우선 물부터 올려, 이 등신아!'

경묵이 생각해보이기가 무섭게, 몸이 움직이기 시작했다.

'어라?'

부드럽게 움직인 몸이 경묵의 지시에 따라 일사분란하
게 냄비에 물을 받아낸 후에, 물이 잔뜩 든 냄비를 화구위
에 올려두었다.

그리고 다시금 음성이 들려왔다.

[다음 조리법을 말해.]

'우선 화구 불꽃을 키우겠다고 마음먹어 봐. 아니 이게
대체 뭐야? 운동회 2인 3각 달리기도 아니고, 중요한 경
연을 왜 이따위로 해야 하는 거야?'

이윽고 생각을 마치기가 무섭게 화구의 불길이 높게 치
솟자, 다시금 자신의 목소리가 울려 퍼졌다.

[뭐야? 네 놈 불의 정령도 다루고 있는 놈이야?]

'뭐? 불의 정령? 화동이? 아니, 그런데 대체 너 정체가
뭔데?'

녀석은 이번 물음에는 묵묵부답이었다.

'에라, 나도 모르겠다.'

심지어 몸을 빼앗은 정체모를 개자식은 자신의 이야기
를 듣는 것인지 마는 것인지 기껏 열심히 머리를 굴려가
며 생각을 전하려 노력하던 찰나, 제멋대로 앨런 킴과 사
소한 말다툼을 했다.

'아니, 제발 예의 좀 갖춰. 저 사람은 내 음식을 평가할
심사위원이야! 대체 심사위원이랑 말다툼을 하는 참가자

가 어디에 있냐고!'

[요리는 입으로 하는 게 아니야. 예의는 최대한 갖춰보도록 노력하지. 어쨌든 너는 내게 조리 방법을 설명해라.]

불평만 하고 있을 수도 없는 노릇이고, 어차피 다른 방편이 있는 것도 아니었던 터였다. 자의라고는 눈곱만큼도 없었다지만, 어쨌든 2인3각 요리가 시작되었다.

'우선 해산물들을 말하는 대로 손질해, 관자는 얇게 저미고 새우는 껍질을 벗겨서 먹기 좋은 크기로 썰어내라. 버섯들은 최대한 길쭉하게 세로로 썰어내고, 끓는 물에 넣어서 육수를 우려낼 겸 데치는 거야! 아니, 아니 젠장…… 그게 아니라 한 번에 데쳐야 할 것 아니야? 너 요리는 할 줄 아는 놈이야?'

[억울하면 최대한 자세히, 제대로 설명해!]

⊛

전가복 조리에 있어서는 연신 덜컥거렸지만, 중간 중간 보이는 기본기와 잡기로 미루어 보아 대단한 실력을 지닌 녀석이라는 확신이 들었다.

이윽고 2인3각(?)으로 전가복의 조리를 마쳐보였을 때, 접시 안에 담긴 전가복의 형태는 제법 그럴싸하다 느껴졌다.

심사위원들의 수저가 접시에 담긴 전가복으로 향하는 것을 확인한 경묵은 눈을 질끈 감으려 마음먹었지만, 그조차도 쉽지 않았다.

눈 끝이 파르르 떨리기만 할 뿐, 감기질 않았다.

가장 먼저 전가복을 입 안에 넣은 심사위원은 가든 램지였다.

그리고 가든 램지는 전가복을 몇 번 씹어대기도 전에 눈물을 터트렸다.

마치 누군가가 눈을 바늘로 찌르기라도 한 것 마냥, 톡하고 터져버린 눈물이 그의 눈가를 따라 흘러내리고 있었다.

뭐야? 이게 무슨 개 같은 상황이야? 나 모르게 독이라도 탄 거야?

그런 의문도 잠시, 이윽고 가든 램지는 손에 쥐고 있던 수저를 테이블 위에 가지런히 올려둔 채 박수를 치며 힘겹게 말을 이어나가기 시작했다.

이윽고 가든 램지의 뒤에 주둔하고 있던 통역사가 해석해준 말의 의미를 전해들은 경묵의 심장박동이 가속화 되었다.

"나는 평가할 수 없습니다. 감히 평가할 수 없는 환상적인 맛입니다."

가든 램지의 심사평에 모든 심사위원들이 놀란 듯 바라보았다.

물론, 가장 크게 충격을 받은 것은 남광민과 형대욱이었다.

단언컨대, 경묵이 눈앞에서 선보인 조리법은 보편적으로 알려진 전가복의 조리법이 아니었다. 아니 알려지고 알려지지 않고의 문제가 아니라, 기본적인 사항들을 완전히 무시한 듯 보이는 조리법이었음이 분명했다.

뭐, 중간중간 보이는 잡기라든지 기본기 같은 경우에는 흠 잡을데가 없기야 했다.

그러나 그 뿐이었다.

그래, 정말 그 뿐이었다.

분명 여기저기 심각하게 뒤엉킨 조리법이었음에도 불구하고, 눈물을 흘릴 만큼 맛있는 맛이라고? 아니, 감히 평가할 수 없는 환상적인 맛이라고?

눈앞에서 눈물을 흘리고 있는 것이 동네 중국집 사장이었다고 해도 의구심이 들법한 상황인데, 지금 눈물을 쏟아낸 사람은 세계적인 셰프 가든 램지였다.

앨런 킴은 지난 수년간 가든 램지를 봐왔다.

같은 식당에서 일을 했던 적도 있었으며, 같은 대회에서 적으로 만났던 적도 있었다.

더더군다나 후에는 심사위원의 자격으로 심사석에서 만나기를 수차례, 친해지지 않으래야 친해지지 않을 수 없던 관계였다.

그렇다보니 가든 램지의 습관 몇 가지에 대해서만큼은 정확히 알고 있다 해도 과언이 아니었다. 일단 원래의 그는, 절대로 심사할 음식을 무작정 먼저 입 안으로 가져가지 않는다.

우선 기본적으로 심사할 음식을 젓가락으로 몇 번 음식을 뒤적거려야 한다. 외관을 기점으로 하여 여러 가지를 살피는 것인데, 그 기준을 통과하지 못하여 맛도 보지 않고 쓰레기통에 쳐 박은 음식도 한둘이 아니었다.

'뭐지?'

뭐, 물론 조리를 한 사람이 아무리 촉망받는 인재, '임경묵'이라지만, 수년 동안 음식을 입에 대기 전에 살펴보지 않았던 적은 단 한 번도 없었다.

의구심 가득한 눈으로 가든 램지를 유심히 바라보던 앨런 킴이 자신 몫의 접시를 향해 수저를 들이밀었다.

참 내, 3류 요리 만화야? 맛있다고 눈물을 흘리게?

피식하고 웃음을 지어보인 앨런 킴이 한쪽 눈을 감고 천천히 수저위에 담긴 전가복을 관찰해보기 시작했다. 뭐, 맛이 없을 것 같이 생기지는 않았다만 이게 과연 다 큰 성인 남성을 울릴 수 있는 맛인가에 대해서는 의문이 들었다.

수저 한 가득 담긴 전가복 특유의 점도 높은 양념이 수저 끝을 따라 천천히 흘러내리고 있었다. 더군다나 제대로 된 재료를 사용하여 조리한 전가복도 아니었다.

전복이며 해삼이며 가격이 평균에서 조금만 엇나가더라도 여과 없이 빼 버리고 저가의 해산물 혹은, 다음 코스 요리 재료와 겹치는 해산물들만 간간히 넣어 조리한 듯 보이는 전가복이었다.

중식에 조예가 깊은 것은 아니라지만, 그렇다고 하여 아예 견문이 없는 것은 또 아니었던 터라 알 수 있다. 이렇게 부실한 재료로 구성된 전가복은 살면서 들어본 적도, 본 적도 없었다.

그러니 더욱 희한한 노릇이었다.

지금 자신 앞에 놓인 접시에 담긴 전가복은 고급스러워 보이기 짝이 없었다.

어느 중식당에서 보았던 전가복보다도 더 고급스러워 보였다.

성의 없이 조리한 전가복을 아무런 무늬 없는 접시에 대충 나누어 담아냈을 뿐인데도 불구하고 마치 요리 자체가 뿜어내는 기운이나 기백이랄 것들이 느껴지는 것 같은 희한한 기분이 들었다.

한참동안 외관을 살피던 앨런 킴이 이윽고 천천히 수저를 입 안으로 들이밀기 시작했다.

혀에 닿기도 전에 특유의 향이 코끝을 간질이는 것이 느껴졌다.

이로서 외관과 향은 합격이라 할 수 있었다.

물론 가장 중요하게 심사해야 하는 부분은 단연 맛일 것이다.

이윽고 수저 밑 부분의 차가운 감촉이 아랫입술에 맴돌았고, 얼마 지나지 않아 혀 위에 전가복 특유의 양념이 내려앉았다.

그 끈적끈적한 양념이 혀끝에 들러붙은 순간, 표면 제법 깊숙한 곳까지 스며든 굴 소스 특유의 짭소름한 맛이 혀를 강타했다. 한 번 씹는 순간 톡 하고 터져 나온 조개관자 특유의 육즙과 함께, 살이 탱탱하게 오른 생새우의 식감이 느껴졌다.

입 안 가득 머금은 식재료들의 풍미가 그대로 살아있는 괴랄 하기 짝이 없는 맛이었다.

앨런 킴 역시 삼류 요리 만화의 주인공마냥 눈을 크게 떠야만 했다.

물론 등 뒤로 용이 날아다닌다거나, 폭죽이 펑펑 터지거나 하지는 않았다지만, 분명히 뛰어난 맛이라는 사실을 부정할 수는 없었다.

미적인 부분부터 향을 거쳐 맛까지 전부 다, 어디 하나 빼놓을 곳이 없는 특별한 요리.

전가복? 아니었다.

이건 전가복을 흉내 낸 요리가 아니라, 아예 다른 차원의 요리인 것처럼 느껴졌다.

어느 식당에서 봤던 전가복과 비교하고자 하더라도 그 비교 자체가 불가했고, 애초에 비교를 할 가치가 없다고 여겨질 수준이었다.

더군다나 지금 입 안에 든 요리는 애초에 '전가복'이라 여기기가 힘든 수준이었다.

아마 이름을 듣지 않았더라면, 맛을 본 후에 분명 이 요리의 이름을 물었을 것이다.

그 말인 즉, 전가복이라고 추측하지도 못할 정도로 특별한 맛이라는 것 이었다.

말로 형언할 수 없는 일정 경지에 이른 듯 보이는 맛.

앨런 킴은 입 안에서 금세 녹듯 사라져버린 해산물들과 버섯의 맛이 그리워 다시금 수저를 들이밀지 않을 수 없었다.

물론 계속해서 수저를 멈추지 않은 것은 단연 앨런 킴 만이 아니었다.

여섯 심사위원 모두가 마치 걸신들린 사람 마냥 계속해서 수저를 바삐 움직여댔다.

접시에 코라도 박을 기세로 먹던 심사위원들은 손에 쥔 수저가 접시 바닥과 부딪히며 울린 불협화음을 듣고 난 후에야 고개를 들어보였고, 그제야 헛웃음을 지어보이며 경묵을 살펴보곤 했다.

그렇게 한 명씩 고개를 들어 경묵을 바라볼 때면, 경묵은 자신이 조리한 전가복을 맛볼 심사위원들은 하나도 의식하지 않는 듯 무심한 표정으로 다음 요리에 들어갈 식재료를 다듬어 대고 있었다.

형대욱은 그런 경묵의 사소한 행동 하나까지도 괜스레 이상하다 여기고 있었다. 정말 본인이 알던 '임경묵'이 맞나 싶은 생각에 자꾸만 미간에 주름이 잡혔다.

뭐, 꼭 먹는 모습을 시켜보고 있어야 하는 것은 아니기도 하고, 서브 요리사를 대동하지 않았으니 바쁘게 움직여야 하는 것도 지당한 사실이긴 하다.

그러나 경묵의 태도는 단순히 그런 이유들과는 별개로 달라도 한참 다른 느낌이었다.

그래, 뭐랄까? 마치 심사평이나 심사결과에는 별 관심이 없는 듯 보였다.

허세나 건방도 아니었고, 조급함에서 나온 행동도 아니었다.

이미 자신의 요리를 맛본 이들의 반응을 수없이 살펴본 듯 보이는 것 같은 익숙함에서 나오는 여유로움. 그래, 이건 명백한 여유로움이었다.

"하……."

이내 형대욱은 저도 모르게 헛웃음을 흘리고 말았다.

녀석이 천재라는 사실이야 당연히 이미 알고 있는 사실

이었다.

천재가 아니고서야 어떻게 수타면은 물론 용수면을 단 하루 만에 뗄 수 있고, 이력하나 제 업장하나 없이 참가자 자격으로 심사실 중앙에 설 수 있었겠는가?

감각이 있는 것도 사실이고, 재능이 있는 것도 사실이 고, 기본이 단단히 다져져있는 것 역시 사실이었다.

그런데 아무리 생각해도 정말 도저히 이해할 수가 없는 것이 있었다.

이게 고작 경략 3년차 요리사의 실력과 여유로움이라 고?

경묵은 자신에게 쏟아지는 따가운 시선에도 전혀 아랑 곳하지 않은 채, 그저 은은한 미소를 입가에 머금은 채로 연신 무어라 혼자 중얼거리며 자신의 요리에 몰두해 있었 다. 이윽고 냅킨으로 입 양 끝을 닦아내 보인 남광민이 바 닥을 드러낸 접시에서 시선을 떼지 못한 채로 천천히 입 을 뗐다.

"정말 대단한 맛이로군요. 사실 전가복의 조리 방식이 제가 알고 있는 것과는 많이 달랐던 터라 기대를 않고 있 던 터였습니다. 보셨다시피 들어간 재료도 상당히 부족했 고요. 그런데 정말 믿을 수 없는 맛이군요. 이 맛을 더 많 은 사람들과 나눌 수 없어 아쉬울 지경입니다."

그 말을 시작으로 여러 심사위원들이 동조하듯 고개를

끄덕여 보였고, 형대욱이 말을 받아냈다.

"이건 거의 혁명 수준이라고 할 수 있겠군요. 기존의 조리 방식에 위배되는 것이 아니라 새로운 조리 방법과 새로운 맛을, 또 새로운 요리를 창조했다고 봐도 과언이 아니겠습니다. 그런데 놀라운 점은 뭔가 새로운 방식이 더해진 것은 아니라는 겁니다."

형대욱의 말을 들은 가든 램지와 앨런 킴이 깊은 관심을 보이는 듯 했다.

사실 전가복의 정확한 레시피에 대해서는 모르고 있던 터라 경묵의 레시피가 잘못되었다는 사실을 눈치 채지는 못하고 있었다.

이내 가든 램지가 통역사의 귓가에 무어라 속삭이자, 통역이 형대욱에게 물었다.

"조금 더 자세히 듣고 싶다고 하시는군요. 시청자들도 더 자세한 설명을 원할 거라고 하십니다."

형대욱은 고개를 한 번 끄덕여보이고는 말을 이어나가기 시작했다.

"그러니까, 기존의 전가복의 조리법에서 무언가가 빠지거나 모자랐으면 모자랐지 새로운 방식이 추가된 것은 아니라는 겁니다. 예를 들면 전복같이 고가의 재료가 빠졌으면 빠졌지 새로운 재료가 추가되지는 않았습니다. 조리방법 역시 마찬가지입니다. 아쉬운 부분이야 몇 번이고

포착을 했습니다만 새로운 방법이라든가 조금 차별화된 조리법은 아예 눈에 띄지 않더군요. 그럼에도 불구하고 기존의 전과복과는 전혀 다른 맛을 내고 있으니 신기할 수밖에요."

형대욱이 말을 마쳐보이자, 모든 심사위원들이 미어캣처럼 한 번에 시선이 돌려 경묵을 바라보기 시작했다. 그런데 경묵은 이들의 대화를 들은 것인지 못 들은 것인지, 그저 묵묵히 자기 할 일을 해나가고 있었다.

어떻게 된 영문인 것인지 궁금해서 미칠 노릇이기는 했다만, 조리대 앞에 선 경묵이 이렇다 할 설명을 하지 않는 것으로 미루어보아 별로 말해주고 싶지 않은 듯 보였다.

그 때문인지 맛의 비밀에 대해 묻거나 하는 심사위원은 단 한 명도 없었다.

프로 마술사는 동료 마술사의 트릭이 아무리 궁금하다 하더라도 절대 트릭을 캐묻지는 않는다. 또한 돌아올 대답 역시 뻔한 노릇이었다.

심사석에 앉은 채 경묵을 내려다보고 있는 심사위원들은 묵묵히 다음 메뉴를 기다리기 시작했다. 고상한 척, 다리를 꼰 채로 앉아서 할 수 있는 것이라곤 경묵이 이번에 선보일 메뉴를 넌지시 추측해보는 것뿐이었다.

쾅—!

경묵이 열고나선 심사실의 문이 다시금 굳게 닫히자, 심사위원들 몇몇이 참고 있던 숨을 내쉬었다. 다들 쉽사리 다음 말을 잇지 못하고 이마에 주름을 한껏 잡아대며 서로의 눈치를 살펴대고 있었다.

"흠……."

심사석 앞 테이블에 놓인 접시들은 모두 깨끗하게 비워져 있었고, 살짝 살짝 남아있는 양념들이 음식이 담겨있던 접시라는 사실을 알려주고 있었다.

경묵이 이번 경연에서 총 세 가지 요리와 간단한 후식으로 생과일을 선보였다.

전가복과 깐풍새우 짬뽕, 그리고 한껏 모양을 내서 선보인 생과일까지.

모든 메뉴는 마치 강물처럼 막힘없이 흘러나와 심사석 앞 테이블에 놓였다.

애초에 혼자서 여섯 명 분의 코스 요리를 짜임새 있게 준비해낼 수 있다는 사실은 정말이지 놀라움 그 자체였다.

그런데 더욱 놀라운 사실은 준비해놓고 사용하지 않은 재료가 있다는 사실이었다.

심사실에 들어온 후에 선보일 요리의 구성을 바꾸기라
도 한 것일까?

정말 이번에 경묵이 선보인 요리는 의문이 한 둘이 아
니었다.

아니, 그냥 매 경연마다 확연히 달라지는 모습을 보이
고 있는 참가자 '임경묵' 자체가 정말 의문투성이였다.
이내 가장 먼저 심사실의 적막을 깬 것은 가든 램지였다.

"나는 우리가 솔직해져야 한다고 생각합니다."

제 자리에 서서 천천히 말을 이어나가기 시작한 그의
푸른 눈동자가 흔들리고 있었다.

"기계적으로 점수를 매기라고 한다면 말할 수 있습니
다, 저는 경묵의 요리에 대해 평가하라면 최고점을 말할
겁니다. 하지만, 사실상 평가 자체가 무의미하다고 생각
합니다. 여태껏 세계 각지에서 온갖 셰프들과 살을 부대
껴보고 그들의 음식 맛을 보았지만, 경묵의 경력을 감안
하지 않더라도 경묵은 그들 중 가장 대단한 셰프입니다.
그가 지금 제게 준 것은 충격이고, 자극입니다. 나는 다시
그를 추월하기 위해 더욱 더 요리에 매진할 것입니다."

추월하기 위해 매진하겠다는 말을 들은 앨런 킴이 잔뜩
떨리는 목소리로 가든 램지에게 되물어 보였다.

"뭐야? 추월? 그럼, 자네는 지금 저 친구가 자네의 실
력을 앞질렀다는 말을 하고 싶은 건가?"

엷게 떨리는 그의 목소리에는 불안이 잔뜩 담겨있었다.

명확한 것도 아니고, 눈에 보이는 것은 아니라지만, 사실상 심사위원들에게도 서열이라는 것이 존재했다. 전공 분야가 다르다면 더더욱 비교하기 힘들겠지만, 가든 램지와 앨런 킴은 같은 양식 전공자이다. 굳이 말을 꺼내지는 않고 있다지만, 앨런 킴 스스로도 사실상 합을 겨루었을 때는 가든 램지가 우위를 점하리라는 사실을 알고 있었다.

결국 그가 패배를 인정하는 발언을 하게 된다면, 본의 아니게 자신 역시 경묵의 아래가 되는 것이나 마찬가지다.

앨런 킴의 물음에 모든 심사위원들이 고개를 돌려 가든 램지를 바라보기 시작했다.

이윽고 가든 램지가 그 물음에 인상을 구긴 채 잔뜩 흥분한 목소리로 대답해 보였다.

"물론입니다. 아니, 다들 함께 맛보지 않으셨습니까? 그럼 정말 경묵이 선보인 요리에 점수를 매기고 평가를 하겠다는 겁니까?"

다시금 장내가 한번 술렁였다.

이내 한쪽 눈을 찡그린 채 카메라를 통해서 이 상황을 재미있다는 듯 지켜보던 촬영감독이 잔뜩 들뜬 목소리로 옆에 선 유승우에게 말해보였다.

"이야, 승우씨. 기자들은 승우씨 덕분에 일하기 쉽겠다. 내일 신문 1면에 또 임경묵 이름으로 도배가 되겠는데?"

"그러니까 말입니다. 물건인줄은 알았는데 이 정도일 줄은 몰랐네요."

턱을 한 번 쓸어내린 유승우가 다시금 음흉한 미소를 지어보였다.

그리고 그 때, 촬영진 틈에 섞여서 그 모습을 지켜보던 정장 차림의 한 사내가 분주한 걸음으로 심사실 밖을 향해 빠르게 걷기 시작했다.

"예, 찾았습니다. 걱정 마십시오."

그의 잔잔한 목소리가 F&F사옥 복도 안에 울려 퍼졌다.

※

쾅-!

한 편 그 시각, F&F사옥 지하 주차장에 주차되어있던 경묵의 푸드 트럭 운전석 문이 세게 닫혔다. 당장 드는 마음 같아서는 문 좀 살살 닫으라고 잔소리라도 하고 싶었다만, 심사위원도 잡아먹을 기세로 말을 쏘아대는 녀석이 제 말은 들을까 싶은 생각에 그냥 꾹 삼켜냈다.

지금 경묵이 단연 놀랍다 치부하고 있는 사실은 지금 자신의 몸을 빼앗고 주둔해있는 녀석의 엄청난 요리 실력이었다.

모르긴 모르더라도 녀석은 요리에 있어서만큼은 정말 괴물 같은 실력을 가지고 있었다.

더군다나 녀석은 자신의 몸을 마치 제 몸이라도 되는 듯 정확하게 다루고 있었는데, 다른 부분이 아니라 스킬이나 마나를 사용하는 부분에 있어서 아주 주도면밀했다.

일단은 있다고 귀띔 한 번 해주지도 않았던 [수타면 제면]같은 스킬들을 찾아서 사용하기도 했고, [화력조절] 스킬을 주기적으로 사용하며 조리의 속도를 높임은 물론이고 불내를 잡아두기 위해 주력하고 있는 듯 보였다. 물론, 거기서 끝이 아니라 분명 명백하게 뛰어나다 말할 수 있는 실력을 지니고 있기도 했다.

물고기가 물속을 헤엄치듯 부드럽게 움직이는 칼날에 따라 조각나던 식재료들이나, 정말 아주 조금도 태워내지 않고 모든 식재료를 고르게 볶아내던 모습으로 미루어 보건데 기본기는 정말이지 가히 최고라 칭할 수 있을 정도였다.

음, 그리고 그 뿐만 아니라 무언가 자신의 마나를 이용하여 여러 가지 기술들을 사용했을지도 모르겠다는 추측을 하고 있었다.

그도 그럴 것이 몸에서 꾸준히 마나가 빠져나가는 것 같은 느낌이 들었다.

뭐랄까? 아주 조금씩? 마치 수도꼭지를 조금 열어둔 것 같은 느낌.

졸졸졸 흘러나가는 마나의 흐름은 엄청나게 신경이 쓰일 정도는 아니었다지만, 그렇다고 해서 마냥 묵인하거나 방관할 수 있는 수준은 아니었다.

녀석은 정말 베일에 쌓여있는 녀석이었다.

어느 나라 국적을 가지고 있는지, 이름이 뭔지, 전공 분야가 무엇인지, 관련된 모든 것들에 대한 정보가 단 한 가지도 없었다. 사실상 녀석의 진짜 목소리를 들어본 것이 아니니, 음성을 토대로 하여 나이를 짐작해볼 수도 없었다.

그저 지금으로 알 수 있는 것을 정리해 보자면, 몸을 꿰차고 있는 녀석이 훌륭한 요리사라는 것과 비각성자는 아니라는 사실 정도였다.

그리고 운전석에 오른 녀석이 키를 돌려 시동을 걸었을 때, 디젤 차 특유의 떨림과 함께 몸이 살짝 전율하는 것이 느껴졌다.

'어라?'

그렇게 진동하는 동시에 다시금 몸에 조금은 낯설고, 이질적인 감각들이 돌아오고 있었다.

경묵은 곧장 양 손으로 뺨을 어루만져 보았다.

양 손끝으로 촉촉하고 부드러운 피부의 촉감이 고스란히 느껴졌다.

따뜻했다.

이제야 몸을 움직일 수 있는 권한을 돌려받은 듯 보였다.

형식적으로 손을 한 번 쥐었다 펴 보기도 했고, 룸미러에 비치는 자신의 얼굴을 한 번 살펴보기도 했다.

잠깐, 녀석은? 녀석은 어디에 있지?

"이봐! 이봐!"

경묵이 다급한 목소리로 자신의 몸에 둔하고 있던 녀석을 불러대기 시작했다.

뭐야? 갑작스럽게 몸 좀 빌려 쓰고 그냥 떠나지는 않았을 것 아니야?

그러나 애석하게도 그 녀석은 친절하게 경묵의 물음에 답해주거나 하지는 않았다.

귓가에 아무리 온 신경을 집중해 보아도 들려오는 소리라고는 지독한 정적 속에서 대로변에서 언뜻 언뜻 들려오는 자동차 배기음이 전부였다. 이윽고 차키를 돌려 시동을 걸려던 경묵의 손이 멈칫거렸다.

제기랄, 뭐가 어떻게 된 건지 해명은 아니더라도 설명이라도 조금 해 줘야 하는 것 아니야?

다짜고짜 몇날 며칠을 기절시켜놓더니 갑자기 제 갈길 가버렸다고?

우선 생각을 정리할 시간이 필요하다기 보다는, 잠깐의 안식이 필요했다.

그래, 우선은 조금 쉬어야 해.

경묵은 양 손으로 운전대를 살포시 붙잡은 후에, 양 손 손등 위에 자신의 이마를 기대듯 놓고 지그시 눈을 감아 보였다. 뭐가 어떻게 돌아간 상황인지 도저히 종잡을 수 없는 상황이었다.

그리고 그 때, 협소한 푸드 트럭 안에서 놀라운 일이 벌어지기 시작했다.

"이 봐, 그래서 도대체 언제 출발할 건데?"

옆 자리에서 갑작스레 들려온 묵직한 음성에 반응하여 고개를 돌려 옆을 바라보았을 때, 부리부리한 눈매를 한 중년 남성이 조수석에서 팔짱을 낀 채 자신을 바라보고 있었다.

"뭐, 뭐야? 당신 누구야?"

사실 이 작자가 누구인지에 대해서 어렴풋이 짐작은 하고 있었다.

혹시 방금까지 내 몸을 꿰차고 앉아있던 녀석이 아닐까 하는 짐작. 물증이 없다 뿐이지, 심증은 충분했다. 중년 남성은 입 위로 듬뿍 나있는 거칠거칠한 콧수염을 쓸어내려 보이며 한쪽 눈을 살짝 찡그렸다. 마치 꿰뚫어보기라도 하는 듯 느껴지는 그의 강렬한 시선이 자신을 위 아래로 한 번 훑고 지나가자, 몸에 한기가 도는 듯 했다.

"이름을 묻는 건가? 내 이름은 '폰 데 쿠거밀스' 다. 다들 줄여서 '쿠거' 라고 부르지."

폰 데 쿠거밀스? 어느 나라 식 작명법으로 지어진 이름인지는 정확히 알 수 없었지만, 구린 이름이라는 사실에는 변함이 없었다.

경묵은 의구심이 가득한 시선으로 '쿠거'를 바라보기를 잠깐, 고갯짓을 해보이고는 되물었다.

"아니, 쿠거. 그래, 쿠거라고 했지? 이름 말고 당신 정체가 뭐냐는 말이야."

그래, 의구심이 들 수밖에 없는 실정이었다.

그도 그럴 것이, 조수석을 꿰차고 앉은 이 남자는 분명히 자신이 핸들에 고개를 쳐 박기 전에는 이 곳에 없었다. 더군다나, 지금 하고 있는 몰골 역시 의문투성이였다.

하반신은 온데간데없고, 불투명한 상체만이 조수석을 차지하고 있었는데 옷은 어디에 벗어둔 것인지 오밀조밀하게 자리 잡은 근육이 가득 들어차있었다.

이내 쿠거라는 작자가 눈썹을 한 번 들썩여보이고는 말했다.

"그럼 혹시 이렇게 말하면 조금 설명이 되려나?"

이내 섬뜩할 만큼 득의양양해 보이는 미소를 지어보인 쿠거가 넌지시 말을 이어나가기 시작했다.

"대부분의 사람들은 나를 이렇게 부르더군. '이계 요리사' 라고 말이야."

이내 입이 쩍 벌어진 채 이계요리사를 바라보고 있는 경묵의 눈동자가 세차게 흔들렸다.

뭐? 아이템 추가 옵션으로 적혀있는 '이계 요리사' 가 지금 반나체로 앉아있는 이 아저씨라고?

"허……?"

이내 경묵이 헛웃음을 흘려보이자, 자신을 이계 요리사 라 칭한 쿠거가 천천히 입을 뗐다.

"내가 정말 많은 요리사란 작자들을 봐왔지만, 하나같이 수준 미달이더군. 그런데 네 놈은 조금 마음에 드는 것 같다 이 말이지."

반나체로 말해서 그런 걸까? 마음 한 편에서 거부감이 해일처럼 크게 몰아쳤다.

웃통을 벗은 우락부락한 아저씨가 다짜고짜 '네가 마음에 든다.' 고 말하니 눈살이 찌푸려지는 것은 지극히 자연스러운 현상이라 볼 수 있었다.

무릎을 망치로 톡 두드리면 발이 솟아오르는 것처럼 어쩔 수 없는 반사작용이라고 해야 하나?

그런 경묵의 심정을 아는지 모르는지, 쿠거는 여전히 짙은 미소를 지어보이고 있었다.

그런 그를 하염없이 바라보던 경묵이 이윽고 조심스레 입을 뗐다.

"저……. 우선, 옷부터 입는 것이 어떻겠어?"

❀

경묵과 쿠거가 타고 있던 푸드 트럭이 당도한 곳은 인수받은 뒤로 거의 방치해두다시피 했던 북경각이었다.

"그래, 이곳 봤었지. 네 놈 무의식에서 말이야."

"남의 무의식도 멋대로 엿볼 수 있는 건가?"

"그래, 여기서 재미 좀 본 것 같더군. 가장 먼저 보인 곳이 이곳이었으니 말이다."

음흉한 미소를 지어보인 쿠거가 대충 진열되어있는 장식들을 매만지며 무던한 투로 대답해보였고, 경묵은 고개를 내저으며 한숨을 한 번 내쉬었다.

경묵은 냉장고에서 유리병에 담긴 사이다 하나를 꺼내서, 병뚜껑을 엄지손톱을 튕겨 가볍게 따 보였다. 병따개라던가 하는 것들은 전혀 필요가 없어진 물건 중 하나였다.

띵-

병끝을 떠난 병뚜껑이 바닥에 원을 그리며 구르기 시작했고, 듣기 좋은 소리를 내보였다.

쿠거는 그제야 뒤돌아서서 경묵을 바라보며 물었다.

"궁금한 것이 이만저만이 아닐 텐데, 하나씩 천천히 질문해보도록 해. 궁금증을 조금 해결해 주어야 할 것 같군."

"음, 우선 당신이 어떤 경로로 내 몸에 유입된 건지에 대해서 알고 싶군. 아무런 통보도 못 받았을 뿐더러 내게 동의를 구한 것도 아니었잖아?"

쿠거는 마치 제 가게라도 되는 양 선반에 뒤집어져있던 유리병을 집어 들어서는 경묵에게 들이밀어 보였다. 그리고는 따라달라는 듯 컵을 흔들어 보이기까지 했다.

"술인가?"

"아니, 음료다."

"좋지."

이내 잔 가득 따라진 사이다를 벌컥벌컥 마신 쿠거가 인상을 한껏 찡그려보았다.

이윽고 쿠거는 한 번에 들이킨 탄산음료의 여파 탓에 트름을 참아내지 못하고 흘려냈다.

"으…… 끄억……. 맛은 좋다지만, 기분이 더럽군."

"뭐야? 탄산음료를 처음 먹어보나?"

"아니, 전에 '콜라'라는 비슷한 음료를 먹어본 적이 있었다. 물론 이계에서는 이런 음료를 맛본 적이 없었지."

이윽고 운전석 뒤에 구겨진 채 쳐 박혀 있던 경묵의 옷을 대충 주워 입은 녀석이 한껏 거만한 표정으로 자리에 앉으며 말하기 시작했다.

"나는 내 제대로 된 이능을 전수해줄 요리사를 찾고 있다."

"이능을 전수해 줄 요리사를 찾는다고? 이런 방식으로 아무 요리사의 몸이나 헤집고 다니면서 찾는 건가?"

"아니, 내가 이래 봬도 생각보다 고급 인력이라고. 조리능력치가 'max'에 이른 이들만을 골라내어 찾지."

MAX?

그래, 결정석의 존재를 알게 된 후로 능력치에도 한계가 있다는 것을 넌지시 짐작해보기는 했었다. 한계치에 이른 능력치를 끌어올려주는 것이 결정석의 역할이니까.

그런데 MAX라고? 현재 경묵의 순수 조리능력치는 MAX는커녕 50에도 이르지 못하는 수준이었다. 경묵이 인상을 찡그린 채 다시금 되물어보였다.

"내 순수 조리능력치는 MAX는커녕 50도 간당간당한 수준인데?"

"그러니까 말이야, 나도 그래서 지금 상황이 신기하게만 느껴지는군."

"뭐?"

일순 두루뭉술한 대답 탓에 마음속에 불신이 가득 들어섰다.

아니, 제대로 된 상황도 모르면서 대체 무슨 궁금증을 어떻게 풀어주겠다고 호언장담을 한 거야? 어쨌든 비빌 언덕이라고는 눈앞에 앉아있는 이 녀석 뿐이라는 것은 확실했다.

다시금 마음을 추스른 경묵이 짙은 한숨을 내쉰 후에 되물었다.

"그럼, 지금 당신도 이 상황에 대해서 잘 모른다는 거야?"

이내 경묵 앞에 놓여있던 사이다를 병째 들어 올려 몇 모금 더 마셔 보인 녀석이 다시금 말을 이어나가기 시작했다.

"그렇다니까? 나도 너한테 불려왔거든."

"불려왔다고?"

"그래, 나도 어떻게 된 일인지는 모르겠지만 불려왔다. 정신을 차리고 나니 네 놈 몸뚱이 안이더군. 네 놈 정령한테 물어보면 알겠지만, 정령들은 평소에 정령계에 주둔하고 있지. 정령계에 머무르던 정령이 자신의 계약자의 부름을 받고 이곳으로 걸음 하는 것과 비슷한 이치다."

계약자의 부름?

내가 라이터를 켜거나, 가스레인지 불을 켜고 간드러지는 목소리로 '화동아, 화동아' 하고 부르는 것이 녀석이 말하는 계약자로서의 호출 방법인 듯 했다.

어안이 벙벙해진 경묵이 고개를 한 번 기울여보였다.

들으면 들을수록 호기심이 풀리기는커녕, 더욱 더 미궁으로 빠져드는 것만 같은 기분이었다.

머리야 조금 굴러가라. 몇 날 며칠 정신을 잃고 있었던 탓인지 아무리 애를 써도 머리는 삐걱거리기만 할 뿐이었다.

"마찬가지야, 나는 이계에 주둔하고 있다가 네 놈 부름을 받고 온 거니까. 어쨌든 나는 만족스럽군. 어차피 네 놈 조리 능력치도 언젠가 MAX에 이를 테니 말이야. 여태껏 봐온 시원치 않은 놈들과 육체부터가 다르더군. 인간 수준이라고 믿을 수 없을 정도의 오감에 불의 정령과의 계약이라니, 이계 요리사들이 꿈꾸는 이상적인 조건이야."

경묵이 양 손으로 다급하게 손사래를 쳐보이고는 물었다.

"아니! 잠깐, 잠깐만. 내가 정신을 잃은 것이 며칠이야. 그럼 그 며칠 동안은 어디서 뭘 하고 다닌 거지?"

"네 놈 무의식과 기억을 토대로 네 놈이 이어나가던 일상을 지속했다. 네 놈 업장에서 네 놈 대신 장사를 했었지."

심장이 빠르게 뛰는 것이 느껴졌다.

제기랄, 차라리 며칠 동안 집에서 빈둥거렸다는 말이 더 듣고 싶었다.

앨런 킴에게도 막대했을 녀석이 마치 자신인척 행세하고 다녔다는 말을 듣고나니 눈앞이 깜깜해지는 것이 느껴졌다.

그런 경묵의 생각을 읽기라도 한 것인지, 쿠거는 호탕한 웃음을 지어보인 후에 말을 이었다.

"이 봐, 걱정 하지 마. 아까 그 녀석은 조리 능력치가 80도 채 되지 않는 녀석이 감히 내 앞에서 요리에 대해 왈가왈부하기에, 성격이 나온 것뿐이라고."

80? 그럼 이 녀석, 남의 조리 능력치도 멋대로 뚜껑을 뜯고 열람을 해볼 수 있는 건가?

눈매가 부리부리 하고, 콧대가 높았다. 이국적인 외모 외에는 별반 카리스마라던가 뭐 특별함이 느껴지는 외형은 아니었다.

뭔가 대단한 힘을 지니고 있긴 한 건가? 하긴, 요리실력 하나는 끝내주었다.

아까 녀석의 손놀림이 떠오른 탓에 의심이 조금 접어졌다.

"아니, 잠깐만 그래서 지금 이제 나한테 원하는 게 뭐야?"

머릿속에 갑자기 너무 많은 것들이 들어선 바람에 정말 펑 하고 터져버릴 것만 같았다.

양쪽 눈썹 위가 저릿저릿 하는 듯 했고, 자꾸만 한숨이 나왔다.

뭘 어디서부터 어떻게 고쳐나가야 하는 것인지, 어떻게 바로잡아야하는지 감이 오질 않았다.

일단 눈앞에 보이는 문제부터 하나씩 처리를 해나가야 할 것 같았다.

이내 쿠거라는 작자가 눈웃음을 한 번 지어보이고는 묵직하기 그지없는 목소리로 천천히 말을 이어나가기 시작했다.

"뭘 원하긴, 네 놈을 제자 삼아야겠다니까?"

"아니, 누구 멋대로?"

"제자 삼는다는 말도 조금 우습네. 어쨌든 나는 네 놈이 마음에 들어. 네 놈과 정령계약을 하려한다."

정령? 화동이처럼 작고 귀여운 정령이 아니라, 콧수염이 잔뜩 나있는 중년 아저씨가 내 정령이라고? 누가 갑이고 누가 을이고를 떠나서 계약 조건에 대해 언급하기도 전에 다짜고짜 계약을 하려한다고? 이건 반 강제잖아?

이윽고 경묵이 짙은 한숨을 내쉬었을 때였다. 맞은편에 앉아있던 쿠거가 다짜고짜 경묵의 양 손을 낚아채듯 쥐었다.

"운도 좋군. 나한테 퇴짜 맞은 요리사가 어디 한 둘 인
줄 알아?"

"뭐야? 무슨 짓을 하려는 거야?"

손을 뿌리치려 해보았지만, 힘의 차이가 너무도 명백했
다.

손을 붙잡혔을 뿐이었는데도 불구하고 아예 몸을 제대
로 가누기도 버거웠다.

감각이 절로 위험을 감지하여 소리치듯 말하고 있었
다.

뭔지는 몰라도 이 손을 뿌리치지 못하면 끝이라고!

몸을 빼앗겼던 몇 시간 전의 모습이 자꾸만 그려진 탓
에 심장이 연신 쿵쾅거리기 시작했고, 쿠거의 형체가 점
차 흐릿해지기 시작했다.

이윽고 그는 유언이라도 남기듯 비장한 목소리로 천천
히 말을 이어나가기 시작했다.

"이능도 이능이라지만, 네 놈은 내 업까지 이어받아주
어야겠다. 궁금한 게 있다면 또 부르라고."

그 말을 끝으로 쿠거에 몸에서 뿜어져 나온 맹렬한 빛
이 북경각 안을 잔뜩 수놓았다.

일전에 스승 전병우를 강화했던 때와는 차원이 다른 섬
광이었다.

"어...... 어......?"

빛이 되어 형체를 흐릿해진 쿠거가 천천히 경묵의 손 안으로 빨려 들어가기 시작했다.

한참 후 간신히 눈을 떴을 때, 쿠거가 앉아있던 의자는 텅 비어있었다.

대신, 몇 개의 상태 창 들이 그 자리를 대신하고 있었 다.

[계약을 통해 이계 요리사 폰 데 쿠거밀스를 받아들였 습니다!]

[새로운 칭호를 획득하셨습니다!]

[이계 요리사의 이능을 이어받은 자]

[새로운 정령 '폰 데 쿠거밀스'와 정령 계약을 마쳤습 니다.]

[폰 데 쿠거밀스는 요리실력 만으로 이계의 신화로 기 록된 이입니다. 역사로 기록되었어야 바람직한 그는 오직 뛰어난 요리실력 만으로 자신의 일대기를 신화로 기록되 게끔 하였습니다. 이와의 정령 계약을 맺음으로서 조리 능력치가 대폭 상승하였습니다.]

[순수 조리 능력치가 상승합니다]

[조리 : +25]

아니, 이건 대체 또 무슨 상황이야?

27. 특명, 음식탐정 임경묵?

MODERN FANTASY STORY

각성! 북경각

이윽고 불안이 물밀듯 밀려오기 시작했다.

분명 아무런 대가없이 25나되는 조리 능력치를 단숨에 상승시켜주었을리 만무했다.

더군다나, 쿠거라는 녀석이 마지막으로 남긴 말이 그 불안을 증폭시켰다.

'업을 이어받으라고?'

녀석이 눈앞에서 자취를 감춘 지 한참이 지났다지만, 그 묵직한 목소리가 아직도 귓가에 아른 거리는 것만 같은 느낌이었다.

어쨌든, 상승된 조리 능력치는 곧장 실감할 수 있었다.

"후아……"

이로서 이계 거상에 이어서 이제는 '이계 요리사의 이능'을 이어받은 자 호칭까지 거머쥐었다. 확실한 것은 일전에 칭호를 획득했을 때와는 사뭇 다른 느낌이었다.

경묵은 천천히 북경각 안을 한 번 살펴보았다.

대체 뭘 어디서부터 어떻게 수습해나가야 할지 정말이지 막연한 심정뿐이라 해도 과언이 아니었다.

경묵은 우선 자신의 상태 창을 열어 한 번 살펴보았다.

------------------------------

이름 : 임경묵 (+4)

레벨 : 10 (EXP:34.53%)

칭호 : 진정한 강화사의 힘

(강화 성공확률 15%상승)

(강화 성공시 10% 확률로 강화석 소모 없음.)

*이계 거상의 이능을 이어받은 자* (일부 개방)

(리더십 + 10 교섭 능력 + 10)

(거상의 언변 : 같은 말을 하더라도 그럴싸하게 할 수 있습니다.)

(완전 개방 시 히든 스킬 습득가능 : 고용주 등급A 달성 시)

독서광 (지력 +3 지혜 +3)

*이계 요리사의 이능을 이어받은 자* (일부 개방)

(조리 능력치 25 상승)

(이계 요리사의 능력 다섯 가지를 모두 모으면 힘이 개방됩니다.)

(조리능력치가 MAX에 달하면 추가 능력이 개방됩니다.)

공격력 : +9 (+1)

마력 : +33 (+24)

HP : 205 (+50)

MP : 620 (+460)

근력 : 20

지력 : 23 (+7)

민첩 : 18

지혜 : 21 (+7)

특수 능력치

조리 : 72

\-\-\-\-\-\-\-\-\-\-\-\-\-\-\-\-\-\-\-\-\-\-\-\-\-\-\-\-\-

이제 정말 다른 각성자들 못지않은, 아니 그들을 넘어서는 상태 창을 가지고 있었다.

모르긴 모르더라도 칭호 부분에 있어서는 절대로 뒤지거나 하지는 않을 것 같다는 생각이 들었다. 사실 상승한 조리 능력치 말고도 내심 다른 콩고물이 더 떨어지지는 않을까 하는 기대를 품기도 했었는데, 제대로 확인을 하고 나니 한 편으로는 아쉬움이 들기도 했다.

하기야, 갑작스레 급증한 조리 능력치 역시 엄청난 효과이기는 했다.

매번 레벨이 오를 때 마다 얻는 모든 포인트를 꼬박 조리에 투자한다고 하더라도 무려 레벨을 아홉 번이나 상승시켜야 얻을 수 있는 막대한 양이었다.

더군다나 아까 쿠거가 말하기를, 앨런 킴의 조리 능력치가 80에 미치지 못한다고 했었다.

그 말인 즉 세계 적인 스타 셰프 앨런 킴과 조리 능력치가 비슷하다는 말이 되는 것인데, 단지 급증한 능력치만 놓고 보더라도 가히 엄청난 효과라 칭할 만 했다.

더군다나 칭호의 효과는 아직 완전 개방되지 않은 상태이다.

더 많은 효과를 기대해볼만한 상황이기도 했다.

다만, 역시 쿠거가 말했던 '업'이라는 것에 대한 막연한 불안감만큼은 쉽사리 떨쳐낼 수 없었다.

업이라, 대체 무엇이려나?

가장 좋은 방법은 녀석을 불러내서 물어보는 것인데, 친절했던 화동이 녀석과는 다르게 쿠거는 소환 방법도 일러주지 않은 채 자취를 감추었다.

우선 정령계약을 맺었다는 사실을 감안하여 이번에는 정령 창을 한 번 열어 확인해 보려 마음먹었다.

'정령, 쿠거.'

띵-!

----------------------------

이계 전설의 요리사 쿠거

이름 : 폰 데 쿠거밀스 (계약됨)

이계 전설의 요리사입니다. 수 많은 이들이 동경하고
있습니다.

레벨 : MAX (Exp:0.00%)

등급 : 특수

친밀도 : 80%

설명 : 정체를 알 수 없으나 미지의 기운이 느껴집니다.

정령 스킬

강림 - 개방완료

폰 데 쿠거밀스가 계약된 이의 몸에 강림합니다.

술자가 아닌 이계 요리사의 자의에 의해 움직입니다.

유지 가능시간 : 24시간

유지 시간과 관계없이 강림을 취소한 후로부터 72시간
동안 재사용이 불가합니다.

절대자의 안목 - 개방완료

다른 이의 조리 능력치를 확인할 수 있습니다.

다만, 조리 능력치와 조리 관련 스킬 외에는 어떤것도
확인할 수 없습니다.

?????? - 개방되지 않음.

?????? - 개방되지 않음.
?????? - 개방되지 않음.

------------------------------

화동이의 정령 상태 창과는 사뭇 다른 느낌의 상태 창.

더군다나 무려 2개의 정령 스킬이 개방되어있었다.

첫 번째 스킬은 말 그대로 강림.

계약을 함으로서 사용이 조금 더 편이해진 듯 보였다.

어쩌면 아까 심사실 안에서도 마음대로 강림을 해제하거나 할 수도 있었던 건가?

어쨌든 정 녀석을 불러낼 방법이 없다면 마지막 방안삼아 사용해볼만한 스킬인 듯 보였다.

두 번째 스킬은 절대자의 안목.

녀석이 아까 앨런 킴의 조리 능력치를 판별할 수 있었던 것이 이 스킬 덕분이었던 듯 했다.

나름대로 쓸 만한 능력이기는 한 것 같았다.

모르긴 몰라도 앞으로 누군가를 고용하거나 할 때만큼은 정확히 실력을 가늠할 수 있을 것 같았다.

우선 쿠거를 불러내서 이런저런 것들을 더 물어대야 속이 후련할 것 같다는 생각이 들었다.

녀석이 말한 '업'에 대해서도 물어야할 것 같고, 제대로 된 사용법에 대해서도 물어보아야 할 것 같았다.

한참동안 눈을 이리저리 굴리던 경묵이 이내 낙담한듯

고개를 한 번 저어보이고는 작게 읊조렸다.

"강림."

말을 마치기가 무섭게, 몸 안에 무언가가 깃드는듯한
느낌이 전해져오기 시작했다.

뭐 어디가 욱신거리거나 쑤시거나 하는 것은 분명 아니
라할 수 있는데, 썩 유쾌하지는 못한 느낌이라는 사실 하
나 만큼은 정말이지 분명했다.

몸 안 곳곳에 무언가 작은 미생물이 잔뜩 기어 다니는
듯 근질거렸고, 가벼운 편두통이 찾아왔다. 그리고 얼마
지나지 않아 상태 창 하나가 눈앞에 나타났다.

띵-!

[강림 해제 키워드 : 강림 해제]

[폰 데 쿠거밀스의 강림이 완료되었습니다.]

[폰 데 쿠거밀스와 감정, 감각, 기억을 공유합니다.]

그리고 다시금, 몸이 통제 권한을 잃은 것이 느껴졌다.

시야 위쪽에는 타이머가 하나 놓여있었는데, 아마도 강
림 해제까지 남은 시간인 듯 보였다.

[23시간 59분 57초]

56초, 55초, 54초……. 남은 시간은 계속해서 줄어가
고 있었다.

다시금 머릿속에서 경묵 자신의 목소리가 울리기 시작
했다.

[뭐야, 벌써 보고 싶어진 거야? 사라진지 얼마나 됐다고 부른 거야? 나도 지난 며칠간 몸을 혹사시켰더니 조금 쉬고 싶었다고, 제기랄.]

'아니, 사라지기 전에 다시 부르는 법 정도는 언질을 해주어야 맞는 것 아니야?'

그 물음을 들은 경묵의 몸이 들썩거리는 것이 느껴졌다.

웃는 건가? 그래, 지금 쿠거는 분명 웃고 있었다.

시야만을 공유하는 것인지라 3인칭 시야로 자신의 모습을 보거나 하는 것은 불가한 상황이었다. 음, 이거 뭐랄까? 마치 FPS 게임을 하는것 같은 느낌이네?

한참을 웃어재끼던 녀석이 다시금 대답을 해보였다.

[아, 맞다. 맞아. 마음이 너무 급해서 그랬나? 그걸 까먹었네. 그것 때문에 부른 거야?]

'아니, 그것 말고도 궁금한 것이 이만저만이 아니야. 시간 좀 내줘야 겠어.'

[알았어, 알았어. 계약을 마친 이상 내가 명백한 '을'이다. 조금 더 막대해도 괜찮아. 강림을 명받은 이상 네가 강림을 해제해주기 전까지는 내 권한으로 네 몸을 벗어날 수 없거든.]

다시금 몇 번 더 기분 나쁜 웃음을 지어보인 녀석이 목을 기웃거리며 몇 번 아득 아득하고 뼈소리를 내 보인 후에 물어보였다.

[그래서, 궁금한 게 뭔데?]

'네가 아까 한 말이 거슬려서 그래. 아까 말했던 업이라는 것이 뭐지?'

이내, 그 물음을 들은 녀석이 이번에는 아주 호탕하게 웃어대기 시작했다.

경묵의 몸에는 걸맞지 않는 웃음소리라지만, 쿠거의 원래 모습을 대입하여 상상해본다면 딱 들어맞는 호쾌한 웃음.

이윽고 다시금 머릿속에 묵직한 목소리가 울리기 시작했다.

[그 업이라는 게 뭐냐면 말이지…….]

이마에 자글자글한 주름으로 짐작해 보건데, 나이가 족히 70은 넘어 보이는 노인이 인상을 팍 쓴 채로 자신의 책상에 놓인 서류를 살피고 있었다. 입에는 담배를 문 채 연신 서류를 넘겨보던 노인이 손에 쥐고 있던 서류를 책상 위에 내던져보였다.

탁―

서류가 던져진 탁상 위에는 고급스러운 검은색 명패가 놓여있었고, 금색 글씨로 '회장 최만기' 라는 이름이 새겨져 있었다.

그의 옆에는 반듯한 정장 차림의 젊은 사내가 고개를 숙인 채, 옆에 가만히 서 있었다.

"아니, 이 핏덩이가?"

"예."

책상에 내던져진 서류 더미에는 경묵의 사진과 상세 정보가 기입되어있었다.

가족관계는 물론, 황량하기 짝이 없는 이력과 학력사항이 기록되어있었는데 모든 정보가 정확하게 맞아떨어졌다.

"흠, 정확히 조사해본 것 맞아?"

"나이는 어리다지만, 중화요리계에서 엄청난 실력자로 조명 받고 있는 것이 사실입니다."

"지금 숙부님이 오늘 내일 하시는 건 알고 있지?"

고개를 숙이고 섰던 남자가 한 층 더 결연한 목소리로 말해보였다.

"예, 알고 있습니다."

이내 노인은 자신의 의자를 돌려 앉아서는, 창밖을 내다보았다.

창 아래로 서울 시내가 한 눈에 보이고 있었다.

혀를 몇 번 차보인 노인이 잔뜩 구겨진 표정으로 말을 이어나가기 시작했다.

"돈으로 살 수 없는 게 있다고 생각하나?"

"예? 예. 돈만 있다면 뭐든 살 수 있다고 생각합니다. 마정석으로 건강과 젊음도 살 수 있는 세상이지 않습니까?"

남자의 대답에 코웃음을 쳐 보인 노인이 고개를 끄덕여 보이고는 말했다.

"맞아, 나도 그렇게 생각했네. 건강 젊음은 물론이고, 가족도 돈으로 사는 것이라고 생각했지. 밑바닥 시절에 말이야. 결국 가정을 꾸린다는 것도 돈이 있어야 하는 법이니까 말이야. 돈이 있어야 여자를 만나고 돈이 있어야 결혼을 하고 돈이 있어야 자식도 낳고 하지 않겠나?"

"옳으신 말씀입니다."

그런데 노인은 고갯짓을 한 번 해보이고는 다시금 말을 이어나가기 시작했다.

"그런데, 요즘 숙부님을 보다보면 그것도 아니다싶은 생각이 들어. 억만금이 있으면 무얼 하겠나? 이제 마정석으로 건강과 젊음을 찾을 수는 없지. 그 몸도 끝에 다다른 거야. 특별한 힘에 기대는 것도 한계가 있는 게지."

남자는 다시금 고개를 푹 숙여 보이는 것으로 대답을 대신했다.

노인은 눈을 지그시 감아 보이며 온화하기 그지없는 목소리로 되물었다.

"숙부님이 찾는 게 정말 젊은 시절 맛보았던 음식의 맛일까? 아니야, 그 양반은 지금 자신의 젊은 시절을 찾는 거야. 자네 혹시 '전어' 이야기가 무엇인 지 아는가?"

남자는 고개를 끄덕여보이고는 밝은 목소리로 대답해보였다.

"아, 예. 알고있습니다. 임금이 피난 중에 먹었던 전어와 전쟁이 끝난 후에 궁에서 먹은 전어의 맛이 다르더라는 일화 아닙니까?"

"그래, 지금 숙부님이 찾는 건 젊은 시절 먹었던 음식의 맛이 아니라, 그 임금이 피난 중에 먹었다던 전어 맛이야. 돌이킬 수 없던 험난했던 젊은 날에 먹었던 음식의 맛을 찾으시는 게지. 향수와 추억을 쫓는 거야! 그러니 아무리 대단하다는 요리사를 붙여봐라, 만족을 하시는지 말이야."

이내 몇 번 더 혀를 차보인 노인이 다시금 의자를 돌려 사내를 바라보며 이죽거리는 투로 말해보였다.

"참, 죽기 직전에 찾는 게 제 혈육도 아니고 젊었을 때 먹었던 음식 맛이라니……."

말끝을 흐려보인 노인이 이윽고 결의가 잔뜩 담긴 눈빛으로 사내를 쏘아보며 말했다.

"어쨌든 노인네 입맛 맞추어 주는 것 말고는, 회사를 살릴 방도가 없다는 것. 자네도 잘 알고 있겠지?"

"예, 물론입니다."

"그래, 그러니까 임경묵이든 누구든, 다 데려와! 유명하다는 놈이면 한국 사람이든 떼 놈이든 가리지 말고 다 데려오라는 말이야. 잘 알겠지? 우리는 그 노인네 돈이 필요하다. 눈 감기 전에 어떻게든 비위를 맞추어주라고."

이내 옆에 섰던 사내가 한껏 숙연한 목소리로 답했다.

"네, 알겠습니다."

"그래, 나가 봐."

사내가 다시금 고개를 한 번 숙여보이고는 회장실 문을 열고 밖으로 나섰다.

이윽고 노인은 안주머니에서 담배 한 가치를 꺼내 입에 물었다.

거대 기업의 사활이 고작 요리사들 손에 달려있는 실정이었다.

퐁―!

고급 외제 라이터가 열리는 소리가 나기를 한 차례, 이윽고 담배 연기를 폐 깊숙한 곳 까지 빨아들여 보인 노인이 다시금 지그시 눈을 감았다.

'임경묵……'

그에게 경묵은 허우적거리며 손을 뻗어 본 지푸라기일 뿐이었다.

그래, 뭐 지금 까지는.

회장실을 나선 반듯한 정장차림의 사내는 어느새 복도 끝에 서서 엘리베이터가 오기를 기다리고 있었다.

사내가 속해있는 '유니언컴퍼니'는 계열사들의 연쇄 부도를 시작으로 이런저런 문제들이 연쇄적으로 발생하기 시작했다. 단연 가장 큰 문제는 자금난이었다.

그리고 자금난을 해결할 열쇠는 우습게도 기업 간부 및 고위인사들은 물론이고, 말단 직원과도 전혀 상관이 없는 요리사들의 손으로 돌아간 것이다.

파산을 간신히 미루고 있을 뿐인 회사의 자금난을 단번에 해결할 방법은 단 한 가지였다.

다름 아니라, 회장의 숙부인 '이승찬'을 언덕으로 세워두는 것이었다.

개인 자산이라고는 상상도 할 수 없을 정도로 큰 규모의 금액을 보유하고 있는 인물이기도 했고, 그의 소유 자산이 정확히 집계된 바는 없다지만 이미 한국 최고의 부호 칭호를 얻고 있는 이이기도 했다. 오늘 내일 하는 대부호가 자금난을 해결해주는 조건으로 내 건 것은 우습게도 자신이 먹어본 음식 맛을 찾아내달라는 것이었다. 그런데 우스운 것은 이 노인네는 자신이 그리 맛있게 먹었다던 음식의 이름도 알지 못하고, 들어간 재료도 정확히 기억하지 못하는 상태였다.

처음에는 자금을 대주는 것이 싫다는 거절을 돌려서 하는 것인가 싶었지만, 데려간 요리사들의 음식을 한껏 진지하게 맛보는 모습으로 미루어보면 그것은 또 아닌 듯했다.

여태껏 사내가 데려온 요리사들만 하더라도 무려 20명에 육박한다.

그럼에도 숙부의 마음을 얻어내는 이가 없었으니, 회장이 조바심을 낼 만도 한 것이다.

엘리베이터 문에 언뜻 보이는 자신의 모습을 바라보며 옷매무새를 단정하게 정리해보인 그는 아주 짧고, 조용히 숨을 한 번 내뱉었다.

'후······.'

회장은 여태껏 대동했던 요리사들 중 가장 나이가 어린 경묵이 불안하다는 듯 말해보였지만, 정작 그는 경묵에게 가장 큰 기대를 걸고 있었다. 단순히 F&F 사옥 내의 촬영장에서 경묵의 심사과정을 지켜보며 실력을 똑똑히 확인했었기 때문만은 아니었다.

세계적인 스타 셰프들이 그의 요리를 보고 열광하는 모습과 동시에 심드렁한 표정으로 그런 심사위원들을 바라보던 경묵의 눈을 똑똑히 기억하고 있었다. 사내는 비록 찰나의 순간이라지만 그런 경묵의 눈에서 동질감을 느꼈었다.

그가 그 순간 목격한 경묵의 눈빛은 평범한 사람의 눈이 아니었고, 흉내 내거나 할 수 있는 눈빛도 아니었다. 모르긴 모르더라도 그건 '드센 맹수의 눈빛'이 분명했다. 목표를 위해서라면 무슨 짓이라도 하는 이들의 눈빛. 맹추들 몇을 씹어 먹어야 하는 한이 있더라도 망설임 없이 앞으로 나아가는 이의 눈빛. 경묵의 눈빛이 그랬다. 그리고 반들반들한 엘리베이터 문에 비춰지는 자신의 눈 역시 그랬다.

띵-!

듣기 좋은 경쾌한 음이 한 차례 회사 건물 최상층에 울려 퍼졌다.

이윽고 문이 열리자, 고급스러운 분위기가 물씬 풍기는 엘레베이터의 내부가 드러났다.

회장의 수행비서직을 맡게 된 후로 자유자재로 이용할 수 있게 된 임원전용 엘리베이터였다.

사내는 더욱 결의를 다지듯 세게 발을 떼어 엘리베이터 안으로 걸음을 옮겼다.

임경묵.

무너져가는 '유니언컴퍼니'의 마지막 희망의 열쇠였다.

유니언컴퍼니의 지하주차장에 들어선 사내는 자신의 고급 승용차 운전석에 올랐다.

주차장 안은 고급 승용차들로 가득했고, 사내의 승용차는 그 안에서도 단연 높은 가격을 자랑하는 차종이었다. 조수석은 물론이고 뒷자리도 난잡하게 엎질러진 서류들로 가득했다.

"한 번 정리를 하기는 해야 하는데……."

사내는 고갯짓을 한 번 해보인 후에, 운전석에 앉아 경묵의 서류를 다시금 한 번 훑어보기 시작했다. 정보의 정확성에 대해서는 의심의 여지가 없었다. 아주 오랫동안 관계를 지속해온 대행업체에서 직접 조사해준 자료였기 때문이다.

심드렁한 표정으로 경묵의 인적사항을 훑어보던 사내는 피식하고 웃음을 지어보인 후에 인적사항이 기재된 서류를 대충 뒷자리 시트를 향해 던져댔다.

눈빛이 어쨌든 길거리에서 음식 장사하는 요리사 나부랭이다. 아마 액수만 제대로 맞춰주면 따라올 것이 분명하니 딱히 세밀한 조사를 할 필요는 없을 것 같다는 생각이 들어서였다.

'그래, 이럴 때라도 조금조금 쉬어가듯 일을 해야한다고.'

자신을 추스르듯 혼잣말을 해보인 사내가 이내 키를 돌려 차에 시동을 걸었다.

목적지는 경묵의 푸드 트럭이었다.

푸드 트럭 앞에 도착한 사내는 짐짓 당황한 듯 보였다.

아무리 TV에 나오는 요리사가 운영하는 음식점이라지만, 예상치도 못한 진풍경이 눈앞에 펼쳐지고 있었다. 정말 발딛을 틈이 없을 정도로 빼곡이 들어선 사람들이 부실하기 짝이 없는 테이블 위에 자신 몫의 음식을 올려놓고 식사를 하고 있었다.

그 모습을 바라보던 사내의 미간에 주름이 깊게 파였다.

'비위생적이군.'

이내 그렇게 서서 서성거리기를 잠시, 웬 사글사글해 보이는 인상의 수염이 곁에 다가서서는 물었다. 물론, 그의 정체는 '이우'였다.

"혼자 오셨나요?"

"아, 예."

"손님, 죄송합니다만 식사하시려면 조금 기다리셔야 할 것 같은데요."

사내가 지금 시간을 확인하듯 자신의 손목에 걸쳐진 고급 손목 시계를 내려다보며 되물었다.

"얼마나 기다려야 합니까?"

수염사내는 눈을 위로 치켜뜬 채, 자신의 턱수염을 몇

번 쓸어내며 고민하다가 천천히 말을 이어나가기 시작했다.

"음, 한 삼십분 정도는 기다리셔야 할 것 같네요."

"삼십분이요?"

이우의 말을 들은 사내가 놀라 눈을 치켜떴다. 제기랄, 그럼 지금 앞에 서있는 사람들은 짬뽕 짜장면 한 그릇 먹자고 삼십분을 기다리고 서있다는 건가? 혀를 차며 고개를 내저어보였다.

도무지 이해할 수 없는 노릇이었다. 이내 사내가 다시금 다급한 목소리로 말을 이어나가기 시작했다.

"아, 식사는 됐으니 사장님을 조금 만나 뵈었으면 합니다."

"사장님이요?"

"예. 사장님과 아주 잠시만 뵐 수 없을까요?"

이우는 천천히 고개를 내저어보이고는 단호한 목소리로 말했다.

"사장님하고 개인적으로 면담하시려면 9시는 지나고 나서 오셔야 해요."

"아니, 정말 잠깐이면 됩니다."

"네, 그런데 9시는 지나고 나서 오셔야 해요."

사내는 앞, 뒤가 꽉 막힌 이우의 태도 탓에 가슴이 답답한 듯 했다.

그리고는 이내 의미심장한 미소를 한 번 지어보이고는 손을 정장 외투 안 주머니에 넣었다.

'어디 우리가 누구인 줄 알고 나서도 그렇게 초연한 태도를 유지하는 지 한 번 보자.'

이우는 그런 사내의 의도를 아는 지, 모르는 지 갑작스레 안주머니에 손을 넣자 바짝 경계하는 듯 쏘아보며 뒤로 두어 걸음을 옮겼다. 말 그대로 본능적인 움직임이었다.

그러나 다음순간 사내가 자신의 품에서 이우에게 건넨 것은 우습게도 명함이었다.

유니언컴퍼니 회장직속 수행비서 '이상윤'

이내 사내가 이우를 바라보며 가소롭다는 듯 웃음을 지어보였다.

이우는 눈이 휘둥그레져서는 명함을 바라보기 시작했다.

명함을 앞, 뒤로 한 번 훑어본 이우가 이내 아이처럼 천진난만한 미소를 지으며 말해보았다.

"와, 저희 집도 가전제품 다 유니언컴퍼니 제품으로 쓰는데……."

"그렇습니까? 저 그런데, 사장님하고 잠깐만 이야기 나눌 수 없을까요?"

자, 이제 내가 어느 정도 급의 손님인줄 알았으면 너희 사장에게 곧장 안내하라는 뜻 이었다.

그러나 이우는 안내를 하기는커녕, 다시금 흐리멍덩한

눈으로 사내를 바라보고는 또박또박 대답하기 시작했다.

"저, 죄송합니다만 사장님과 개인적으로 면담을 하시려면 9시는 넘어서 오셔야 해요."

이내 속이 근질근질 대는 것 같다는 생각이 들었다. 지금 자신의 앞에 선 후줄근한 차림의 수염 사내가 마치 자신을 약 올리는 것 같다는 느낌을 받고 있었다.

이내 이우가 수염을 씰룩거리며 다시금 말을 이어나가기 시작했다.

"저, 죄송한데 이만 가볼게요. 제가 조금 바빠서요."

마치 오래 알고 지낸사이마냥 친숙한 인사를 건네보인 이우가 등을 돌리고는 콧노래를 부르며 다시금 걸음을 옮기기 시작했다.

멀어져가는 이우의 뒷모습을 바라보던 회장 비서 이상윤은 허탈한 표정으로 다시금 시계를 내려다보았다.

9시라, 현재 시간이 7시도 되지 않은 것으로 미루어보아 두 시간은 여기서 꼼짝없이 기다려야 할 것 같았다.

이내 고개를 살짝 들어 푸드 트럭 주방 칸에 올라서있는 경묵의 모습을 한 번 엿보았다.

이마에 구슬땀이 맺힌 채로 열심히 일하고 있는 그의 모습은 정말 웬만한 연예인들의 뺨을 치고도 남는 수려한 외모가 분명했다. 이내 제 자리에 서서 한참을 엿보던 이상윤은 어이가 없다는 듯 코웃음을 쳐 보였다.

유니언컴퍼니의 회장 직속비서 이상윤이 푸드 트럭 사장과 면담을 하기 위해서 제 자리에서 꼼짝없이 두 시간을 기다려야 한다? 이게 무슨 개 같은 상황인지 도무지 이해할 수가 없었다.

그는 아무래도 다른 직원을 만나서 이야기를 나누어 보아야겠다고 생각했다.

방금 자신을 안내하려던 수염 난 직원은 눈빛도 흐리멍덩하고, 말투도 어눌한 것이 무언가 불안하다 싶었기 때문이었다. 그래, 그 직원이 뭘 모르는 거지. 유니언 컴퍼니에서 나왔다는데 이렇게 푸대접을 할 리가 없다.

아무리 비서라지만 회장 직속 수행비서다.

이런 푸대접을 받아보는 게 얼마나 오랜만이지를 떠올려 보았지만 너무도 가물가물해서 제대로 기억조차 나질 않았다. 확실한 것은 유니언컴퍼니에 입사하기 이전이라는 것.

이내 이상윤은 어깨를 쫙 편 채로 당당한 걸음으로 테이블 안쪽으로 파고 들어가기 시작했다.

'여기 음식이 정말 그렇게 맛있나?'

다른 손님들의 테이블 위에 놓인 빈 접시들을 바라보던 이상윤이 고개를 한 번 갸웃거리자, 이번에는 뒤쪽에서 여자 직원의 음성이 들려왔다.

"어서오세요, 손님. 몇 분이세요?"

목소리만 들더라도 제법 총기가 가득한 것 같은 여직원

의 목소리에 환껏 밝은 목소리로 답해 보이며 고개를 돌려보였다.

"아닙니다, 저 제가 다름이 아니라……."

이내 서은과 눈이 마주친 이상윤이 말을 끝까지 이어나가지 못했다.

짐짓 크게 당황한 듯 보이는 표정으로 서은의 얼굴을 한 번 훑은 이상윤이 입술을 부들거렸다. 마치 무어라 말해야할지 몰라 당황한 듯 보이는 모습이었다.

서은 역시 별반 큰 차이는 없었다. 두 눈을 토끼마냥 동그랗게 뜬 채, 입을 반쯤 벌리고 제 자리에 가만히 서 있었다.

"아…… 아가씨?"

"오랜만이네요."

이내 서은이 태연하게 밝은 웃음을 지어보이자 이상윤이 자신이 끼고 있던 안경을 빼서는 한쪽 눈을 비벼 보았다. 지금 자신의 앞에 선 것이 회장의 딸, 최서은이 맞는지를 확인하기 위함이었다. 두 눈으로 보고 있다지만 쉽사리 믿을 수 없는 광경이었다.

유니언컴퍼니 회장의 딸이, 식당도 아니고 푸드 트럭에서 아르바이트를 하고 있다니 말도 안 되는 일이다.

이내 기회를 엿보던 서은이 이상윤이 벙쪄있는 틈을 타서는, 곧장 뒤돌아서서 세차게 달려 나가기 시작했다.

"어, 어, 아가씨?"

서은이 등을 돌려 엄청난 속도로 도망치기 시작하자, 주춤거리던 이상윤 역시 서은을 향해 힘껏 뛰어나가기 시작했다. 이내 한강공용 주차장에서 두 각성자의 달리기 시합이 시작되었다.

"아가씨! 잠시만요!"

이상윤의 간절한 부름에도 불구하고 서은의 발은 멈출 줄을 모르고 있었다.

"아가씨! 잠시만요, 그렇게 빨리 뛰다가 다치십니다!"

"그럼 쫓아오지를 마세요!"

이내 말을 마친 서은이 마치 체조선수처럼 높게 뛰어올라서는, 앉아서 식사를 하고 있던 손님들 머리 위를 넘어섰다. 우아한 곡선을 그리며 하늘 높이 날아올랐던 서은은 땅에 구르듯 떨어져 몇 바퀴를 더 굴렀다.

마치 멋들어지는 액션 영화의 추격씬을 방불케 하는 광경이 지금 경묵의 푸드 트럭 앞에서 펼쳐지고 있었고, 서은은 정말이지 필사적으로 도망가고 있는 듯 보였다.

바람을 직격으로 맞는 바람에 여러 갈래로 나뉘고 있는 앞머리며, 정성스레 공들여 한 화장을 천천히 지워나가고 있는 구슬땀이 그 증거였다.

물론, 이상윤 역시 마찬가지였다. 그 역시 정말 필사적으로 서은을 쫓고 있었다. 이내 서은을 쫓는 그의 구둣발이 엄청나게 빠른 속도로 바닥에 부딪히며 엄청난 굉음을 내보였다.

드다다다닥-

당연한 일이겠지만, 두 사람의 난데없는 추격전은 공용 주차장에 있던 모든 이들의 이목을 끌었다. 물론 서은에게 앞, 뒤 사정을 전혀 듣지 못한 경묵과 정혁, 이우는 짐짓 심각한 표정으로 두 사람을 바라볼 수밖에 없었다.

"야, 경묵아 지금 이게 대체 무슨 상황이야?"

이내 정혁이 걱정스러운 듯 물어보이자, 경묵 당황스러운 듯 손에 쥔 국자를 꽉 진 채 간신히 답했다.

"그…… 그러게요?"

갑작스럽게 펼쳐진 상황만 놓고 보더라도 충분히 놀라웠지만, 더욱 놀라운 점은 뒤쫓고 있는 사내가 구둣발로도 서은에게 속도에서 뒤지지 않는다는 점 이었다. 아니, 속도가 뒤지기는커녕 심지어 거리는 점점 좁혀지고 있었고 따라잡히는 것은 시간문제일 것만 같았다.

"저거 지금 서은씨가 도망가는 거 맞지?"

"그런 것 같은데요?"

정혁은 더욱 더 심각한 표정을 지어보이며 말을 이어나가기 시작했다.

"야, 이거 모르긴 모르더라도 도와줘야하는 거 아니야? 저 사람, 엄청 수상하잖아."

정혁의 말을 들은 경묵의 눈빛이 사뭇 달라진 듯 보였다.

반듯한 정장차림의 남자가 다짜고짜 서은을 쫓고 있는데, 쫓기는 서은은 겁에 질려 도망치고 있다? 이내 국자를 쥐고 있던 경묵의 손에 힘이 잔뜩 들어가 부들부들 진동하기 시작했다.

"형, 잠깐만 부탁해요!"

경묵은 말을 마치기가 무섭게 푸드 트럭을 박차고 날아오르듯 뛰어올랐다.

무려 수 미터를 뛰어오른 탓에, 주변 사람들의 시선이 이번에는 경묵에게로 집중이 되었다. 몇몇 손님들은 아예 젓가락을 내려놓은 채 지금 펼쳐지고 있는 숨 막히는 광경을 지켜보기도 했다.

하늘 높은 줄 모르고 높이 날아오르듯 뛰어오른 경묵의 표정에 일순 심각함이 깃들었다.

그러니까, 경묵의 표정은 뭐랄까? 자신도 예상치 못한 상황과 조우한 듯 보였다.

"어…? 어?…… 어?!"

이내 경묵은 양 팔을 허공에 마구 휘저어대기 시작했고, 그제야 시선이 자신을 끌어당기고 있는 바닥으로 향했다. 그리고 바닥과 자신의 거리차를 확인한 후에야 너무 높이 뛰어올랐음을 깨달았다.

쿵-! 쿠당탕탕-!

이윽고 바닥에 떨어진 경묵은 한참을 데굴데굴 구르고 나서야 제 자리에 멈춰 섰다.

흰 조리복 위로 아스팔트 바닥의 흙먼지가 다 묻어났고, 갑작스레 찾아온 욱신거림 탓에 인상을 찡그린 채 신음을 흘릴 수밖에 없었다.

"으으으……."

경묵이 아무리 각성자라고는 하나, 사실 지금 정도 수준의 근력과 민첩 능력치만으로는 절대로 방금 뛰어오른 높이만큼 뛰어오르는 것이 불가하다.

그럼에도 불구하고 경묵이 그렇게 뛰어오를 수 있었던 것은, 이번 육체 강화의 소득이 오롯이 중년 남성 정령 쿠거만은 아니었기 때문이었다.

'역시, 아직 제대로 사용하는 건 무리인가…….'

이내 경묵이 고개를 살짝 들어 멀어져가는 이상윤의 뒷모습을 바라보다가, 정신을 차리려는 듯 고개를 세차게 흔들어보였다. 그렇게 납작하게 엎어져있기도 잠시, 곧장 일어선 경묵이 무섭게 땅을 박차고 빠르게 서은과 이상윤을 쫓기 시작했다.

앞 뒤 사정을 손톱만큼도 모르는 경묵의 머릿속에서는 지금 상상의 나래가 펼쳐지고 있었다.

대체 무슨 생각을 하고 있는 것인지는 모르나, 경묵의

발돋움이 점차 빨라지고 있는 듯 보였고 윗니는 아랫입술에 구멍이라도 낼 기세로 세게 질근질근 씹어대고 있었다.

이윽고 제 화를 이겨내지 못한 경묵이 점점 거리가 좁혀지는 이상윤의 뒷모습을 바라보며 외쳤다.

"야, 이 자식아! 거기 서!"

우습게도 한 손에는 아직도 짬뽕 국물이 묻어나있는 국자를 꽉 쥔 채였다.


결국 세 사람이 멈춰선 곳은 주차장을 한참 벗어난 한강고수분지였다.

경묵은 여전히 한 손에 국자를 쥔 채 씩씩거리고 있었고, 이상윤과 서은은 이마에 구슬땀이 잔뜩 맺힌 채로 숨을 고르고 있었다. 이상윤은 느슨하게 풀어진 넥타이를 다시 조여 보이고는, 바지를 비집고 나온 와이셔츠를 다시금 쑤셔 넣었다.

"일단 죄송합니다, 선생님. 말씀드렸듯이 오해에요. 어떤 상황을 상상하고 계신지는 모르겠지만…… 괴한이라거나 뭐, 상상하시는 그런 것은 절대 아닙니다."

슈우우웅—!

이내 경묵이 손에 쥐고 있던 국자가 바람을 가르는 소리가 한 차례 주변에 퍼졌다.

경묵이 손에 쥐고 있던 국자 끝이 이상윤의 턱 바로 앞에 멈춰 선 후, 경묵은 신경질적인 목소리로 이상윤에게 되물었다.

"그럼 다짜고짜 서은씨를 쫓으신 이유가 뭡니까?"

이상윤은 자신의 턱 바로 앞에 놓인 국자에 반사된 햇빛 탓에 한쪽 눈을 살짝 찡그려보았다.

상윤 역시 숙련된 각성자였다. 더군다나 평범한 각성자도 아니고 '상급' 각성자.

그럼에도 불구하고 경묵이 들이민 평범한 국자가 마치 날이 잘 선 검이라도 되는 양 위압감이 느껴졌다.

꿀꺽—

이내 침을 한 번 삼켜낸 상윤이 멋쩍은 듯 비굴한 웃음을 한 번 지어보이고는 안 주머니에서 자신의 명함을 한 장 꺼내서 경묵에게 건넸다.

"믿기는 힘드시겠습니다만, 저는 이런 사람입니다."

경묵은 명함을 빼앗듯 낚아채 손에 쥐고는 이상윤의 명함을 살피기 시작했다.

이내 소리 내어 명함에 적힌 글씨를 읽어나가던 경묵의 목소리가 흔들렸다.

"유니언컴퍼니 회장 수행비서?!"

경묵은 명함을 손에 꼭 쥔 채로 이상윤의 얼굴을 다시금 살피기 시작했다.

대부분의 상황을 해결하기에 자신의 명함에 적힌 '유니언컴퍼니' 라는 이름만큼 편리한 것이 또 없다는 사실을 상윤 역시 알고 있었기에, 한껏 의기양양한 미소를 지어 보이고 있었다.

그러나 어째 경묵에게는 잘 듣지 않는 약인 듯 보였다.

전혀 밝아지지 않는 경묵의 표정을 감지해낸 탓에 모처럼 밝아졌던 상윤의 얼굴에 다시금 진중함이 잔뜩 떠올랐다. 경묵은 표정이 밝아지기는커녕 여전히 의구심이 전혀 걷히지 않은 듯 잔뜩 구겨진 표정을 지어보이고 있었다. 더군다나 국자를 쥔 손에는 힘이 잔뜩 들어간 듯 보였다.

'뭐야, 이 사람들은? 아까 그 수염도 그렇고, 왜 반응이 없지? 나 유니언컴퍼니 소속이라니까?'

명실상부 신뢰 100% 기업이자, 비록 실추된 명예이고 지난 과거라고는 하지만 한 때는 국내 최고 기업자리를 다투기도 했던 '유니언컴퍼니'.

대부분의 사람들은 그 이름 자체만으로 꼬리를 내리곤 하는데, 어째 이 푸드 트럭 사람들에게는 전혀 통하지 않는 방법인 듯 보였다. 상황을 빠르게 파악한 이상윤은 다시금 사람 좋아 보이는 미소를 지어보이고는 손끝으로 경묵의 국자 끝을 살짝 쳐서 내리고는 말을 이어나가기 시작했다.

"저, 선생님. 우선 이 국자좀⋯⋯."

국자는 살짝 내려지기가 무섭게 다시 위로 솟구쳐 올라왔다.

경묵의 표정에는 변함이 없었고, 드센 기세에 서은의 심장박동마저 빨라지는 듯 했다.

상윤과 경묵의 눈빛이 허공에서 맞닿기를 잠시, 경묵이 들이밀고 있던 국자를 거두어들이며 진지한 목소리로 되물었다.

"대단하신 유니언컴퍼니 회장의 수행비서가 왜 제 업장에서 소란을 피운 것인지에 대해서 해명을 해주셔야할 듯합니다. 아니, 애초에 어떤 연유로 걸음 하셨는지에 대해서도 말씀해주셔야 할 것 같습니다. 설마 식사를 하러 오신 것은 아닐 테지요?"

서은은 꿀 먹은 벙어리마냥 우두커니 서서 두 사람이 대화를 나누는 모습을 지켜보고 있었고, 이상윤은 간절한 눈으로 서은을 바라보고 있었다. 그는 마치 제발 대신 해명 해달라는 말을 얼굴의 모든 근육을 이용하여 말하고 있는 듯 보였다. 물론 서은은 전혀 그럴 생각이 없는 것인지, 눈 한 번 맞춰주지 않았다.

그도 그럴 것이 서은은 상윤이 찾아온 이유가 자신의 아버지이자 유니언컴퍼니의 회장 '최만기'에게 데려가려는 것쯤이라고 생각하고 있었다.

정적도 잠시, 서은에게 도움을 받을 수 없는 현실을 직시한 상윤은 땀에 젖어 잔뜩 갈라진 자신의 머리칼을 한 번 쓸어 올려 보이고는 침착하게 말을 이어나가기 시작했다.

"사실, 제가 이곳에 걸음 한 이유는 저희 유니언컴퍼니가 임경묵 선생님의 도움을 간절히 필요로 하고 있기 때문입니다."

이내 갑작스러운 상윤의 발언 탓에 한 쪽 눈썹을 몇 번 꿈틀해보이고는 다시금 의심 가득한 목소리로 되물었다.

"제 도움이 필요하다고요? 유니언컴퍼니가요?"

심히 갑작스러운 돌발발언이었던 터라 서은도 놀람을 감추지 못하고 있었으나, 경묵은 굉장히 침착하게 상황을 정리해나가고 있었다. 이내 이런저런 생각을 거듭하던 경묵이 코웃음을 한 번 쳐보이고는 이상윤에게 되물었다.

"아니, 그런데 도움이 필요하시다는 분이 이렇게 남의 업장에서 다짜고짜 생난리를 치십니까? 어떤 도움이 필요하신지는 몰라도 헛걸음 하신 듯합니다."

경묵이 전혀 예상치 못한 반응을 보이자 크게 흠칫한 상윤의 동공이 세차게 흔들리기 시작했다. 그냥 요리 좀 잘하는 눈빛 좋은 핏덩이라고 치부했었는데, 기운이 드센 것은 둘째 치고 기세가 하늘을 찌를 정도였다. 어느 등급의 각성자인줄은 모르나 기세 하나만큼은 상급 각성자인 자신을 훨씬 압도하고 있었다.

경묵의 기세 탓이었을까? 갑작스러운 추격전을 한 판 벌인 탓에 한껏 달아올랐던 상윤의 몸이 식을 줄 모르고 더욱 달궈진 듯 했다.

'완전히 꼬였잖아……. 보통내기가 아니네? 아니, 설마 천하의 유니언컴퍼니가 공으로 부탁을 하겠냐고?! 이런 대기업이 사람을 보냈으면 무슨 도움이 필요한지도 묻고, 보수에 대해서도 궁금해 하고 그리고 나서 천천히 생각을 해보는 게 적어도 정상적인 루트 아니겠냐고…….'

서은 역시 사뭇 심각한 표정으로 경묵을 바라보고 있었다.

회장, 즉 아버지 최만기의 수행비서인 상윤이 직접 일에 개입하는 경우는 극히 드물었다.

정말 중요한 일이 아니고서는 상윤을 직접 보내거나 하지 않는다는 사실쯤은 서은 역시 잘 알고 있었다. 그런데 대체 어떤 일이 있기에 경묵의 도움을 얻기 위해 상윤이 이곳까지 걸음 한 것인지에 대해서는 도무지 알 수가 없었다.

거대 기업이 어째서 따지고 본다면 요리사일 뿐인 경묵의 도움을 필요로 한다는 것일까? 내리쬐는 햇볕에 어울리지 않는 싸늘하게 얼어붙은 공기가 세 사람 주변을 맴돌고 있었다.

"큼, 흠."

이내 상윤이 목을 한 번 가다듬어 보이자, 다시금 경묵의 싸늘한 시선이 상윤에게로 향했다.

서은과 유니언컴퍼니의 상관관계에 대해서 전혀 알지 못하는 경묵의 태도는 여전히 무던하기 그지없었다.

그리고 그 때, 경묵의 앞에 석상마냥 가만히 서있던 상윤이 갑작스레 허리를 구십 도로 숙여 보이며 다짜고짜 크게 소리쳤다.

"선생님! 제발 부탁드립니다! 회사의 사활이 선생님께 달려있습니다!"

상윤의 영업 필살기, 제대로 굽히고 들어가기였다. 뭐 각성자 스킬마냥 숙련도로 따지자면 이미 최고 숙련도가 최고에 이르렀다 해도 과언이 아닌 최후의 필살기.

승냥이들이라면 부탁을 하는 입장에서도 으스댈 수 있다지만, 마냥 기세가 드센 호랑이라면 진즉부터 굽히고 들어가는 것이 낫다는 사실을 지난 경험을 통해 뼈저리게 느껴왔다.

상윤의 돌발발언에 이은 돌발행동에 놀란 것은 단연 경묵만이 아니었다.

아니, 오히려 옆에 서있던 서은이 더 놀란 듯 보였다.

경묵이 쉽사리 무어라 말을 꺼내지 못하자, 상윤이 짐짓 심각한 목소리로 말을 이어나가기 시작했다.

"국내는 물론이고 해외의 유명한 요리사들까지 모두 불러 해결을 해보려 했으나, 도무지 해결을 못한 일이 하나 있습니다."

요리사들이라는 단어가 언급되는 대목에서 경묵의 표정이 미묘하게 변한 듯 보였다.

놀란 것은 서은 역시 마찬가지였다. 경묵을 설득하여 자신을 최만기에게 데려가는 편법을 부탁이라는 말로 잘 포장한 것이라고 예상했던 탓이었다.

상윤은 일순 경묵의 얼굴에서 감지해낸 미묘했던 표정 변화를 놓치지 않고 더욱 더 열심히 설명을 이어나가고 있었다.

"아무리 실력이 출중하다하는 요리사들도 쉽사리 해결을 하지 못하더군요. 그저 돈 많은 사람들의 고상한 입맛을 맞추어달라거나 하는 일은 절대 아닙니다. 시간을 많이 빼앗지도 않을 겁니다. 단 한 끼 식사만 조리를 해주시면 됩니다. 보수는 생각하시는 대로 최대한 맞추어 드리도록 하겠습니다."

경묵은 쓴 웃음을 한 번 지어보이고는 말했다.

"죄송합니다만 제가 돈이 많은 것은 아니라지만, 아쉽지는 않습니다. 방금 분명 말씀드린 것 같은데요, 헛걸음 하신 것 같다고 말입니다."

상황이 쉽게 풀릴 것 같다고는 예상치 않았다지만, 이

처럼 풀리지 않을 것이라고 예상했던 적도 없었다. 대답할 말을 찾아 머리를 굴리고 있을 때, 이번에는 서은이 끼어들어 상윤에게 물었다.

"정말 회사에 무슨 일이라도 있는 거예요?"

회사? 경묵은 마치 자기 일인 듯 걱정하는 서은을 의아하다는 듯 바라보았다.

그러고 보니 이상한 것이 한두 가지가 아니었다. 그 중 가장 이상한 점을 뽑아보라면 무엇보다 상윤이 서은을 부르는 호칭이었다.

아가씨? 그래, 분명 상윤은 서은을 계속해서 아가씨라고 부르고 있었다.

그런 의문을 해결할 새도 없이, 상윤은 천천히 입을 떼어 걱정이 가득 담겨있던 서은의 물음에 답해주기 시작했다.

"아가씨, 그게 실은 말입니다……."

앞뒤 사정에 대해 알게 된 경묵은 헛웃음을 한 번 지어보이고는 되물었다.

"아니, 아니! 그러니까, '유니언컴퍼니'의 회장이 서은 씨 아버지라고요?"

"그래요, 미리 말 못해서 미안해요."

이내 경묵이 고개를 몇 번 내저어보였다.

쉽사리 믿을 수 없는 엄청난 이야기였다. 경묵은 손에

쥔 명함을 몇 번이고 다시금 훑어 보았다. 서은은 어렵게 말을 이어나가기 시작했다.

"실은, 사람들이 그 사실만 알고 나면 유독 불편해 하더라고요……. 혹시 경묵씨나 정혁씨도 그러실까봐 걱정이 돼서……."

유니언컴퍼니, 그제야 어째서 서은이 엄청난 돈을 긁어 모을 수 있음에도 불구하고 엘릭서 판매량을 제한하였는 지, 또 왜 최소한의 물량만 생산을 하고 있는 지에 대해 납득을 할 수 있었다. 서은의 입장 역시 이해가 가지 않는 것은 아니었기에, 무어라 더 추궁을 하는 것은 의미가 없 다 판단한 경묵은 서은을 바라보며 한 번 환히 웃어보이 고는 말했다.

"괜찮아요, 다 이해해요. 어쨌든 서은씨는 서은씨잖아 요."

서은 역시 그제야 안심한 듯 밝은 미소를 한 번 지어보 였다.

경묵은 고개를 돌려 상윤을 바라보며 물었다.

"그니까, 저는 그 분 입맛에 맞는 요리를 해서 내놓아야 하는 거고요?"

"네, 맞습니다."

경묵은 고개를 한 번 끄덕여보이고는 무던한 투로 말했 다.

"좋습니다. 확신은 없습니다만 한 번 해보기는 하겠습니다."

"감사합니다! 감사합니다! 정말 감사합니다!"

"그래서 제가 조리해야할 음식이 무엇입니까?"

이내 경묵의 물음에 다시금 상윤이 주눅 든 듯 보였다. 멋쩍은 듯 자신의 뒤통수를 한 차례 긁어대던 상윤이 조심스레 입을 뗐다.

"그게, 실은 저희가 그걸 모릅니다."

"예?"

경묵이 놀라 되묻자, 상윤이 침울한 목소리로 말을 이어나갔다.

"말 그대로입니다. 그리워하시는 음식이 있으신데, 그 음식에 대한 정보가 너무 한정적입니다. 말씀을 안해주시는 것이 아니라, 그분께서도 그 음식이 무엇인지를 모르십니다."

그리고 그 때, 손에 쥔 국자가 엷게 진동하는 것이 느껴졌다.

'이봐! 이거야! 정말 재미있겠군! 계약하기를 정말 잘했어!'

'강림' 능력을 사용해 불러낸 후에 듣게 된 '폰 데 쿠거 밀스'의 소환 방법은 화동이를 불러내는 방법처럼, 아니 그 방법보다도 간단했다.

어떤 것이라도 상관이 없었다.

오직 조리도구를 손에 쥐고 있는 것.

그것이 폰 데 쿠거밀스, 이계 요리사와 교감하는 방법이었다.

쿠거는 온고지순하기 짝이 없는 화동이와는 전혀 다른 부류의 정령이었다.

녀석은 들뜬 목소리로 계속해서 말을 이어나가고 있었다.

[이거 말이야, 그러니까⋯⋯. 맛으로 힌트를 주면 그 음식을 알아맞히거나 조리를 하는 놀이 말이야, 내가 예전에 이계에서 동료 요리사들과 했던 놀이와 비슷하군. 그때 나 말고도 제법 실력이 있는 놈들이 몇몇 있었는데 우리가 모이면 밤새도록 이 놀이를 하며 놀곤 했지.]

녀석의 음성은 귀를 막아도 계속해서 들려왔다. 말하지 말라고 하면 말하지 않는 화동이와는 달리 쿠거는 하고 싶은 말을 하지 않고는 못 배기는 성격인 듯 했다.

'일단 알았으니까 제발 조용히 좀 해.'

이내 엷게 떨리는 쿠거의 목소리가 들려왔다. 녀석의 목소리는 마치 슬픔에 축축하게 젖어 있는 것만 같아서 귓가를 찝찝하게 만드는 미묘한 힘이 있었다.

[허, 정말 너무하는군. 너 내가 평소에 있는 곳이 어떤 곳인지 알아? 얼마나 황량한 곳이고 외로움을 느낄 수밖

에 없는 곳인지 아느냐는 말이야. 제기랄, 싸구려 침대도
없고 재미삼아 읽을 책 한 권도 없는 곳이야. 햇빛 한 줄
기도 안 드는 곳이라고!]

경묵은 쿠거의 말을 듣자마자 자신이 잠깐 동안 갇혀있
었던 하얀 방을 떠올렸다. TV도 침대도 창문도 아무것도
없는 사방이 하얀색으로 도배되어있는 방. 만약 그 안에
있는 것이라면 미치지 않는 것이 이상할 노릇이었다. 경
묵은 피식하고 웃음을 지어보였다. 아마 녀석이 이계라는
곳에 있던 시절부터 말이 많은 성격은 아니었을 것 같다
는 생각이 들어서였다.

팔짱을 낀 채로 심각한 표정을 짓고 있던 경묵이 갑작
스레 피식하고 웃음을 지어보이자, 서은과 상윤의 시선이
경묵에게로 쏠렸다.

"경묵씨, 무슨 좋은 생각이라도 있어요?"

"아니, 아니에요."

그 와중에도 쿠거는 계속해서 떠들어대고 있었다. 그
덕분에 손에 쥔 국자는 마치 매너모드 상태에서 전화를
수신 중인 핸드폰 마냥 연신 진동하고 있었다.

[어쨌든 이번 일은 나한테 맡겨, 그 놀이라면 내가 전문
이지.]

놀이라……. 녀석은 계속해서 유니언컴퍼니의 사활이
담긴 막중한 임무를 놀이라 칭하고 있었다. 녀석의 지나

치게 당당한 태도 덕분에 괜스레 안심이 되었다.

우선 남은 일정을 대략적으로 추려보자면 오너셰프 코리아의 결승이 남아있다지만, 숨겨둔 필살기를 선보이면 될 노릇이었고 세계 대회 준비를 해야 했지만 쿠거 덕분에 무려 25나 되는 조리 능력치를 보정 받고 있는 상태였다. 그렇다보니 남아있는 일정이 빽빽하게 들어차 있기야 하다지만, 나름 여유가 있다 싶었다.

더군다나 상윤이 말했던 대로 이번 일이 그리 많은 시간을 잡아먹는 일은 아닌 듯 보였다. 뭐, 적어도 지금까지는.

[이 봐, 경묵. 우선 그 요리에 대한 힌트를 들어 보라고 내가 지금 당장 그 요리에 필요한 식재료를 줄줄이 읊어 줄 테니까!]

귓가에서 몹시 크게 울려대는 쿠거의 목소리 탓에 어지러울 정도였다.

인상을 한 번 찡그려 보인 경묵이 눈을 한 번 질끈 감았다가 떠 보이고는 상윤에게 물었다.

"저, 상윤씨. 혹시 그 요리에 대한 '힌트'는 지금 말씀해주실 수 있으십니까?"

"아, 예. 물론입니다. 저야 이미 꿰고 있지요. 그런데……."

상윤이 멋쩍은 듯 웃음을 한 번 지어보이고는 말끝을 흐려보였다가 곧장 말을 이어나가기 시작했다.

"아까 말씀 드렸던 대로 정보가 굉장히 한정적입니다. 중국에서 드신 음식이라니 중국 요리라는 사실은 확실합니다만, 아시다시피 중국 요리 자체가 워낙 종류가 방대하지 않습니까? 그런데도 불구하고 정보가 너무 제한적이다 보니 말씀드리기가 무안할 지경입니다."

경묵은 한 번 싱긋 웃어보인 후에 말을 이었다.

"괜찮습니다, 우선 말씀이라도 해주십시오."

웃음기를 띈 경묵의 얼굴은 호감 그 자체였다. 일반인이라고는 믿기 힘들 정도로 빼어난 외모 역시 푸드 트럭 매출에 일조하는 부분이 분명히 있을 정도였다.

상윤은 잠시 넋을 놓은 채로 경묵의 얼굴을 바라보다가 다시금 조심스레 입을 뗐다.

"어차피 추후에 직접 설명을 들으시겠지만 미리 한 번 말씀 드리도록 하겠습니다. 그게, 우선은……. 회사가 힘들던 시절에 거래차 걸음 하셨다가 중국 민가에서 우연히 얻어먹은 요리라고 하시더군요. 그렇다보니 중국 요리가 아닐까 추측을 하고 있습니다만, 또 중국요리가 아닐지도 모른다는 가능성도 배재할 수 없겠지요. 한국 가정집에서 한국 요리만 먹는 것은 또 아니니까요."

경묵은 고개를 한 번 끄덕여 보이고는, 의아하다는 듯 되물었다.

"그럼 방문하셨다던 민가를 직접 찾아가보시면 되는 노

릇 아닙니까?"

"아, 그게 실은 몇 가지 문제가 있었습니다."

"문제 말입니까?"

상윤은 씁쓸한 미소를 지어보이고는 천천히 말을 이어
나가기 시작했다.

"첫 째는 그 분께서 그 위치를 정확히 기억하고 계시지
를 못하십니다. 그도 그럴 것이 이미 수 십 년 전의 일이
거든요. 물론 그 근방에 인력을 파급해서 샅샅이 뒤져보
기도 했는데, 애석하게도 그 분께서 말씀하신 요리를 제
공해주었다던 중년 부부는 물론이고 그 요리에 대한 힌트
조차 얻지 못했습니다. 그분께서 걸음 하셨던 도시가 십
년쯤 전에 급격히 발전한 탓에 당시 주거하던 이들 중 태
반이 그 도시를 떠나기도 했고 말입니다."

경묵의 표정에 심각한 기색이 떠오르자 상윤은 눈치를
살피듯 눈알을 살살 굴려댔다.

'중국 민가에서 얻어먹은 요리라⋯⋯.'

쉬운 일은 아닐 것이 분명해지는 대목이었다. 더군다
나 항구 도시라는 점으로 미루어보면 상윤이 언급했던
대로 중국요리일 것이라고 확신할 수도 없는 노릇이었
다.

더군다나 '이계'의 재료와 향신료를 사용하지 않았으
리라는 보장도 없었다.

중국같은 경우 땅 덩어리가 큰 만큼 수없이 많은 던전을 가지고 있는 국가이기도 했고, 수많은 인구가 분포하고 있는 만큼 각성자의 수도 적지는 않은 편이었다. 그런 실정이다 보니 마정석과 관련된 사업들이 점차 발전함에 따라 중국은 무서운 속도로 발전하고 있었다.

그러나 'MADE IN CHINA'라는 꼬리표는 각성자라고 해도 변함이 없었다.

상태가 이상하거나, 빌전 징도가 낮은 이들부터 시작해서 각성자의 수가 많은 만큼 각성 범죄자들도 많았다. 그런 탓에 어느 정도 적절한 균형이 맞추어지는 실정이었고, 타 국에 비해 부실한 각성자 지원 정책 탓에 시야가 트인 이들은 자국을 떠나는 일도 심심치 않다는 말을 들은 바 있었다.

"그래서 어떤 요리였다 하십니까?"

경묵의 질문을 받은 상윤의 시선이 깊은 생각에 잠기라도 한 듯 위쪽으로 향했다.

"그러니까……. 어디보자, 우선 일반적인 새우보다는 훨씬 더 큼지막한 새우 요리였는데 짙은 단맛이 났다고 합니다."

큼지막한 새우라는 대목에서 경묵의 표정이 한층 더 어두워졌다.

크기가 조금 큰 블랙타이거 새우는 태국이나 필리핀 베

트남 말레이시아 등의 해안에서 주로 수입해서 쓰는 실정이다. 다 노량진 수산시장에 직접 재료를 떼러 가는 수고를 겪다보니 자연스레 알게 된 지식들이었다.

중국요리라는 단출한 가능성이 가지를 뻗어나가 여러 갈래로 나뉘기 시작했다.

새우도 수입산인데 조리법이라고 수입산이 아니라는 법은 없다는 것이다.

제기랄, 중국 혹은 태국, 그것도 아니면 필리핀, 또 그것도 아니면 베트남이나 말레이시아…… 어쩌면 에콰도르나 파나마 산 조리법일지도 모르는 노릇인 셈 이었다.

경묵은 한숨을 한 번 내쉬고는 천천히 입을 뗐다.

"중국요리일 확률이 점점 낮아지고 있군요."

"예?"

경묵의 말 한 마디에 상윤의 얼굴 위로 당황한 기색이 역력하게 떠올랐다.

"말씀하신 큼지막한 새우를 주로 수입하는 곳은 한정적이긴 합니다만, 숫자가 적은 것은 아닙니다. 태국이나 베트남 말레이시아 등등의 국가에서 수입을 하거든요. 지금까지 들은 얘기로만 유추해보더라도 단순한 중국요리일 가능성은 점점 낮아지고 있습니다. 자, 잘 생각해 보십시오."

당연히 긍정적으로 생각할 수 없는 이야기가 들려오고 있음에도 불구하고, 상윤의 표정은 점점 더 밝아지고만 있었다. 그도 그럴 것이 이처럼 세밀하게 음식의 정체에 대해 접근했던 요리사는 경묵이 유일했다. 대부분이 맛이나 조리법에 의지해서 그 음식을 추리하려고 했지, 경묵처럼 세밀하게 접근을 하지는 않았었기 때문이었다.

경묵은 곧장 말을 이어나가기 시작했다.

"재료가 수입산인데, 조리법이라고 국산을 썼으리란 보장은 없지요."

"아…… 그렇군요."

설사 경묵이 실패한다 하더라도 조금이나마 해결로 향하는 실마리가 늘어난 셈이었기에 상윤의 입가에는 자꾸만 웃음이 떠올랐다. 물론, 지금 상윤은 경묵의 무조건적인 성공을 점치고 있었다. 경묵은 그런 상윤의 생각은 아는지 모르는지 계속해서 추리를 이어가기 시작했다.

"조리법만으로 추리를 하는 것은 불가능합니다. 짜장면이나 짬뽕이 아무리 국민음식이라지만, 그 짜장이나 짬뽕을 만드는 방법에 대해 아는 사람이 얼마나 되겠습니까? 아무렴 희소성이 있는 음식이라면 더하겠지요."

여태껏 보아온 날고 긴다 하는 셰프들과 견주었을 때에도 차원이 다른 듯 느껴졌다.

그들 태반은 음식에 대한 설명만을 기점으로 하여 거의

새로운 레시피를 창안해내고 있었다. 국내 요리사들 뿐 아니라 거액의 보수를 약속하고 섭외한 중국 현지 요리사들 역시 마찬가지였다. 현지 요리사들은 비슷한 요리를 알고 있는 듯 했지만, 그들이 조리해낸 요리를 맛본 회장의 숙부는 연신 고개를 저어보이고 있었다.

상윤은 경묵에게서 희망을 보고 있었고, 경묵은 상윤의 표정 변화를 유심히 살피며 기회를 노리고 있었다.

이윽고 경묵은 상윤의 눈가 근육이 미세하게 떨리는 것과 연신 이죽거리는 입꼬리를 놓치지 않고 입가에 살짝 미소를 지어보인 후 말을 이었다.

"그런데 말입니다, 자동차도 기름을 넣어야 움직이지 않습니까?"

셜록홈즈 뺨치는 추리가 이어질 것이라 예상한 상윤은 다소 맥이 빠지는 듯 했지만, 천천히 되물어보였다.

"무슨 말씀이신지……?"

"일단 보수를 확실시 해두어야 더욱 신이나서 움직이지 않겠습니까?"

"아……."

경묵의 입에서 갑작스레 튀어나온 의외의 말에 다시금 두 사람의 시선이 경묵에게 집중되었다. 경묵은 국자로 효자손 마냥 자신의 등 결리는 곳을 툭툭 두드려대며 말을 이어나가기 시작했다.

"뭐, 당연한 이야기지만 우선 성공했을 때만을 전제로 조건을 제시하겠습니다."

이내 상윤은 떨떠름한 표정으로 고개를 끄덕여보이고는 답해보였다.

"아, 예. 말씀해보시지요."

보수야 안 그래도 섭섭지 않게 제시를 할 생각이었는데 하필이면 한층 이야기가 무르익었을 쯤에 이야기를 싹둑 끊어버린 탓에 맥이 빠졌기 때문이기도 했다. 더군다나 무언가 자신들을 상대로 장사를 하려는 것 같다는 느낌 탓에 감정이 상하기도 했기 때문이었다. 물론 상윤은 자신의 감정 변화를 내색하지 않으려 부단히 노력하고 있었다.

경묵이 장사를 하려고 들든, 아니든 경묵이 이 일을 해결할 유일한 실마리라는 점에는 변동이 없었기 때문이었다. 어쨌든 지금 만큼은 경묵이 명백한 갑의 입장이었다.

이내 경묵은 환히 웃어 보인 후에 말을 이었다.

"역시 대기업이라 그런지 말이 시원시원하게 잘 통하는 것 같습니다. 비록 서은씨 때문에 제안을 수락했다지만, '열정 페이' 라는 단어는 저랑 어울리는 단어가 아니거든요. 그럼 염치불구하고 말씀 좀 올려보겠습니다."

상윤이 발끈하듯 답해보였다.

"열정 페이라니요, 가당치도 않습니다. 저희는 당연히 경묵씨가 만족하실 수 있을 만큼의 충분한 보수를 지급할 생각이었습니다."

이내 상윤이 가슴속에 일어난 불안을 잠식시키지 못한 채 아랫입술을 씹어보였다.

회장의 수족이자, 노련한 수행비서는 이미 경묵에게 말려들어간 상태였다.

대체 어떤 조건을 제시하려고 이렇게 선수를 치는 것인지에 대한 불안감 탓에 판단이 흐려진 것을 자각하고는 조금 더 신중히 행동하기 위해 애쓰고 있었다.

경묵은 그런 상윤을 여유가득한 표정으로 바라보다가, 다시금 말을 이어나가기 시작했다.

"그러셨다면 죄송합니다. 허나, 혹시라도 제가 원하는 조건이 조금 무리한 요구라고 생각하실 수도 있지 않습니까? 만일 조건을 말씀드렸을 때 저희의 계약이 불발된다면 제가 지금 구구절절 떠들며 떡밥을 나누어줄 이유가 없지 않겠습니까? 또한, 제가 드린 떡밥으로 잡은 물고기를 전부 달라는 것도 아니고, 매운탕 거리 삼을만한 녀석으로 한 마리 정도는 나누어달라는 말을 하려는 겁니다. 넓은 아량으로 이해 해주셨으면 좋겠군요."

'이계 거상의 이능을 이어받은 자' 칭호의 효과 덕분일까? 정리를 거치지 않은 말이 입에서 술술 흘러나오고 있었다. 경묵 스스로도 놀랄 정도였는데, 하물며 서은이 놀라지 않을 수란 없었다. 서은은 여태껏 쉽사리 보지 못한 경묵의 오너로서의 자질에 새삼 놀란 듯 보였다. 경묵이 좋은 오너라는 생각은 했었다지만, 유능한 오너라는 생각은 아직 해보지 못했다고 해도 과언이 아니었다.

그렇게 생각하는 것이 오산은 아닌 게, 경묵이 손을 댄 일들은 대부분이 밑지는 장사였다. 햇빛보육원 건이나, 버프 요리가 아닌 푸드 트럭 영업을 이어가는 것도 그랬고, 인수한 북경각을 방치해두는 것만 보더라도 그랬다.

그런데 지금 이렇게 능수능란하게 상윤을 주무르고있는 경묵의 모습을 보자니 입이 쩍 벌어질 수밖에 없었다.

아랫입술을 잘근잘근 씹어대던 상윤이 다시금 체념한 듯 보이는 목소리로 말을 이었다.

"어떤 조건을 원하십니까? 우선 저는 회장님의 전달 책일 뿐이지, 선택 권한이 없다는 사실을 알아두셔야 합니다."

"아, 예. 물론입니다 알고 있습니다. 어쨌든 제가 제시할 조건은 말입니다……."

잠시 말끝을 흐려 보인 경묵의 입가에 득의의 미소가 떠올랐다.

상윤은 다시금 이마에 송골송골 맺힌 땀을 훔쳐내 보인 후에 되물었다.

감정의 동요 탓인지, 무슨 생각을 하고 있는지가 얼굴에 훤히 드러나 있었다.

찰나의 정적을 깬 것은 경묵이었다.

"수도권에 있는 던전 앞에 가게를 내 주셨으면 합니다."

"가게요? 던전 앞에?"

터무니없는 제안 탓에 상윤이 눈살을 한 번 찌푸려 보았다. 그냥 가게를 내달라는 것도 아니고 '던전' 앞이라니? 던전 인근의 토지 및 상가들의 시세가 폭락했다는 점을 감안해본다면 들어주기 힘든 제안은 아닌 듯 보였다. 그 때, 경묵이 다시금 입을 뗐다.

"네, 수도권에 있는 '모든' 던전 앞에요. 던전 입구에서 500M내였으면 좋겠습니다, 만약 인근에 상가가 있다면 어느 정도 거리가 더 생기는 정도는 감안할 수도 있습니다."

우선 상윤은 속으로 자신이 알고 있는 수도권의 던전 수를 한 번 헤아려보기 시작했다.

대략적으로만 셈을 해보더라도 예상했던 보수보다 더 큰 지출을 해야 할 것 같았다.

경묵은 별거 아닌 듯 말했다지만, 만약 던전 근처에 상가가 없는 곳이라도 있다면, 영락없이 직접 시공까지 해야 하는 악조건 중에서도 악조건이었다.

"저, 선생님. 그런데 만일 던전 인근에 상가나 건물이 있다면 매입을 하면 끝이라지만 만약 없다면……."

상윤의 말을 들은 경묵은 코웃음을 한 번 쳐보이고는 말했다.

"그럼 직접 시공을 해주셔야지요."

"아니, 차라리 위험지역 밖이라면 모를까 던전 인근 지역에서 시공을 하기에는 무리가 있습니다. 공사를 진행할 건설사는 어떻게 구하고, 또 인부들 몸값도 배로 뛸 게 분명합니다. 위험 지역에 이미 지어져있는 건물이야 싼 값에 매입된다지만, 건설비용은 정 반대이지 않습니까?"

이내 경묵은 어깨를 한 번 들썩여보이고는 막힘없이 술술 말을 이어나가기 시작했다.

"건설사야 유니언컴퍼니 계열사가 있지 않습니까? 지금 비용적인 측면을 우려하시는 것이라면, 저한테는 분명 회사의 사활이 달려있다고 하지 않으셨습니까? 조건을 감축시키는 대신 저 역시 열의를 조금 잠재우는 방안도 있기야 합니다."

상윤은 경묵의 순간적인 기지 탓에 이미 반 그로기 상태에 빠져 있었다. 어쨌든 지출 금액을 최소화 시킨 대안을 회장에게 건네는 것이 관건이었다. 상윤은 고개를 몇 번 휘휘 저어보인 후에 다시금 눈을 또렷하게 떠 보이며 되물었다.

경묵의 말대로 지금 유니언컴퍼니 측은 입에 쓴 조건이라고 하여 뱉을 수 있는 상황이 못 되었다.

"그럼, 지급된 업장에서 발생하는 수익에 대해서는 어떻게 하실 겁니까?"

경묵에게 지급될 업장에서 얼마만큼의 수익이 발생할지는 모른다지만, 꾸준히 지출 금액을 매워나갈 수 있는 마지막 방안이기도 했고, 마지막 발악이기도 했다.

이내 그 말을 들은 경묵의 표정에 조소어린 웃음기가 들어섰다.

"예? 조금 불쾌해지려고 하는군요. 그거야 당연히 물론 모두 제 몫이지요. 저는 대출을 받으려는 게 아니고, 말 그대로 업장을 지급받으려는 겁니다. 지급된 업장에서 발생된 매출로 공사비용을 메우는 꼴이라면 그게 대출이 아니고 무엇이겠습니까?"

경묵의 목소리에 반들반들하게 서있는 날로 미루어보아, 더 이상 장난질을 치려 수작을 부렸다가는 일이 크게 틀어질지도 모르겠다는 느낌을 받았다. 상윤은 다시금 비굴한 미소를 지어보이며 경묵에게 말했다.

"죄송합니다, 제 생각이 짧았습니다. 우선은 알겠습니다. 그렇게 전달하도록 하겠습니다."

"예. 그럼 후에 결정이 된다면 남은 이야기도 마저 나누도록 하지요. 가게도 급히 가봐야 할 것 같고요. 저녁 중

281

으로 명함에 적힌 번호로 직접연락 드리겠습니다."

"아, 예…… 알겠습니다.

말을 마친 경묵은 상윤에게 고개를 살짝 숙여보이고는 서은의 어깨를 살짝 두드려보이고는 말했다.

"가죠."

"아, 네!"

서은은 종종걸음으로 앞서가는 경묵을 따라 걷기 시작했다.

이내 몇 걸음을 옮기지 않아 뒤 돌아 보인 서은이 검지를 입술에 가져다 대 보았다.

최만기에게 자신이 푸드 트럭에서 일하고 있다는 사실을 밝히지 말라는 뜻 이었다.

상윤은 마지못해 고개를 한 번 끄덕여보이고는 제 자리에 서서 멀어져가는 두 사람의 뒷모습을 닭 쫓던 개 마냥 멍하니 바라보았다.

임경묵의 태도는 마치 지금 모든 숙제를 해결한 것처럼 당당했다.

다른 요리사들처럼 자존심을 걸고 달려들며, 한시라도 빨리 모든 힌트를 얻기 위해 조급해하지도 않았고 언행에는 여유만이 가득했다. 심지어 걷는 모습마저도 품위 있어 보일 정도였다.

'그냥 평범한 요리사는 아니라는 건가?'

그냥 유능한 요리사라고 치부하기에는, 장사꾼 기질이 다분했다.

어감이 좋지 않은 단어이기는 하지만, 사업가로서 살아남기 위해서는 꼭 지녀야하는 기질이기도 했다. 어떻게 보나 비범한 사내임이 분명했다. 자신의 전공 분야에서 거의 정상급의 실력은 물론이고, 사업가로서의 기질과 멀리 보는 안목까지 두루 갖추고 있었다.

분명 서류에 기재된 경묵의 정보는 22살의 고졸 요리사였고, 심지어 고등학교 학력 마저도 검정고시로 취득했다고 했었다.

서류에 기재된 정보가 틀린 걸까? 일순 어쩌면 자신의 정보와 인적사항을 조작했을지도 모른다는 의심까지 품었다가, 이내 실소를 흘렸다.

'그럴 리가 없지……'

이내 우두커니 서서 다시금 깊은 한숨을 내쉬어 보인 상윤의 시선이 저 멀리 보이는 한강 물결 위로 향했다. 햇빛이 부셔지듯 담긴 물결이 잔잔하게 흔들리고 있었다.

이내 상윤이 미소를 한 번 지어보이고는 나지막이 말했다.

"제기랄, 이걸 또 회장님한테는 어떻게 전하냐."

이내 의자 등받이를 한껏 뒤로 재친 채 앉은 최만기가
인상을 잔뜩 쓴 채로 상윤에게 물어보았다.

"뭐? 그 애송이가? 정신이 나간 놈 이로구만, 던전 앞
에는 대체 왜? 남들은 던전에서 멀리 떨어진 곳에 가게를
내려고 혈안이 되어있는데, 던전 앞에?"

"예, 그렇습니다."

상윤이 우직하게 답해보이자, 최만기가 짜증 섞인 목소
리로 되물었다.

"그런데, 그러면 수익배분은 어떻게 하자는 거야? 설마
그냥 가게를 내달라는 거야?"

"예. 그렇습니다."

"아니, 너 혹시 수익 분배 얘기도 안 꺼내 본 거야? 아
무리 던전 앞 부지나 건물 가격이 적어도, 만약에 우리가
상가를 지어야하는 곳이 몇 군데 섞여있으면? 건설사는
자사 계열사를 이용한다고 치자, 그럼 인부들 인건비는
어떻게 메우려고 수익 분배 얘기도 안 꺼내 봐?"

회장 최만기가 마치 기차 화통을 삶아먹은 듯 쩌렁쩌렁
한 목소리로 다그치는 듯 되물었으나, 상윤은 꿈쩍도 하
지 않은 듯 침착한 목소리로 답했다.

"아닙니다, 한 번 찔러보았습니다만……."

"근데?"

"그거야 당연히 다 제 몫이라고 하더군요. 넌지시 얘기를 꺼내자, 자신은 대가로 대출을 받는 것이 아니라 업장을 지급받으려는 것이라며 성질을 부리더군요. 근데 그 말을 하는 눈빛이……. 장난 한 번 더 치려고 했다가는 당장 손 털고 갈 것 같아서 차마 더 말을 꺼내 볼 수가 없었습니다."

쾅-!

이내 최만기가 자신의 탁상을 주먹으로 내려치고는 잔뜩 격양된 목소리로 말했다.

"뭐야? 요리사 나부랭이가 사업가 흉내를 내?"

"더군다나 품행은 어찌나 당당한 것인지, 마치 벌써 모든 숙제를 해결한 것 같은 느낌이었습니다."

상윤의 말을 들은 최만기가 지그시 눈을 감아보이고는 나긋한 목소리로 물었다.

"네가 보기에는 어때? 할 수 있는 놈 같아?"

"음, 잘은 모르더라도 다른 요리사들과는 차원이 다른 것 같았습니다. 맛으로 접근하려던 타 요리사들과는 달리 큼지막한 새우가 들어갔다는 힌트만으로 전혀 생각지 못했던 이런저런 가능성들을 대더군요."

흥미가 생긴 것인지, 최만기가 감았던 눈을 번쩍 뜨며 되물었다.

"이런저런 가능성이라니? 그건 또, 무슨 말이야?"

"그게, 큼지막한 새우가 주 재료였다고 말해주었더니 그 정도 크기의 새우를 주로 어느 국가에서 수입이 되는지에 대해서 설명을 해주더니 주 재료가 수입산이니 조리법도 수입산일지 모른다는 가능성을 제시하더군요."

고심하듯 얇고 긴 숨을 내뱉어 보인 최만기가 다시금 상윤에게 물었다.

"그레? 그리고?"

"마치 잔뜩 추론을 마친 듯 거들먹거리더니, 갑자기 자동차도 기름을 넣어야 가지 않느냐고 하더군요."

이내 최만기가 피식하고 웃음을 지어보이고는 말을 이었다.

"그리고는 그 치가 먼저 협상 조건을 내건 것이로군."

"네, 그렇습니다. 모든 던전 앞에 식당을 내 달라더니, 제가 건설사며 인부들 몸값에 대해서 언급하니까 건설사는 자사 건설사를 이용하면 되지 않으냐는 방안까지 직접 제시를 했습니다…… 수익 분배 이야기를 꺼냈을 때는, 아까 말씀드린 그대로고요."

이내 최만기 회장은 본인이 앉아있던 의자를 살짝 밀어 상윤에게서 살짝 거리를 두며 이죽거리는 투로 말했다.

"뭐야? 그 자식 그거 완전히 미친 자식이로구만, 쯧쯧…… 됐어, 다른 요리사들 계속 물색해."

이내 상윤이 짐짓 불안한 표정을 한 번 지어보였다. 경묵의 기백에 짓눌린 까닭이었을까? 왠지는 모르더라도 이번 일을 해결할 열쇠는 오직 경묵이라는 생각에 자꾸만 힘이 실렸다.

상윤의 표정을 한 번 살핀 최만기는 짙은 미소를 한 번 지어보이고는 말을 이어나가기 시작했다.

"녀석이 무조건 해결하리라는 보장은 없잖아? 또 내일 안으로 수도권에 있는 던전 총 개수부터, 던전 인근 부지 가격, 인근의 상가 구매비용, 인접한 곳에 상가가 없으면 건설비용까지 다 정확하게 잡아서 보고 올리라고 해."

갑작스레 쏟아지듯 터져 나온 최만기의 말에 다소 당황한 상윤이 눈앞에서 허둥대며 답했다.

"예? 예? 예. 알겠습니다."

최만기는 코웃음을 한 번 쳐보이고는 자신 앞에 놓인 서류더미를 하나 집어 들어 훑어보기 시작했다. 그리고는 상윤에게는 다시금 눈길 한 번 주지 않은 채 무던한 투로 말했다.

"뭘 어리바리하게 서있어? 뭐해? 안 나가?"

"아, 예. 나가보겠습니다."

상윤이 허리를 잔뜩 굽히며 인사를 해보이고, 돌아서서 몇 걸음 걷지 않았을 때 최만기가 다시금 말했다.

"아! 그리고, 임경묵한테 내일 저녁에 시간 좀 비우라고
해."

"네? 저녁에 말입니까?"

"그래. 어떤 놈인지 도저히 궁금해서 가만히 못 있겠다.
내일 저녁에 한 번 들르라고 해. 식사라도 한 번 같이 할
겸, 일 얘기도 조금 나누게."

이내 상윤이 싱긋 웃어보이고는 답했다.

"예 알겠습니다."

최만기는 다시금 나가라는 듯 손짓을 해보이고는 손에
쥐고 있는 A4용지 뭉치 안에 자신의 시선을 가두었다. 상
윤은 최대한 조심스레 문을 열고 나섰다.

❀

홀 마감을 마친 서은이 푸드 트럭 선반에 몸을 기대고
는 물었다.

"경묵씨, 힌트라도 다 들어두는 게 낫지 않았을까
요?"

간이 개수대 앞에 서서 설거지를 하던 경묵이 유한 눈
빛으로 서은을 내려다보며 답했다.

"음 글쎄요? 그런데, 서은씨."

"네?"

갑작스런 부름에 서은이 엷게 떨리는 목소리로 답해보였다. 푸드트럭 조명이 내려앉은 서은의 눈동자에는 밝은 빛이 맴돌고 있었고, 고무장갑과 반팔 티셔츠 사이에 드러난 경묵의 팔뚝이 자꾸만 눈에 들어오는 탓에 심장은 천천히 뛰는 속도를 높이고 있었다.

"혹시 아버지 회사에 너무 무리한 조건을 내걸어서 서운하시거나 한 것은 아니죠?"

이내 서은은 한 번 웃음을 지어보이고는 밝은 목소리로 답했다.

"괜찮아요, 저희 아버지는 최만기지, 유니언컴퍼니가 아니에요. 그리고 제가 몸담고 있는 회사는 '경묵푸드컴퍼니'고요. 이번 일은 두 오너 사이의 비즈니스일 뿐이기도 하고……. 회사의 사활이 달려있는 문제를 발 벗고 나서서 도와주시는 거기도 하니까, 대가를 바라는 게 이상한 일도 아니고요."

서은의 말을 들은 경묵의 입 꼬리가 높이 솟았다.

"그렇게 말씀해주시니 감사하네요."

"흠, 그런데 어떤 요리일지는 정말 궁금하네요."

서은이 선반 위에 포개어 둔 자신의 양 팔 위에 얼굴을 파묻으며 말해보이자, 경묵은 다시금 식기들을 닦아내며 넌지시 말을 흘렸다.

"아마, 이 세계의 요리는 아닐 거에요."

"네? 그게 무슨……. 어? 이계의 식재료를 이용한 요리라는 뜻이죠?"

"네, 아마도? 이계의 식재료와 향신료, 이계의 조리법으로 조리한 요리일 거에요. 그게 아니고서는 그렇게 날고 긴다는 셰프들이 찾아내지 못할리가 없죠."

이내 서은의 표정에 어두운 그림자가 드리웠다.

지금 서은이 짓고 있는 표정은 심각함을 비롯한 여러 부정적 감정들이 잔뜩 모여서 만들어낸 표정인 듯 보였는데도 불구하고, 마냥 귀엽기 그지없었다.

"아니 만약 정말 이계요리라면, 경묵씨 역시 찾을 수 있는 방법이 없는 것 아니에요?"

"그건 아니에요."

"네? 어떻게요?"

경묵은 음흉해보일 법한 미소를 한 번 지어보이고는 말했다.

"실은, 말은 많아도 굉장히 유능한 조력자가 한 명 있거든요."

28. 시간은 돌릴 수 없다(1)

각성!
북경각

MODERN FANTASY STORY

　　다음 날, 경묵이 걸음한 곳은 햇빛보육원도, 푸드 트럭도, 유니언컴퍼니도 아니었다.

　　청담동에 자리한 한 고급호텔 앞 이었다. 경묵은 숨을 한 번 내쉬고는 멋쩍은 듯, 한 번 웃어보았다. 난데없이 고급 호텔에 걸음 한 이유는, 최만기 회장에게 저녁 식사 초대를 받았기 때문이었다. 아무래도 경험이 전무한 탓인지 계속해서 걱정이 앞섰다.

　　거기다가 어색하기만 한 정장 차림과 발에 잘 맞지 않는 구두는 정말이지 고역이었다.

　　뭐랄까? 딱히 발이 욱신거린다거나, 아프다거나 한 것은 아니라지만, 몇 번 신어보지 않은 탓에 괜한 이질감이

들었다. 격식을 차려야만 하는 것은 아니라지만, 이런 복
장을 고수하게 된 데에는 아무래도 서은의 조언이 가장
큰 몫을 한 듯 했다.

'아마, 어제 상윤씨가 입고 오셨던 차림 그대로 입고 가
면 될 거예요. 아버지가 제일 좋아하시는 복장이거든요.'

결국 경묵은 고급 양복점으로 걸음 하여 진열되어있던
양복 한 벌을 골라 바로 결제했다. 비록 초고가의 제품은
아니라지만, 각성 이전의 경묵이라면 꿈도 꾸지 못할 기
격의 옷이었다.

뭐, 사실상 초고가의 제품이 아니라고 해도 상관없었
다. 경묵의 자체적으로 뛰어난 외모와 더불어 '우아한 움
직임'의 효과가 맞물린 덕분에 한껏 멋스러워 보였는데,
마치 200만 원짜리 양복이 2000만 원짜리 같아 보이는
효과를 내고 있었다.

경묵이 피팅 룸에서 나온 순간, 양복점 직원들과 사장
은 얼음처럼 굳었었다.

그리고 지금도 마찬가지, 경묵이 호텔 로비에 들어서
자, 그 안에 있던 수많은 사람들의 시선이 경묵에게로 집
중되었다.

갑작스레 몰려든 시선 탓인지, 경묵은 자신의 목을 옥죄
는 넥타이가 답답하게만 여겨졌다. 매듭 사이로 검지를 살
짝 찔러 넣은 후 당겨보이자, 넥타이가 살짝 느슨해졌다.

"후······."

숨을 내쉰 경묵은 이내 호텔 로비 안을 천천히 살펴보기 시작했다. 몇몇 사람들은 여전히 자신을 바라보고 있는 듯 했으나, 경묵의 고개가 돌아올 때면 딴청을 피우곤 했다. 계속해서 고개를 두리번거리던 경묵은 자신을 넋 놓고 바라보고 있는 로비의 호텔 직원과 눈이 마주쳤다.

경묵이 성큼성큼 걸음을 옮겨 다가서자, 일순 직원의 운동자가 세차게 흔들렸다.

이내 인포메이션 앞에 선 경묵은 살짝 미소를 지어보이고는 로비의 직원에게 물었다.

"도움 좀 받을 수 있을까요?"

경묵의 미소 탓에 질문을 받은 여직원의 볼이 살짝 발그레 해졌다.

"네······? 네, 고객님. 어떤 도움이 필요하신가요?"

"저녁 8시에 호텔 레스토랑에 예약이 되어있다고 하더군요. 아마 '이상윤'이라는 이름으로 예약이 되어있을 겁니다. 이런 곳은 경험이 전무해서 도무지 어디인지를 알 수가 없네요."

말을 마친 경묵이 다시금 멋쩍은 듯 웃음을 지어보이자, 여직원의 동공은 더욱 세차게 흔들렸다. 쌀뜨물마냥 밝고 고운 피부에, 오목조목 자리 잡은 이목구비며 촉촉해 보이는 입술이며 건장한 체격······, 그리고 그 모든 것

295

이 완성되는 완성점은 바로 조금 앳되어 보이는 얼굴이었다.

'그래! 어린양아, 조금만 기다려! 이 누나가 찾아줄게. 잃어버린 너의 길 이 누나가 찾아주마!'

여직원 역시 사글사글한 미소로 화답하며 답해 보였다.

"저녁 8시 이상윤 고객님 앞으로 예약 확인해드리겠습니다. 잠시만 기다리시겠어요?"

"예, 감사합니다."

결의를 다져 보인 것 같은 여직원이 조급한 손길로 예약 목록을 확인해 보기 시작했고, 이윽고 여직원의 표정과 손짓이 동시에 돌처럼 굳어버렸다. 다름이 아니라, 이상윤의 회원 등급과 그 옆에 기재되어있는 특수 사항 때문이었다.

————————————————

저녁 8시-

이상윤 외 2명, 스카이라운지

회원 등급 : VVIP 다이아 등급

특수사항 : 유니언컴퍼니 간부, 혹은 최만기의 측근으로 추정 됨.

————————————————

경묵은 그런 여직원의 상태를 의아하다는 듯 살펴보았다.

"예약이 없나요?"

"아, 아닙니다. 잠시만 기다리시겠어요?"

여직원은 연신 싱글싱글 웃으며 벨 보이 호출 벨을 눌러댔다.

벨 보이를 호출한 이유? 그거야 당연히 VVIP 손님의 측근이 길을 모르신다는 데 안내해 드리는 것이 인지상정인 것 이다. 더군다나 그냥 평범한 VVIP 등급의 고객이 아니라, 유니언컴퍼니의 일가로 추정되는 VVIP손님이었다.

"아, 예. 기다려야지요. 예약은 되어 있는 것 맞습니까?"

경묵의 물음에 로비직원은 다시 한 번 웃음을 지어보인 후에, 상당히 인위적이고 상투적이지만 굉장히 친절한 어조로 대답해 보였다.

"저녁 8시, 이상윤 고객님 외에 두 분 스카이라운지 석의 예약이 확인 되었니 그 점은 염려 않으셔도 될 것 같습니다 고객님."

경묵은 그 말을 듣고 난 후에야 만족스럽다는 듯 웃음을 지어보였다.

"알겠습니다."

여직원은 딱 보기에도 단정하고 고급스러워 보이는 정장을 깔끔하게 차려입은 경묵의 모습으로 미루어보아, 조

297

금 일이 수월하게 풀린 젊은 CEO정도로 예상하고 있었다. 배경이야 정확히 모르는 일이라지만 외모 하나만큼은 끝내줬다. 쌀뜨물마냥 곱고 밝은 피부에, 오똑한 콧날이며 칠흑마냥 어두운 색 눈동자……. 꼽자면 끝이 없을 정도이다.

웬만한 연예인이나 모델은 뺨치는 수려한 외모와 기다란 길이까지……. 그런데 알고 보니까 유니언컴퍼니 '최만기' 회장의 측근이다?

뭐 금 수저를 물고 태어났네, 은수저를 물고 태어났네, 한다지만 어쨌든 눈앞의 사내가 입에 물고 있는 수저는 적어도 탄소로 만든 수저인 듯 했다. 그러니까 그, 다이아몬드 수저. 아니지, 마정석 수저라고 해야 옳으려나?

그 때, 부름을 받은 벨 보이가 경묵에게 고개를 한 번 숙여보였다.

여직원은 자리에서 기립하며, 예약내용을 읊어주었다.

"레스토랑 스카이라운지 석, 이상윤 외 두 분 예약석으로 안내해드리면 됩니다."

남자는 다시 한 번 더 경묵에게 깍듯하게 고개를 숙여보이며 말했다.

"모셔다 드리겠습니다."

"아, 예. 감사합니다."

경묵은 역시 호텔은 자신과는 너무 안맞는 것 같다는

생각을 하고 있었다.

여직원과 이야기 할 때만 하더라도 몰랐는데, 이 사람 저 사람들이 모두 과잉친절 공세를 선보이니 괜스레 부담스럽기만 하고 불편하게만 느껴졌다.

물론, 경묵은 호텔에 와보는 것이 처음인지라 오는 손님 모두를 이렇게까지 극진하게 모시지는 않는다는 사실을 모르기 때문에 할 수 있었던 생각이었다.

엘리베이터가 호텔 최상층에 도착하고 몇 걸음도 걷지 않았을 때, 레스토랑 입구에 자신을 마중 나온 상윤의 모습이 눈에 들어왔다.

"경묵씨, 어서 오세요. 회장님께서도 기다리고 계십니다. 이 쪽으로 드시지요."

"아, 예."

이내 경묵과 마주섰던 상윤의 시선이 경묵의 머리끝부터 발끝을 한 번 오갔다. 그리고 얼마 지나지 않아 그의 표정이 미묘하게 변화했다. 분명 자신과 같은 복장이었으나 풍기는 분위기가 너무 달랐기 때문이었다.

'역시 옷걸이가 중요하기는 하구나……'

이상윤은 볼록하게 튀어나온 자신의 아랫배를 손바닥으로 한 번 꾹 눌러보았다. 자신의 정장 핏을 망치는 주요 원인이었다. 전에도 느낀 바 있었지만 경묵에게는 최만기가 뽐내는 위압감과는 미묘하게 다른 무언가가 있었다.

앞서 걷기 시작한 상윤이 먼저 입을 뗐다.

"회장님께서 딱 좋아하실만한 복장이로군요."

경묵은 살짝 웃음을 지어보인 후에 행여나 누가 듣는
것은 아닐까 노심초사하며 기어들어가는 듯 작은 목소리
로 대답해보였다.

"…그럼요, 회장님 따님께서 직접 골라주신 옷입니다."

그제야 이해가 간다는 듯 고개를 한 번 끄덕여 보인 상
윤이 옅은 웃음을 지어보였다. 경묵은 처음 들어선 레스
토랑의 풍경에 심히 놀란 듯 보였다. 통유리로 되어있는
한쪽 외벽 덕분에 바깥이 한 눈에 내려다보였다. 즉, 서울
시내의 위에 서서 식사를 할 수 있는 곳이었다.

내려다보이는 도심의 야경에 심취해있기도 잠시, 금세
살짝 거리가 벌어진 상윤의 뒤를 밟았다. 상윤의 등을 바
라보며 멍하니 따라 걷던 경묵은, 하마터면 갑작스레 멈
춘 상윤과 부딪힐 뻔하였다. 그 때, 상윤이 다시금 입을
뗐다.

"회장님, 임경묵 요리사입니다."

"그래?"

굵직한 목소리가 한 차례 울리고, 얼굴을 가리고 있던
영자 신문이 천천히 아래로 향하며 그의 모습이 드러났
다. 희끗한 수염들이 정갈하게 나있는, 백발의 노인이었
다.

포마드로 넘긴 듯 반듯하게 넘어간 올백머리에 부리부리한 눈, 잘 정리된 눈썹으로만 미루어 보더라도 이 사람이 어떤 느낌일지 알 것만 같았다. 고급스러워 보이는 정장 아래로 숨겨져있을 그의 건장한 몸도 한 눈에 들어왔다.

유니언컴퍼니의 최만기.

정말이지 엄청난 위압감을 갖추고 있었다.

"반갑습니다, 회장님. 임경묵입니다."

"그래, 말 안 해도 알지? 나는 만기다."

두 사람이 손을 맞잡고 있기를 잠시, 경묵이 흘려 보인 비릿한 미소에 최만기의 미간에 일순 주름이 잡혔다 사라졌다. 최만기가 바라보기에 경묵 역시 보통내기는 아닌 듯 보였다.

이미 들은 얘기도 있었다지만, 직접 보고 있자니 더욱 더 확신이 들었다.

어지간한 노인네들도 자신이 인상 한 번 써 보이면 어쩔 줄을 몰라 발을 동동 구르는 데, 이 젊은 녀석은 발을 구르기는커녕 당장 코를 후벼도 이상하지 않을 무던한 표정으로 마주앉아 자신을 바라보고 있었다.

"저, 회장님. 죄송한데 제가 지금 조금 허기진 것 같습니다."

"그래, 알겠네."

회장의 대답에 상윤이 허둥지둥 대며 메뉴판을 집어 들어서는 경묵에게 건네주었다. 경묵은 손사래를 쳐 보이며 말했다. 상윤이 보기에 마주앉아 대화를 나누는 두 사람은 폭탄처럼 보였다. 둘 다 언제 터질지 모르는 폭탄. 폭탄 두 개가 마주앉아 대화를 나누고 있는 상황이었다.

"아, 저는 이런 곳에 와본 적이 없어서 말입니다, 회장님 드시는 것과 같은 것으로 들겠습니다."

이내 경묵의 말을 들은 회장이 의아하다는 듯 되물었다.

"이런 곳이라니? 이 호텔 레스토랑 말인가? 여기서 맛이 가장 좋은 메뉴는……."

"아니요, 아니요. 부끄럽지만, 아예 이런 곳을 처음 와 봅니다."

최만기는 의심스러운 눈길로 경묵을 바라보았다. 자신 앞에서는 없던 격식도 차리려고 노력하는 능구렁이 같은 이들과는 다르게 굉장히 솔직했다. 경묵의 그런 솔직한 모습을 보고 있자니 괜스레 피식하고 웃음이 새어 나왔다.

"우선, 어제 상윤씨를 통해서 회장님께서 내리신 결정에 대해서 미리 들은 바 있습니다. 정말 감사합니다."

"감사는 무슨, 일만 제대로 처리되고 모두 인수 받은 후에 감사해하도록 하게."

경묵은 한 번 웃음을 지어보인 후에, 결의에 담긴 표정으로 말을 이어나가기 시작했다.

"원래는 계약서 작성까지 마친 다음, 일을 시작하는 것이 옳겠습니다만⋯⋯. 이제 본격적으로 일 얘기를 시작해 보는 것이 좋겠습니다. 아직 못들은 이야기도 많고, 못 드린 이야기도 많거든요. 하루라도 빨리 해결하는 것이 저는 물론이고 회장님께도 도움이 되는 일 아니겠습니까?"

최만기가 테이블 위에 놓인 와인 잔을 거머쥐며 말했다.

"그래, 좋아. 그럼 우선 못 했다는 이야기 먼저 들어보는 게 좋겠군."

"음, 좋습니다. 그런데 과연 어째서 날고 긴다는 세계적인 요리사들이 그 레시피를 찾아내지 못하는 걸까요? 듣기로는 자국 요리사 뿐 아니라 현지 요리사를 포함하여 각국 요리사들을 여럿 섭외했다고 들었습니다. 그런데 도대체 어째서 찾지 못한 걸까요?"

경묵이 익살스러운 투로 질문을 던져보이자, 최만기가 눈썹을 한 번 꿈틀해보이고는 되물었다.

"지금 나한테 퀴즈를 내겠다는 건가? 아니면, 일 이야기를 하겠다는 건가?"

"그야 물론 일 이야기를 하자는 것이지요."

단호하게 말을 잘라 보인 경묵이 다시금 비릿한 미소를 한 번 흘려보이고는 곧장 말을 이어나가기 시작했다.

"왜일까요? 그들이 사실은 능력이 없는 요리사들이어 서? 아니면, 원래 세상에 없는 요리여서? 과연 어떤 이유 가 더욱 더 바람직하다고 느껴지십니까?"

회장이 눈을 부릅뜨며 경묵에게 되물었다.

"아니, 자네 지금 숙부님이 우리를 도울 생각이 없다고 말하고 싶은 겐가?!"

"아닙니다."

"없는 음식을 거짓으로 꾸며낸 것이라는 듯 말하지 않 았나?"

"아니, 그게 아니라……. 저는 이계의 음식에 대한 이야 기를 하려는 것뿐입니다."

이내 '이계의 음식'이라는 말이 마치 두 사람을 멈추게 하는 마법의 말이라도 되는 듯, 상윤과 최만기를 얼어붙 게끔 만들었다. 세계적으로 날고 긴다 소문난 요리사들이 그 요리를 찾지 못하는 데에는 분명한 이유가 숨어있던 것이다.

이내 최만기가 엷게 떨리는 목소리로 천천히 말을 이어 나가기 시작했다.

"허, 것 참……. 생각지도 못했던 부분이로군. 그래서 자네는 이계의 음식에 대해서 잘 아는가?"

"글쎄요, 잘 안다면 잘 아는 것이고 잘 모른다면 잘 모르는 것 일수도 있겠습니다."

뭐, 사실상 쿠거에게 물어본다면 즉각, 즉각 돌아오는 대답을 해줄 수는 있으니 어찌 보면 잘 아는 것일 수도 있었다. 반대로 생각해본다면 웹 사이트 지식검색을 이용하여 검색한 내용을 읊어주는 것이나 마찬가지면 모른다고 할 수도 있는 노릇이었다.

뭐, 어쨌든 크게 상관이 있거나 한 대목은 아니었기에 대수롭지 않게 여기기로 했다.

이내 경묵이 입가에 미소를 한 번 지어보인 후에, 작게 읊조렸다.

'강림.'

말을 마침과 동시에 제어권한이 아득해지고 자신의 시야가 마치 FPS게임의 조종 인터페이스를 바라보는 것 같은 이질감을 주기 시작했다. 이제 육체에 대한 전적인 제어 권한은 오롯이 쿠거의 몫이 되었다. 이른바, 바톤 터치를 할 시간이었다.

다시금 두 사람의 기억과 지식이 맞물리며 경묵의 육체에 잔잔한 고통을 선사해주었다.

잠깐의 어지럼증과 두통에 인상을 찡그려 보인 경묵, 아니 쿠거는 자세를 한껏 거만하게 고쳐보이며 말했다.

"아까 저한테 이계 요리를 잘 아냐고 물으셨죠?"

"그랬지."

일순 잡아먹을 듯 묻는 경묵의 맹렬한 기세에 살짝 위축된 최만기가 자세를 고쳐앉으며 대답해보였다. 이내 경묵은 섬뜩하게 느껴지는 미소를 한 번 지어보이고는 말했다.

"아마, 제가 이계 요리에 대해서만큼은 제일 잘 아는 사람 일겁니다."

쿠거의 시건방진 태도에 웃음을 지어보인 최만기가 다시금 물었다.

"그럼 이번 일을 해결할 자신도 있겠군."

"물론입니다, 포크로 이 피클을 집어서 먹는 것보다 쉽죠."

말을 마친 쿠거는 포크를 집어 들어 유리병에 담긴 피클을 집어서 입 안에 넣고 우적우적 씹어댔다. 경박하기 짝이 없어 보이는 행동이었음에도 불구하고, 피클을 씹어 먹는 모습에서조차 알 수 없는 기백이 느껴진다 싶을 정도였다.

이윽고 최만기는 호탕한 웃음을 한 번 지어보이고는 말했다.

"그렇게 자신이 있다면 조금 더 특별한 조건을 걸어주지."

상윤은 완벽히 관객모드에 돌입했다.

그도 그럴 것이, 두 사람의 기세가 너무 드세서 쉽사리 말을 꺼내기는커녕 앉아서 엉덩이만 붙이고 숨만 쉬기에도 버거울 정도였다.

　최만기는 코웃음을 쳐 보이고는 의자를 테이블에서 살짝 더 떨어트렸다.

　한쪽 다리를 꼬고 앉은 채, 차고 있던 시계를 풀러 테이블 한 편에 올려두었다.

　"상윤아, 보고서는 올라왔나?"

　"아, 예. 수도권에 자리 잡은 던전은 총 18군데, 또한 그 중 인접한 곳에 상가가 없어 직접 시공을 해야 하는 곳이 2개, 있지만 기능이 상실한곳이 총 하나입니다. 이미 조사는 끝난 상황이고, 시공이 필요한 곳이라면, 자재가 몇 개나 들어갈지까지 완벽하게 정리되어있는 상황입니다."

　상윤을 곁에 두고 있는 이유였다. 맡은 바 일에 책임감을 가지고 누구보다 꼼꼼하게, 또 완벽하게 처리해내는 능력을 지니고 있었다. 최만기는 입가에 웃음을 살짝 머금은 채로 고개를 끄덕여보이고는 경묵에게 물었다.

　"들었지?"

　"예?"

　"지금 우리 쪽 준비는 끝났다는 말이야. 자네가 일만 잘 마무리해주면 끝인 상황이거든."

"예, 그런데요?"

경묵의 심드렁한 반응에 최만기는 재미있다는 듯 눈썹을 살짝 치켜 올려보였고, 상윤은 손 안을 흥건하게 적신 땀을 바지춤에 닦아내고 있었다.

"자네가 자동차도 기름을 넣어야 움직인다고 했다고 들었네."

"예, 그렇지요."

"그래, 맞는 말이야. 자네를 직접 만나서 이야기를 나눠보니 조금 안심이 되는군. 그렇게 자신에 가득차서 말을 해주니 말이야. 나는 능력 있는 사람들을 아주 좋아하지. 솔직히 말하면 내가 사람 보는 눈에서 인간성은 뒷전이라고 할 수 있네. 자고로 너그러움은 승자만 부릴 수 있는 여유라고 생각하거든."

다시금 숨막히는 정적이 장내에 흘렀다. 얼마나 조용했는지, 멀찍이 떨어진 주방 안의 소리가 들려올 정도였다.

"자, 만약 자네 말대로만 일이 해결된다면 자네는 몹시 능력 있는 사람이겠지? 자네가 능력 있는 사람이라는 가정 하에 추가 조건을 걸어주도록 하지."

쿠거는 코웃음을 쳐보이고는 유리병에 담긴 피클을 다시금 입 안에 넣었다.

아삭-아삭-

피클을 씹어대는 요란한 소리가 정적을 천천히 무너트

리며 퍼져나가기 시작했다.

쿠거는 마치 교장선생님의 훈시를 운동장에 서서 듣는 학생마냥 지루하다는 표정을 지어보이고 있었다. 상윤은 최만기의 눈치를 한 번 살피고는, 철면피를 얼굴에 두른 것 같은 경묵의 표정을 살폈다. 도대체 무슨 생각을 하고 있는 것인지 알 수가 없을 정도로 무던한 표정.

더군다나 갑작스레 태도가 급변한 탓에, 어느 순간부터는 갑자기 다른 사람이 된 것 같은 이질감을 느끼고 있기도 했다. 이내 경묵이 다시금 천천히 입을 뗐다.

"그래서, 제가 능력이 있는 사람이라는 가정 하에 어떤 추가조건을 걸어주실 생각입니까?"

핵심을 요하는 경묵의 질문에, 최만기가 능청스러운 투로 말을 이어나가기 시작했다.

"아! 말을 하다보니까 조금 오해의 소지가 있던 것 같은데 말이야, 나는 자네의 열의를 불태우기 위한 자선 사업을 하겠다는 게 아니네. 자네의 열의를 불태울 수 있는 게임을 한 번 하자는 것이지."

게임이라? 뭐, 그럴싸한 말로 잘 포장을 했지만 결국 밑지는 장사는 할 생각이 없다는 뜻이군.

'최만기'

생긴 것은 호랑이상인데 하는 짓은 능구렁이가 따로 없어 보이는 양반이었다.

쿠거는 나름 흥미가 생긴 것인지, 꼬고 있던 다리를 풀고는 의자를 테이블 가까이로 바짝 당겨 앉았다.

"그래서 어떤 게임을 제안하시려는 겁니까?"

"자네 혹시 스포츠 도박을 해본 경험이 있는가?"

최만기는 스포츠 광으로 유명했다. 자국의 축구리그와 야구리그의 발전에도 심혈을 기울이는 것으로 유명한 사람이었다. 더군다나 축구 스타들과 저녁식사를 즐기기도 했다. 개인적으로 좋아하는 선수에게는 자사에서 만든 가전제품이나 자동차를 선물하기도 했다.

이는 이미 뉴스를 통해서 접했던 바 있는 사실이었는데, 스포츠 도박이라니?

유니언컴퍼니의 회장이 스포츠 도박을 즐긴다? 하기야, 스포츠 도박이라면 '프로토'라는 이름하에 합법적으로 이루어지고 있기도 했다.

"스포츠 도박이요? 어느 팀이 이기고 지는지를 가늠하는 도박 말씀하시는 겁니까?"

"그래. 뭐, 해본 적이 없나보군."

최 회장이 아쉬움에 입맛을 다져보이자, 쿠거는 마지못해 고개를 끄덕였다. 이계에서 스포츠 도박과 비슷한 맥락의 도박이라면 조금 해본 적이 있기야 했다. 다만 축구팀이나 야구팀이 아니라, 콜로세움의 가두어진 두 오크나 오우거들의 승부를 가늠하는 도박이었다는 아주 작은 차이가 있었을 뿐.

"나는 아주 가끔 재미삼아 하곤 하지. 그냥 취미삼아, 그리고 또 좋아하는 팀의 응원차원에서 말이야. 그런 데…… 단순히 승패를 가늠하는 룰 말고도 점수를 맞추는 룰이 있지."

쿠거의 얼굴에 호기심이 역력해졌다. 경묵과 상식을 공유하고 있는 탓에 자동차등의 이야기가 나올 때에도 막힘 없이 술술 나왔지만, 경묵의 상식을 아무리 휘저어 봐도 건져지는 상식이 없는 것으로 미루어보아 경묵도 모르는 이야기인 듯 했다. 최만기는 고개를 한 번 끄덕여보이고는 반짝이는 눈으로 말을 이어나가기 시작했다.

"기준점을 정해놓고, 정해둔 점수보다 더 많은 점수가 나올지 아닐지를 맞추는 거야. 우리는 룰을 조금 바꿔 보자고."

"어떻게 말씀입니까?"

"점수가 아니라 시간을 정해두는 거지. 점수 대신 기간을 정해두고, 자네가 그 정해진 기일 안에 이번 일을 마무리 지을 수 있는지 아닌지 한 번 해보는 거야."

이내 쿠거는 비릿한 미소를 한 번 지어보이고는 답했다.

"아아, 알겠습니다. 그러니까 기간 안에 할 수 있을지 없을지를 가늠해보자시는 것 아닙니까? 조금 어렵게 돌려서 말씀하신 듯 합니다만."

311

"그래, 그렇게 생각하는것도 무리가 아니지. 내가 굳이 어렵게 스포츠 도박에 빗댄 이유가 있네. 다름이 아니라 스포츠 도박에는 배당률이라는 게 존재하거든."

배당률?

그 정도라면 경묵 역시 어느 정도는 알고 있었다. 예를 들면 명문 팀인 레알 마드리드와 리그 하위에 머무르는 비주류 팀이 경기를 치른다는 가정 하에, 두 팀의 배당률은 차이가 날 수밖에 없다. 레일 마드리드에 배팅을 하면 말도 안 되게 낮은 배당이 나오곤 한다. 소위 말하는 똥 배당. 그만큼 승리가 확실시 되어있다는 뜻인 것이다.

"기간을 낮게 잡으면 낮게 잡을수록 자네가 받을 수 있는 추가 조건의 가치를 올려주겠다는 말이지."

이내 쿠거가 호탕하게 웃음을 지어보이고는 눈물을 살짝 훔쳐냈다.

"아, 그런 뜻이 있었는지는 몰랐습니다. 무례했군요, 죄송합니다."

"괜찮네, 자 그럼 이제 기한을 말해보게."

"만약 10일이라면 어떻게 하시겠습니까?"

10일? 자신 있던 태도에 비하면 제법 긴 기간이었으나 최만기는 그러려니 하고 조건을 제시하기 시작했다. 아직 음식에 대한 설명을 듣지도 못한 경묵에게는 10일 역시 절대로 짧은 시간은 아니라는 사실을 알고 있었다.

"10일이라, 그럼 자네가 말한 조건에 추가적으로 던전 외에도 5곳의 가게를 인수하여 자네에게 지급해주도록 하겠네. 또한 자네에게 지급한 가게들의 3달 치 인건비를 사측에서 대신 해결해주도록 하지."

이내 이야기를 듣던 상윤의 얼굴에 당황한 기색이 역력하게 드러났다. 그도 그럴 것이 이미 약속되어있던 던전 인근에 가게를 18채나 인수해 주는 것만 하더라도, 생각보다 많은 예산이 필요하다. 예산도 예산이거니와 새로 부서를 꾸려야하고, 지금이미 유니언컴퍼니의 모체기업쯤 되는 유니언전자의 예산을 빼서 일을 진행해야하는 상황. 최회장이 경묵에게 더욱 더 큰 조건을 제시하기에는 절대 녹록치 않은 상황임이 분명했다.

그러나 다시 돌아온 경묵의 질문은 사장이 내건 허무맹랑하기 짝이 없는 조건보다 더 더욱 가관이었다.

"그럼 만약 3일 안에 해결한다면 어떤 조건을 드리겠습니까?"

3일이라는 말에, 상윤의 입가에 조소어린 웃음이 떠올랐다.

지금 경묵은 아직 요리에 대한 설명을 다 듣지도 못한 상황에서 3일이라는 조건에 대한 보상을 묻고 있다. 아무리 자기 실력에 대한 확신이 있다 한들, 자신보다 훨씬 더 유명하고 날고 긴다하는 이들도 훨씬 더 많은 시간을 소요했고 좋지 못한 결과들을 이룩했다.

'그런데 3일? 이건 너무 건방진데?'

상윤은 코웃음을 쳐보이고는 다시금 두 사람간의 대화를 지켜보기 시작했다. 팝콘이라도 한 통 있었으면 하는 아쉬움이 감돌았다. 경묵 만큼이나 최 회장의 생각 역시 좀처럼 읽어낼 수 없었다.

"음, 3일이라? 자네의 승리를 점치기에는 조금 힘든 조건인 것 같군."

"어떻게 생각하느냐에 따라 다르겠지요."

"그래, 만약 기준점을 3일로 잡는다면 던전 외에 추가적으로 10곳의 업장을 마련해주고 식품공장을 하나 마련해주지. 적어도 자네 소유의 가게들에는 무리 없이 모든 식자재를 지급할 수 있을 정도의 규모로 말이야."

보장받을 수 있는 업장의 수가 28개로 늘어난다. 더군다나 식자재 가공이 가능해지는 공장 한 개 까지. 버프가 걸린 식재료를 납품하기 위해서, 또한 짬뽕이나 짜장 자체를 고형분말로 만들어 무리 없이 납품하려면 분명히 공장이 필요하기는 하다. 더할 나위 없이 좋은 조건이 분명했다. 더군다나 유니언컴퍼니의 이름 자체가 보장해주는 신뢰도가 존재했기에, 약속을 지킬지 말지에 대해서도 고민의 여지가 없는 실정이었다.

지금 상황에서 경묵과 쿠거가 고려해야 할 것은 딱 두

가지.

첫째로 최만기가 말했듯 지금 이건 게임이다. 경묵에게만 유리한 조건을 내걸 리가 없다는 사실을 간과해서는 안 된다는 것. 분명 유니언컴퍼니 측에도 유리한 반대 조건이 생길 것이다.

둘째로는 어쨌든 승리가 보장되는 싸움을 해야 한다는 것. 아무리 달콤한 보상이라 하더라도 이룩할 수 없는 결과 뒤에 따르는 것이라면 절대로 갈망해서는 안 된다.

뭐, 어쨌든 우리의 본분은 도박사도 아니고 승부사도 아니라 요리사거든.

이내 생각 정리를 마친 경묵이 우선은 쿠거에게 침착하게 되물어보았다.

'이 봐, 그런데 3일 안에 일을 해결할 수 있기는 한 거야?'

[음, 어쩌면?]

'확실하지는 않다는 말이군.'

경묵이 씁쓸하게 뒷말을 삼켜내 보였다. 3일이라는 조건은 배수의 진이다. 아직 최만기 측의 입장을 듣기 전이니 조건을 내걸기에는 이르다. 가령 스포츠도박의 예를 든다면 두 팀의 순위와 승률이 아니더라도 수많은 것을 고려하여 배팅을 해야만 한다.

혹 이날 경기에서 결장하는 선수가 있는지 없는지, 그 날 출전 명단은 어떻게 되는지, 어느 팀의 홈구장에서 승부를 펼치는지 등……. 지금은 자신의 선수라 할 수 있는 쿠거의 제대로 된 기량도 확인하지 못한 상황이기도 했고, 아직 요리에 대한 설명을 듣지도 못한 입장.

조건을 선뜻 말할 수는 없는 악조건임이 분명했다.

[100% 승률을 자랑하는 게임을 즐기나? 지금 나의 기량을 의심하고 있는 것 같아 불쾌하군.]

'아니, 그건 아니라지만 0.1%에 모든 걸 거는 타입은 아니거든.'

경묵이 이죽거리는 투로 답해보이자, 쿠거는 여태껏 보인 적 없는 진지한 어조로 경묵의 뒷말을 잠재웠다.

[나를 믿어. 어쨌든 우리를 한 배를 탔으니까.]

짐짓 단호한 쿠거의 어조 탓이었는지 경묵은 대답대신 침묵을 유지했다.

우선 최만기가 이번 게임을 스포츠 도박에 빗대어 표현했으니 분명해지는 사실이 하나 있었다. 경묵 역시 자신이 게임에서 패배했을 때 잃어야할 것을 걸어야 한다. 배당률에 맞아떨어지는 것으로.

[내 실력을 의심하는 것은 이 다음인 것 같군. 우선 우리가 내걸어야하는 조건을 묻는 게 우선인 것 같다.]

전에 오너셰프 코리아에서 2인1조로 요리를 펼쳤던 때

처럼, 두 사람은 서로에게 동화되어 2인1조로 협상을 이어나가고 있었다. 뭐, 나름대로 재미있는 상황임이 분명했다.

그 때, 최만기 회장이 다시금 입을 뗐다.

"자, 내가 말했듯 이건 게임이야. 도박이지."

"예, 알고 있습니다. 회장님께서 동기부여만을 위해서 선뜻 조건을 걸지는 않으셨겠지요."

"그래. 이제 네가 걸 수 있는 조건을 말해 봐. 말하기 어렵다면 내가 먼저 원하는 조건을 말해보도록 하지."

쿠거는 다시금 상체를 뒤로 젖혀보이고는 속을 들여다보기라도 하려는 것인지, 최만기 회장의 눈을 바라보았다. 날카롭기 그지없는 눈빛에 최만기 회장이 다시금 미소를 지어보였다.

애초에 이 터무니없는 게임을 제안한 데에는 이유가 있었다. 다름이 아니라 경묵을 갖고 싶어서였다. 뉘앙스가 조금 이상하다지만, 어쨌든 경묵을 아래에 두고 이런저런 일을 알려주고 싶었고, 자신의 충견으로 길러내고 싶었다. 상윤과는 조금 다른 느낌으로 잡일보다는 중대사를 맡기고 싶었다. 더군다나 거기서 멈추지 않고 먼 미래에는 자신의 자리를 맡길만한 재목으로 보고 있었다.

최만기 회장은 선뜻 말을 꺼내지 못하는 경묵을 바라보다가 다시금 조심스레 입을 뗐다.

"솔직히 까놓고 이야기를 하자 이거야. 뭐, 되도 않는 협상의 원칙에 의거해서 서로 간보지 말고 솔직하게 말하는 게 낫지 않겠나? 선뜻 말하지 못하니 내가 먼저 조건을 걸어보아도 되겠나?"

시원시원하게 상황이 흘러가자 쿠거도 만족스러운 듯 고개를 끄덕여보였다.

"자네가 만약 이 게임에서 실패한다면, 자네는 지금 운영하고 있는 가게를 모두 우리 측에 넘기도록 하게. 공연히 넘기라는 게 아니라 자사에 식품사업부를 만들어서 자네에게 넘겨주지. 이게 첫 번째 조건이네."

게임에서 져서 잃어야 한다기엔 제법 아쉬울 게 없는 조건이기도 했다.

청년사업가들이 대기업의 횡포에 시달리는 모습이야 심심치 않게 봐왔지만, 최만기는 그 정도 그릇은 아닌 듯 보였다. 그리고 쥐고 흔들고 싶다고 해서 쉽게 휘둘릴 경묵도 아니었다.

"다음 조건은 무엇입니까?"

"두 번째 조건은 말이야, 이 봐 상윤이. 지금 서은이 나이가 몇이지?"

이내 넋 놓고 두 사람의 대화를 지켜보던 상윤이 화들짝 놀라 대답했다.

"올해로 스물여섯입니다."

최만기는 고개를 한 번 끄덕여보이고는 말했다.

"들었다시피 혼기가 꽉 찬 딸이 하나 있네. 명분상으로라도 내 딸과 결혼을 해줘야겠어. 자네가 큰 손해를 보는 조건은 아니라고 생각하네."

흠모하고 있던 서은과 갑작스레 결혼이라? 당황스럽기 그지없는 제안이었다.

경묵은 물론이고 상윤까지 마치 망치로 얻어맞은 듯 입을 쩍 벌린 채로 아무런 말도 잇지 못하고 있었다. 골칫덩어리 딸을 해결하기 위함과 동시에 경묵을 사위라는 명목 하에 붙잡아두려는 의도가 다분히 보이는 제안이었다. 그리고 서은이 어째서 일가를 떠나 구로동에 자리한 허름한 주택에서 생활을 하고 있는지도 알 수 있는 대목이었다.

'이거, 뭐……. 제 딸을 물건 취급하는 양반이로군.'

쿠거는 씁쓸한 뒷말을 삼켜낸 경묵에게 한 번 웃음을 지어보인 후에 나지막이 말했다.

[서은이라면 그 아가씨 이야기하는 거잖아? 이거, 일부러 실패해야 하는 것 아닌가?]

경묵은 다시금 생각에 잠긴 채로 천천히 생각을 정리하기 시작했다.

이내 쿠거가 잔뜩 능청스러운 목소리로 최만기에게 되물었다.

"그래서 자제분께서는 어찌 아름다운 외모를 지니고 계신지요?"

농담 한 마디에 장내에 봄이라도 찾아온 듯 분위기가 풀어졌다.

녹아난 것 같은 분위기 속에서도 사실상 상윤만이 마음 편히 웃을 뿐, 마주앉은 두 사람은 계산을 멈추지 않고 있었다.

〈6권에서 계속〉